新 潮 文 庫

地球はグラスのふちを回る

開 高 健著

目次

I

Ⅱ

Ⅲ

Ⅳ

地球はグラスのふちを回る

I

地球はグラスのふちを回る

紳士の乳

ブルガリアは黒海に面したバルカンの小さな社会主義国だが、ここの都はソフィアという。おとなりのルーマニアへ行く途中、カイロから入って、飛行機乗換えのために二十四時間滞在したことがある。

イワン・ベルチェフ氏という、トーマス・マンによく似た美貌《びぼう》の中年の評論家が、町を案内してくれた。あとでモスコーへ行ってから、ベルチェフ氏は平和運動の高名な評論家であり活動家であるということを教えられたが、そのときはなにも知らなかった。

ソフィアは木の多い、小さな都で、舗石《ほせき》の上を歩いていると、九月の初めなのにひどくつめたい風が水のように流れていた。ここは〝庭園都市〟と呼ばれているのだぞうだ。モスコーの赤の広場とおなじように市の中心にはディミトロフの墓と広場があり、護衛の兵士がゆっくりした足どりで墓の前を行ったり来たりしていた。

ベルチェフ氏は私を山の上の料理店につれていってくれた。美しい料理店で、テラスの大窓からソフィアの町が箱庭のように見おろせた。羊肉の串焼《くしやき》料理を食べ、ビールとぶどう酒を飲んだ。空がくもってきて、雨が降りだした。山の雨だから、足が長い。ゆっくりと、長い、細い、無数の航跡をひいて町におちていった。

私がそれを見て、ふとヴェルレーヌの『巷《ちまた》に雨の降るごとく……』をつぶやきはじめると、ベルチェフ氏はだまって耳を傾けて聞き、詩が終ったとたんに、たったひとこと
「頽廃《たいはい》だ」

ひくく痛罵《つうば》した。

山をおり、町を散歩し、夕方になってきたので一軒のキャフェの戸外の椅子《いす》に腰をおろして、スモモのブランデーをすすった。ベルチェフ氏はこれを〝スリヴォ〟と呼んでいた。ルーマニアではおなじものを〝ツイカ〟と呼んでいる。チェコでは〝スリヴォヴィツア〟と呼ぶ。あのあたりの諸国をカルパチア山脈がつらぬいていて、おなじようなスモモがとれる。そして、どの国の飲み助たちも、めいめい、自分のところ

のものだけが生一本の本格品なのだと自慢してゆずらない。かわいい、無邪気なナショナリズムである。ベルチェフ氏もその例外ではなかった。これはチェコのスリヴォヴィツァではないかと私がうっかり言ったらたちまち肩をそびやかし、〝スリヴォ〟だけが純粋な〝スリヴォ〟なのだという説を述べはじめた。

料理店へ行ってカツレツをおごってもらった。ヒマワリの種子の油で揚げたものである。しこたま食べたら、翌日になって、真っ黒の、やわらかい、べたべたした、たよりないくせに熱くて油っこいという妙なウンコがでた。私の経験によると、こういうのがでるようになると、いよいよ体が〝日本〟を離れて本格的に〝外遊〟がはじまったというきざしなのである。羽田を出てから二十四時間以上たってはじまるようである。慣れないうちは下痢かなと思うが、気にすることはない。腸にポンとヴィザのハンコをおしてもらった証拠だと思えばよろしい。

〝紳士の乳〟を飲もうとベルチェフ氏が主張するので、ボン、と言ったら、ゴブレットになみなみと白濁した液がみたされて運ばれてきた。よく冷えてグラスは汗をかき、電燈《でんとう》の光にすかして見ると液面にギラギラとなにやらの精がうかんで輝やいていた。ガブッと飲んだらツンと杏仁水《きょうにんすい》の香りがきた。

「ペルノーだ、アブサンだ」

「ちがう。ペルノーはペルノーでアブサンじゃない。これは〝マスティカ〟と言って、まざりっ気なしの純粋の〝紳士の乳〟だ」

「ああ。生粋のアブサンを飲むのは生まれてはじめてです。これは経験だ！」

「よろしい！」

　すごい威力があった。いつのまにか前後不覚になってしまった。どうして空港ホテルにつれ帰ってもらったのかわからない。目をあけたら朝になって着たきりでベッドの上におちていた。枕《まくら》もとにベルチェフ氏がたち、しかつめらしい顔に薄笑いをうかべて覗《のぞ》きこんでいた。

　いまでもあれは生粋のアブサンだったのだと私は思いこんでいる。アブサンはニガヨモギのエッセンスを酒精でしぼりだすが、学名をナントカ・カントカ・アブシンチウムと呼ぶその油精が曲者《くせもの》で、飲みすぎると脳がやられ、性不能になり、発狂する。ヴェルレーヌがレロレロになって施療病院でのたれ死したのはこれを飲みすぎたためである。ペルノーは純正アブサンが発売禁止になってから匂《にお》いだけをのこすためにつくられた模倣品で、アブサンではない。リカールやビルーやパスティスというフランス産の曲者はみなこの強豪の面影を香りにだけ伝えているが、アブサンとは言えないだろうと思う。だから私は、たった一回だけだったが、得難いグラスを味わったわけである。

〝ペルノー〟はラベルに〝PERNODFILS《ペルノーフィス》 45〟と書いてある。これをもじって〝(Je) perds《ペル》 nos《ノ》 fils《フィス》〟(息子ヲ失ウ)と読んで、飲んだらグニャチンになりますということだと酒場の一口話に使う人がある。

ネズミとぶどう酒

ルーマニアのぶどう酒はたいへんうまい。パリの国際コンクールに出品して、なかなかいい賞をもらったりしている。

ルーマニア人にいわせると、カルパチア山脈の日光と黒海からの風がうまいぶどう酒をめぐんでくれるのだそうだ。おもしろいのは、瓶《びん》のラベルが、フランスやドイツのとちがって、原料ぶどうの名をそのまま使って酒銘としていることである。〝ピノ・ノワール〟とか、〝カベルネ〟、〝カベルネ・ソヴィニォン〟などという名を読むことができる。白よりも赤のほうがコクの豊満さですぐれているように思えた。

このほかにブランデーもある。ルーマニア産ぶどう酒を蒸溜《じょうりゅう》してつくったルーマニアのブランデーであるが、〝コニャック〟と銘うっている。なかなかわるくない出来である。彼らが〝ロム〟、〝ロム〟と呼んですすめてくれたのはラムだが、これはルーマニアの砂糖大根からとったもの。口あたりはやわらかいくせに腰が張っていて魅力があった。

秋にぶどうをとり入れて、実をつぶし、槽《そう》で醱酵《はっこう》させる。かすかな酒精分がでかかってきたところを汲《く》んできて飲ませる。公園の木蔭《こかげ》にテーブルを持ちだし、細い陶瓶に入れて給仕が持ってきてくれる。〝ムステ〟と呼ぶのだが、ウィーンの新酒祭りに似ている。ただ、これは、まだ〝酒〟になりきっていないから、ぶどうジュースとぶどう酒の合の子みたいなものである。いくら飲んでも酔わないし、酔ってもすぐに爽《さわ》やかに潮がひくのである。黒海海岸の保養地のコンスタンツァから私が帰ってきたら、公園にはもうムステはなく、人びとはふつうのぶどう酒をふつうのワイン・グラスで飲んでいた。

マグダレナに聞いた笑話。

あるとき、フランス人とハンガリア人とルーマニア人の三人が集って、一杯飲もうかということになった。なにを飲もうか。フランス人はボルドーが世界一だという。ハンガリア人はトーカイを飲んでから酒の話をしてくれとゆずらない。ルーマニア人はルーマニア人でカベルネだと力説する。いくらしても議論がまとまらないので、困った三人は、ネズミを一匹つれてくる。それぞれの酒を一滴ずつ飲ませてみてネズミがいちばん感動した酒を飲もうじゃないか、ということになった。

フランス人がボルドーを一滴飲ませてみた。ネズミはたちまち体をのばし、気持よさそうにイビキかいて眠りこんだ。

「サ・セ・ボルドー!……」

はしゃぐフランス人を横目に、つぎはハンガリア人が、寝ているネズミをゆり起して、とっときのトーカイを一滴飲ませた。ネズミは目をパチパチさせてから、ポンと一度とびあがり

「もう一杯おくれ」

と叫んだ。

「トーカイ!」

ハンガリア人は誇りで目がうるむ。いらいらして待っていたルーマニア人は、とる手もおそしとルーマニアのぶどう酒を持ちだして、一滴、ネズミに飲ませてみる。するとネズミが叫んだという。ポン、ポンと床で二度とびあがって、声高らかに叫んだというのである。

「ネコを一匹つれてこい! おいらはネコを殺してやるぞ!……」

運転手のイオン君がマグダレナのいないすきまの一瞬、一瞬を狙《ねら》って、もっぱらおもしろくてためになることを話してくれた。

この国では食後に砂糖漬果物《コムポート》を食べる習慣がある。キャビアや鶏や鱒《ます》などをたらふく食べたあとにコッテリと甘い、歯の痛くなりそうな杏《あんず》の砂糖漬などを食べる。彼らはそれがアレに利《き》くと考えているのである（フランス人はコショウがいいとしている）。

ある日、私がコムポートを持てあまして、酒とこんな甘いものを同時に食べるなんて、二人の女と一度に寝ろというようなもんだといった。イオン君は笑った。コムポートを食べないでハンガリア女と寝たら目をブタれるよ。なぜ目をブタれるのだと私が聞くと、彼は説明した。そんなたよりない男に自分の顔を見られるのは恥かしいことだからね……

私たちは、生えさがりの長い女性は情が濃いとか、肌が浅黒くてやせているほうが激しいのだなどといいかわしているが、ルーマニアではすこし事情がちがっていた。ハンガリア女性で、やせていて歯ならびのわるいの、これがいちばんだというのである。ハンガリア女性というのはわかるような気がするし、やせているのが激しいのは血のめぐりが速いからだというイオン君の意見もわかるような気がする。歯ならびのわるいのがなぜいいのか。これはどうものみこめない。とにかくそれはそういうことになっているのだと、イオン君は教えてくれた。歯車はわるいが発火のぐあいがスゴイのだそうである。

ピルゼンのピルゼン

チェコのお酒の話。

機関銃と靴とガラスで有名なこの東欧の工業国にもお酒がある。ビールはピルゼン・ビール、ぶどう酒はラインとおなじリースリング、ほかに二日酔いに原爆的にきく薄緑色の淡いリキュールを飲んだが、ざんねんなことに名を忘れた。

〝ピルゼン〟は、いま、チェコ領のなかに入っている。ドイツ人にいわせると、これは歴史的にドイツ領なのだからドイツが宗主権を持つということになり、チェコ人にいわせると頭からこれは歴史的にチェコ領なのだから宗主権もクソもない。ピルゼンはチェコであると、いう。ヒトラーが第二次大戦をおっ始める口実の一つに使った〝生活圏を東に！〟の叫びの〝東〟にピルゼンはズデーテン・ランドやダンチヒ回廊などといっしょにくみこまれ、血の泡《あわ》のなかに巻きこまれた。

　このあたりの地帯は血の海のなかにただようヨーロッパ半島のなかでもバルカンやザール炭坑地帯とおなじようにいつも国境問題のくすぶっていたところで、とりわけ血の匂いの歴史に濃くつつまれているが、しかし、ビールの名産地である事実は昔から変らないのである。チェコ人に会って、〝プルスナー〟とつぶやくと、ニッコリする。〝ビール〟はチェコ語では〝ピーヴォ〟である。この二つをつないでつぶやけば、まずおたがいのあいだに一枚の扉がひらかれることになる。

　ピルゼン・ビール、プルスナー・ピーヴォは、日本で私たちが想像しているよりもはるかに重厚なビールである。重いのである。色はウィスキーやブランデーにちかいコハク色がいま、私の目のうらで遠く小さく灯にかがやいてゆれている。〝重い〟というのはコクがあるということになるだろうか。このむずかしい日本語を英語でさがすと、かろうじて、"body" ということになるだろうかと一般では妥協しているのだけれど、その言葉をそのまま使うと、ピルゼン・ビールは、"heavy bodied" ということになりそうである。

　泡はこまかくて、白くて、密であって、とろりとしている。よく冷やしてあるので、チューリップ型のグラスは汗をかいている。グッと飲む。クリームのような泡が舌にのる。その濃い霧をこして、とつぜん清冽《せいれつ》な、香り高い、コハクの水がほとばしる。

クリームの膜が裂けて、消える。清水が歯を洗い、のどを走り、胃にそそぎこむ。目が薄ッすらと閉じかけて、パッとひらく。やがて腸が最初の通信を発する。チカチカと熱くなるのだ。それが肉を浸して肌へ頭をだす頃になると、チェコの民謡をふと口ずさみたくなるというものである。〝タンツイ、タンツイ、ヴィクルージェ、ヴィクルージェ〟（踊れ、踊れ……）……

なぜそうなのかわからないけれど、チェコの生ハムがすばらしくうまい。チェコ語では〝シュンカ〟といっている。〝シュンカ〟と〝ピーヴォ〟の二つを知っていたら軽い昼食はまずまずすませられるだろうと思う。フランスの生ハムはサケの肉の切身みたいな色をしていて、柔らかくて、すばらしい香りを持っているけれど、あれより少し固くて、少し塩味だけれど、チェコのハムはとてもおいしいのである。それをコッテリしていながらも岩清水のように冷えたプルスナーといっしょにやると、思わず、〝ゲクィ〟とつぶやきたくなるネ。これはゲップみたいな発音だけれど、〝ありがとう〟という意味なのだよ。

社会主義国になるまでのピルゼン・ビールはすばらしかったけれど、社会主義国になってからのは国営業だからまったくダメだ。というようなことをつぶやくのが〝通〟の初歩となっているのだが、私にはそんなことはどうでもいいのである。昔の日本酒はオチョコを持ちあげると受皿がいっしょにくっついてきたけれどいまのは水みたいだ、というようなことをいってロートルどもが嘆くのに似ている。いまの人たちがうまいと思う味がそのものの実の味なのである。それが、ものの味というものの、地上における、いつものの真理なのだと思う。文学作品と、ものの味とは、その点でちょっと基本的に相違するところであると思う。

チェコの都はプラーハだが、社会主義国になっても、市内には地下酒蔵があって、その地下で醱酵させたプルスナーをそのまま大樽《おおだる》から汲んできて飲ませてくれる。この酒場は古都にふさわしい湿めりと、ほどよい暗さと、野蛮なほど厚いテーブルを備えていた。飲んでウットリと目を細めていると、男女の大学生たちがやってきて、ちかくの席でなにやらワァワァとはしゃぎつつ飲みだしたので、私も釣りこまれてワァワァと飲みだし、人類の国際愛についてのものすごい、翌朝になれば赤面して便所へかけこむよりほかにテのないような美しい、大きな言葉の数々をやたらにならべて名物のソーセージをむさぼったのである。

草の入ったズブロ

ある国の文化水準を臆測するのによく旅の飲みスケは酒の味を基準に持ちだしたがるものである。酒の性格でその国の人の性格を想像するのも楽しいことである。酒場をでてその想像がどれだけまちがっているか、一致しているかということを、いちいち思い知らされるのも楽しいことである。

ナポレオンがよろめいてからポーランドは美人国として名を売ったが、東欧圏内では事実ここがいちばんの美人国だと私も思う。バルカンではルーマニアである。ルミヤンカは人のいい色白肉厚の田舎美人の魅力だが、ポルスカはどちらかというと鋭く繊細な、むしろパリジェンヌにちかい美貌《びぼう》と魅力である。

ワルシャワやクラコウでは町歩きのたびに何度となくたちどまってふりかえさせられた。ロトの妻はちらとソドムをふりかえっただけで塩の像になったが、私は何度となくしげしげとたちどまってふりかえっているのに辛《から》くはならなかった。酔っぱらいで、幻想的で、辛辣《しんらつ》な諷刺家《ふうしか》で、シェクスピアの『真夏の夜の夢』とセルバンテスの悪漢短篇小説を死ぬまで愛読していたガウチンスキー詩人の書斎へいってみると、天井から、ちゃちなワニの剝製《はくせい》がぶらさがり、壁にはシャガールに似た描法の魔女の絵がかかっていたが、そこへでてきた娘さんがすばらしい美人だった。くちびるが厚く、眼がアマンド型で、眉《まゆ》が濃く、手が鋭くてつめたかった。翌日、ホテルへたずねてきて、新聞記事のためのインタヴューをされたが、私は彼女の眼を覗《のぞ》きこむのに夢中で、東西ドイツ問題など、どうでもよかった。

ズブロヴカ、略して〝ズブロ〟というすばらしい酒がこの国の特産である。瓶のなかに細い草の茎が一本入っている。この酒はウォツカを北欧野牛の飼料の草のなかに浸してつくったものだが、淡緑色で、芳烈である。しかしいや味な濃厚さはなくて、爽快《そうかい》なのである。くどい甘さなどどこにもなく、あくまで清冽である。草のあえかな芳香が魅力である。トイレにゆくと御叱呼《おしっこ》までがいい匂《にお》いを発散するようだ。この草はポーランドの一地方に産するやつだけがいいので、あとはみんなにせものだとポーランド人は自慢していた。

このズブロヴカと、〝ウォツカ・ヴィヴォロヴァ〟（精選ウォツカ）という二つをもっぱら買いこんできて毎晩飲んでいたのだけれど、ズブロヴカのためなら二日酔いしても後悔しないと私は思っていた。この国は北方なのでぶどう酒はできないけれど、ほかに蜂蜜《はちみつ》からつくった、ドラムビュイやクールヴォワジェに似た瓶の〝ヴァーヴェル〃というのがある。北欧の古典を飾る〃ミード〃という酒とおなじものである。飲んでみたけれど、辛口好きの私には甘すぎていけなかった。シャルトリューズとおなじような閨房《けいぼう》の酒だろうと思う。寝るまえに匙《さじ》に一口、二口するとくちづけのときにいい香りがして、それはそれですばらしいのだろうと想像するけれど、私は孤独な旅行者だった。ホテルのベッドにもぐりこんで大量虐殺《ぎゃくさつ》の記録を読んでうとうとしていた。

ポーランド人はだいたい酒を飲みすぎるというのである。とりわけ週末となると、ドカッと飲む癖がある（どこの国だってそうだがネ）。そこで、土曜日にはウォツカを売ってはいけないというお布令《ふれ》がでた。ほんとかしらと思って土曜の夜に町へ酒を買いに這《は》いだしてみると、どの酒屋も戸をおろして閉まっている。たまにあいているのがあると思って入ってみると、ぶどう酒はいいがウォツカはいけないといって売ってくれなかった。しかし、やっぱり町には酔っぱらいが、ふらふらとした足どりで歩いている。聞いてみると、あれは金曜日に買いこんだ酒で酔っているのだろうという。そこでまたつぎの週に金曜日の夜に町へ這いだしてみたら、酒屋はちゃんとあいていて、灯をともし、盛大に商売を楽しんでいた。

ビールもないわけではない。立食の自動食堂や駅のスタンドや大学のちかくの学生食堂などでしじゅう飲んだけれど、とくに舌をふるわせた記憶がないところを見ると、あまりよくなかったのかも知れない。私はズブロヴカの清冽さや、柔らかさのうちに秘めた鋭さや、あえかさや、強さに参っていたから、ビールまで神経がのびなかったのかも知れないと思う。

この町の酒屋でハンガリア産のぶどう酒の味もおぼえた。赤ぶどう酒で、『牛の血』という妙な名前がついていた。なぜ酒にそんな名をつけたのかわからない。健康によいとでもいいたいのだろうか。私たちがマムシの血をありがたがるようにヨーロッパ人に牛の血をありがたがって屠殺場《とさつじょう》へじかに買いにゆく人もあるくらいだからぶどう酒にそんな名をつけたのかも知れない。味はもちろん、ずっとあとになってタシュケントで飲んだハンガリアの名品トーカイには、とても及ばなかった。

ロシア式乾杯

ヴィーチャ君はモスコー大学の日本語科の学生である。詩人でもあって、トワルドフスキーやヴォズネセンスキーの詩が好きだといっていた。自分でもときどき詩を書くらしい。たいへんな自信家で、天才を信じこんでいるところがあった。なにしろ大学に入って一年になるやならずで『平家物語』を翻訳するのだといってダダこねたくらいなのである。

　彼につれられてレニングラードやタシュケントへいったが、いつも詩に酔っていて、通訳はそっちのけだった。フォンタンカの水ぎわをさまよい歩きながら、たえまなしに眼を輝やかせて「アア、マヤコフスキーハ二十世紀ノ驚キデス」とか「オオ、レエルモントフハロシアノ誇リデス」などと呻《う》めいた。ロシア語でひとりで詩を朗誦《ろうしょう》して歩く。水も空も歴史も眼にはいらない。大江健三郎と私は煙に巻かれながらついていった。

　タシュケントには回教文化の歴史があり、それと関係があるのかないのかよくわからないが、宴会の挨拶《あいさつ》がひどく長かった。バラジンという歴史小説を書く老作家の家へ遊びにいったら御馳走《ごちそう》をだしてくれたのだが、おそろしく長い乾杯の挨拶を聞かされた。アナタ達ハ日本文学ノ若イ星デスとか、ハルバル七ツノ海ト空ヲ越エテヤッテキタ暁デスとか、聞いていて耳がおちるくらい甘い言葉をつぎからつぎへと聞かせるのである。お世辞やなにかではなくて、客を迎えたときにはそういうふうにするのが習慣となっているらしい気配であった。

　さいごにウォツカで乾杯する。そのときの言葉が変っていておもしろかった。「アナタノ家ニ不幸ガ残ルノヲ望ムノトオナジダケ飲ミマショウ」といってぐいとグラスをあけ、一滴残らず飲みほしてしまうのである。この転置法は御馳走が終ってホテルにもどり、夜があけて翌朝になってから、やっと意味がのみこめた。わがヴィーチャの日本語は、その自負ほどにはまったく高くなくて、こういうこみ入った表現になるとさっぱりなのである。その夜は御馳走を食べながらずっと私たちはバラジン氏らが大江健三郎と私の家に不幸が残るのを祈っているのかしらと怪訝《けげん》に思いつづけたことである。

モスコーのホテルには社会主義国の首府の名がついている。ワルシャワ、ブダペスト、北京《ペキン》飯店……といったぐあいである。『ブダペスト・ホテル』ではユダヤ人たちがたくさん食事に来ていて、楽団がイスラエル円舞曲を演奏しはじめると、みんなが夢中になって腕を組み、踊り、叫んで、異様な光景が見られた。毎夜、毎夜、どんなに夜がふけてくたびれていても、一度ヴァイオリンの弓が弦にふれてこの歌が流れだすと、老若男女《ろうにゃくなんにょ》、たちまち歓声をあげ、全員腕組んで輪をつくり、狂ったように眼や頬をひらいて踊った。この歓声はなんだろうと私はいぶかるばかりであった。その歌で狂うのはユダヤ人だけなので、ソヴィエトでも〝流亡〟を感じて望郷の叫びをあげたくなるユダヤ人がいるということなのだろうか。胸をうたれる光景だが、ふしぎな光景でもあった。

ホテルのボール・ルームも深夜になると、どんがらがっちゃんの大賑《おおにぎ》わいとなる。叫ぶ男、笑う女、吠《ほ》える男、悲鳴をあげる女、乾杯、乾杯、乾杯、電圧が二倍に上ったかと思うほどシャンデリアが閃《ひら》めき、輝やく。百グラム入り、二百グラム入りのフラスコでいままでウォツカをはこんでいたのが威力満々の大瓶で登場する。一度私はモスコーに着いたその日の深夜に、五、六人の中年者の男女たちが、シャンパンやぶどう酒やウォツカを瓶からいっせいにじゃぶじゃぶと果物受けの大皿へあけているところを見たことがある。彼ら、彼女らはきゃッきゃッと笑いさざめきながら、まるで洗面器でもまわすみたいにしてそれを順にまわし飲みしはじめた。

——ロシアだ、ロシアだ！

そう思った。

——やるなあ！

そう思った。

ヴィーチャの仲間のヴォロージャ君がそのときは案内についていたので、私が

「エクストラヴァガンツァだ」

というと、彼は

「エクストラヴァガンツァハ、モウ、ソヴィエトニハナイデスヨ」

といった。

けれど眼前のこの底ぬけの大盤振舞いは血を輝やかせて花ひらいているじゃないか。私がニヤリと笑うと、ヴォロージャも知らん顔をよそおってニヤリと笑った。私たちはすみっこの席にすわって、小さな、小さな、幼稚園の生徒みたいな二百グラム入りのフラスコを註文《ちゅうもん》した。ちょいちょい盗み見すると、果物皿組はなおも哄笑《こうしょう》しつつウォツカを瓶からそそいで、まるで化けものみたいな精力を発揮してまわし飲みをつづけた。

――ロシアは大きいのですよ。人も陸も。

そういったのは誰だったかしら。


ウノートラセルヴェッサ！

マドリッドには夏と冬と二回いったが、闘牛を見たのは夏だった。〝太陽の門〟からしばらくのところを歩いていると並木道にでたが、ふと見ると、なにかの白い花が並木の枝いっぱいに咲いていた。はげしい八月の陽を浴びて、閃《ひら》めいている。微風が吹いてくるといっせいに散って、雪のようであった。

道を歩いていたおばあさんをつかまえて、アノ花ハ何デスカと聞いてみたが、通じなかった。おばあさんはスペイン語しかできず、私はスペイン語がかいもくだった。しかたないので花びらをひろって指さしたら、おばあさんがニッコリ笑って、なにかつぶやいた。私の耳は〝ミモザです〟と聞いたようであったので、そのままその花をミモザなのだと考えることにした。わかりましたというしるしにいつもやるように胸をゴリラのようにどんどんとたたいてみせ、ニッコリ笑っておばあさんと別れた。ほんとにあれはミモザの花なのだろうか？……

ホテルで聞いたところでは、夏の闘牛は観光客用で二流、三流の闘牛師しか出場しない。一流の横綱たちは地方へいって留守、九月にならなければ帰ってこないのだという。帳場のおっさんはそういいながら、牛を誘うあの赤い布は〝ムレタ〟といい、どういうときにはどういうふうにふるものだと、身ぶり手ぶりで説明してくれた。相撲の四十八手みたいなものらしい。いちばんの見せ手の一つが〝ヴェロニカ〟で、それはこうやるのだといってホテルのロビーに私をつれていって手とり足とりして教えてくれた。

券を買う。

陽がそろそろ西に傾いた頃に試合がはじまる。真っ黒のコブつき三歳牛。三十分で一頭を殺し、一試合に六頭を殺すから、全部で三時間の興行である。外人が日本の相撲を見ても技《わざ》がよくのみこめていないと微妙なうごきのおもしろさがわからないのとおなじで、テクニカラーのハリウッド映画そのままの光景がアレナの砂の中央で開始され、トレアドールが私の眼にはたいくつきわまると思える動作しかしないのに、マドリッド市民たちは熱病の発作にかかったみたいに「オーレッ！　オーレッ！」と合唱する。その微妙な呼吸が私にはさっぱりわからなくて、困った。

マタドールの槍《やり》で肩をえぐられ、トレアドールの剣で刺しまくられて牛はヘトヘトになるが、背の剣が房飾りみたいになっても生命の渚《なぎさ》でよろめきがんばっているやつがいる。すると闘牛師は長剣で狙《ねら》いをつけ、後頭部あたり（延髄ではあるまいか……）をチョイと刺す。牛はまるでバネ仕掛の玩具《おもちゃ》のネズミがひっくりかえるみたいな正確さでドタッと倒れ、即死である。異様な正確さと速さである。虚無の透明な溜《りゅう》波《は》が濃いサフラン色の黄昏《たそがれ》のなかを走って消える。ファンファーレが鳴り、すぐさまつぎの牛が暗い穴からとびだしてくる。突く。えぐる。怒らす。刺す。ひっくりかえる。ファンファーレ。とびだす。突く。えぐる。怒らす。刺す。ひっくりかえる。ファンファーレ。

つぎからつぎへと繰りかえすうちに、仄暗《ほのぐら》い黄昏にまぎれて、殺された牛と新しい牛のけじめがつかなくなってくる。いま殺された牛がそのまま血をぬぐってとびだしてくるのではあるまいかという錯覚におそわれる。闘牛師たちは亡霊とたたかっているのではあるまいかと思えてくる。虚無と生のはてしない暗い川のなかで剣をふっているのではあるまいかと思えてくる。人は勝っているのか。牛は負けているのか。いらだっているのは牛なのか人なのか。黄昏のなかですべての像と意味がゆがんで、とけて、流れだし、澱《よど》む。歓声と、土の熱と、牛の体臭と、女たちの香水や汗や腋臭《わきが》など、すべてがとけあって、壮大な、暗い情熱が空へ煙りのように消えてゆくのである。

牛が口から血とよだれの泡を吹いて生の渚へダダダダッとなだれうっておちてゆくのを見て拍手、怒号する男たちがあり、顔を蔽《おお》って泣き叫ぶ女がある。オーレッ！　オーレッ！……観客が総立ちになって大合唱すると、手を高々とさしあげるトレアドールに向かって帽子がとぶ、新聞がとぶ、ぶどう酒を入れた皮袋がとぶ。トレアドールはひろいあげて一口飲んでからしぐさをつけて観客席へ投げかえす。私のよこで叫んでいたスペイン人が

「セルヴェッサ！」

ビール瓶を私の手におしつけた。

私が飲み干すのを見とどけてから彼はニッコリ笑ってズボンの尻《しり》ポケットからもう一本とりだして、口金をベンチのふちでたたき割り、吹きだす泡をしゃくいとりながら

「ウノートラセルヴェッサ！」

と叫んだ。

もう一本ってところだろう。

やっつけたね。

まずいビールやな。

オーレッ！

中国の〝洋酒〟

中国産の西洋酒というものもあるのである。『威思基』はウィスキーであり、『白蘭台酒』はブランデーである。『葡萄酒《ぶどうしゅ》』はぶどう酒であるけれど、〝プタウチユウ〟と読むのである。ほかに、ウォツカもあれば、ヴェルモットもあった。『牌酒』は〝ピイチユ〟で、ビールのことだった。青島《チンタオ》産のがうまかったように思う。

第一次大戦後、青島にドイツが租借権を持って入りこんでいた頃にミュンヘンあたりのビール醸造業者が工場を建てて、ビールをつくったのである。おそらく中国の麦をつかってバイエルン・タイプのビールをつくっていたのだろう。その工場や技術がのこっていまの中国ビールとなったのだと思う。瓶は粗末だが、味はなかなかよかった。モスコーで飲むロシア産ビールよりはたしかによかった。

（……ロシアのビールも革命前にドイツ人が入ってつくったものが多かったはずだから、中ソともにビールはおなじ祖先から出ているということになる。）

プタウチュウはたしか山東産だったと思うけれど、記憶があいまいになった。ポルトに似た味で、生ぶどう酒だが甘かった。けれど砂糖を入れて甘くしたのではないかららいくら飲んでも悪酔いしなかった。一晩に二瓶飲んでも翌朝なんともなかった。モーゼル・ワインの瓶を小さくしたような瓶だったが、ぶどうの画を描いた、レッテルがたいへん渋くて気品があり、北京の『新僑《しんきよう》飯店』ホテルではバーから瓶ごと買ってきて毎夜のように飲んだものである。

中国人はどういうものかブランデーがたいへん好きで解放前はヘネシーやマルテルのよい市場であったという知識がとつぜんよみがえった。上海《シャンハイ》の南京《ナンキン》路だったか四馬《スマ》路《ロ》だったかを散歩しているときに酒屋のショーウィンドーを見つけ、ブランデーの瓶を見つけたときにとつぜんよみがえったのである。頭を近づけてみると、レッテルに星が五つもついているのを私の眼は見た。すぐ私はその店にとびこみ、身ぶり手ぶりで一本買いこみ、ホテルへいそいでもどった。大江健三郎を呼んでくる。とる手おそしと栓をあける。コップへ気前よくドクドクと注ぐ。

「乾杯《カンペイ》！」

「五ツ星だぜ！」

「ぼくもう絶望しない」

「健康《チエンカン》！……」

グッと一口飲んでびっくりした。大江健三郎はだまって洗面台に走って吐いた。念のために私は二口、三口飲んでから、やっぱり洗面台に走った。ヘヤトニックをなにかの花油にとかしこんだみたいな、なんともヘンな味と香りがして、とてもブランデーとは思えなかった。どうしてそんな味と香りをブランデーと呼ぶのか、これは理解のしようがなかった。私たちは坐《すわ》りこんで話しあった。そして、意見を交した。

「しかしこれには星が五つもついてるじゃないか。いまはただの飾りだけれど昔は一星五年という貯蔵年数のマークだったんだ。五ツ星で二十五年だよ。逸品中の逸品だということになるんだがな」

「あんた、まちがってる。わかったよ。この五ツ星は『五星紅旗』の五星なんだよ。きっとそうだと思うな、ぼくにはわかるんだ」

「誰かのとこへ持っていこうや」

「野間さんがいいと思うな」

私たちは瓶を野間宏《ひろし》先生の部屋へ持っていき、いいものを買ってきたから飲んでごらんなさいといった。先生は昼寝のさいちゅうだったけれど、のっそりと巨体を起した。

「五ツ星ですよ」

「二十五年のブランデーですよ」

「ここへ入れますよ」

「水はここへおきます」

私たちは先生がいまにとびあがるか、いまに洗面台へ走るかと、ワクワクしながら、グラスや氷をベッドのところへはこんだ。けれど、やっぱり賢い神は均衡の配恵をしてくださっている。先生はいっこうにとびあがりもせず、走りもせず、ゆうゆうとそのバケモノを飲みほした。そればかりか、ニッコリうれしそうに笑って

「もう一杯おくれ」

とコップをさしだすではないか。私たち二人は軽い友情の吐息をついてコソコソとひきあげた。

中国産の〝洋酒〟よりもやっぱり私はこの国についての思い出なら『紹興酒《しょうこうしゅ》』や『茅台酒《マオタイチユウ》』につきると思う。とりわけ『茅台酒』は毎日のよう〝乾杯〟〝乾杯〟をやらされて、クタクタ、核心の核心までを全身で味わった。この強烈な高粱《コウリヤン》ウォッカはふしぎなことに二日酔いを起さず、どういうわけでそうなのかわからないけれど、たいへん楽しい酒であった。

ウィーンの森の居酒屋村

〝ヴィーナー・ヴァルト！……〟

ウィーンへ着いてホテルに荷物をほりこむとすぐにタクシーをひろって森へ走ったが、森へいってみて、その深さにおどろいた。シュトラウスのワルツなどから想像するような小さい、かわいい林ではない。巨大な、苔《こけ》むした木が鬱蒼《うっそう》と茂って、真黒である。意外にたけだけしく、荒あらしく、壮大で、暗いのだ。

ヨーロッパの森はどこでもそうである。フランスでもドイツでも、都からちょっと外へ出ると、街道の左右には巨大な森がそびえるか、海のような平野が広がるかであって、人家は稀《まれ》になる。そして森かげの交通標識にはシカの絵があって、危険だから注意するようにと書いてある。シカがぶつかって運転席の人間が死ぬというような事故がよく起こるのである。白昼、野生のシカやウサギが木のなかをとんでゆく光景を何度となく見たことがある。シカは波のように、ウサギは藁火《わらび》のように走っていく。

はじめてヨーロッパへいったとき、森の深さと厚さにおどろいて、これがたった二十年ほどまえに何百万人の血を吸いこんだ戦場であったとはとても考えることができなかった。ブリューゲルの時代、ラブレェの時代、ダンテの時代から戦争のセの字も知らずに育ってきたのではあるまいかと想像したくなるほどの老木が何百本、何千本と生い、茂っているのである。東京から何時間走ってもついに人家の海やぬかるみからぬけでることのできない国の自然になじんだ日本人の眼には、このような森が、じつにさまざまなことを告げているかのように映った。ヨーロッパの自然は野生の精力をふるってたえまなく人間の土地を狙うのだ。人間はその暗い、荒あらしい力をたえまなくおしかえし、食いとめ、石の壁や石の道で浸透を防ごうとしているのだ。〝自然〟はヨーロッパ人にとってはたえまない注意を必要とする。何か人間に向かって対立し、抗争する、圧倒的な存在なのであると感じられた。そしてこの力のかたまりのなかを縫って人間たちはたえまなく町へ街道伝いに点と線の戦争を繰りかえしてきたのだと感じられた。時間と血と脂肪を吸いこんでいよいよ森は老い、深まり、影を暗くしたのであると感じられた。

この暗い、壮大なウィーンの森のなかにグリンチングという小さな村がある。中世の頃から居酒屋だけでできた村である。村の中を歩いてみると、どの家もこの家も、みんな飲み屋である。観光客向きにいくらか飾られてはいるけれど、あまり目につかない。むしろ昔からの田舎ぶりや、素朴さだけがニセモノでなく目につくようなぐあいに飾られていて、森のつめたい夜気の青い香りをいっぱいに吸いこむ旅行者の胸に無邪気さと楽しみと活力を吹きこんでくれるのである。

一軒の飲み屋にもぐりこむ。厚い、節くれだったテーブルにもたれて白ぶどう酒を飲み、マスの揚げたのを食べていると、流しの楽師が入ってきた。アコーデオンとヴァイオリンである。客席をまわり歩いては古い歌や新しい歌を弾き、いくらかのチップをもらっている。ぼんやりと頬杖《ほおづえ》ついて聞いているうちにとつぜんアコーデオンが『ただ一度だけ』を弾きだしたので私はびっくりした。『会議は踊る』という古い、古い映画の主題歌であるけれど、それをウィーンの森のなかでいまだにやっているとは思いもかけなかった。新宿にいるのか、ウィーンにいるのかわからなくなった。無邪気さが白ぶどう酒の澄明な泡に沸きたって活力と握手した。すなわちとつぜん声にだして歌いはじめる。

とつぜん片隅のテーブルで若いアジア人がそんな古い映画の主題歌を歌いはじめたので楽師のほうがびっくりした。

「旦那《だんな》はどこのお国からおいでになりましたんで？……」

「日本カラ来タヨ。俺、日本人ヨ」

「どうしてこの歌をごぞんじなんで？」

「日本人、何デモ知ッテルヨ。何デモ。スベテ。俺、日本人、何デモ知ッテルネ」

楽師は大いに感心して何やら早口でベラベラ話しかけてきたので私のドイツ語はたちまち息絶えてしまった。アンタ、ラテン語話セナイノ。いつも外国語につまったときの逆襲に使うことにしているセリフを吐いたらやっぱり相手が閉口してしまったので、大らかな気持になって、微笑のうちに握手して別れることができたのである。

グリンチング村で飲んだ白ぶどう酒は何だったのであろう。ライン・ワインであったか。モーゼル・ワインであったか。リースリング種であったか。オーストリア産のぶどう酒だとすると何という銘柄だったのだろう。

「ただ一度だけしかない
二度とやってこない
…………」

酔って熱くなって叫んでいるうちに酒の味は忘れてしまった。そういう酒であった。

温めたり冷やしたり

バイエルン地方へゆくと人はどうしてビールが飲めるようになるのか、ふしぎである。ミュンヘンではホーフブロイ亭が夜な夜な壁も砕けんばかりの大合唱で煮えくりかえるが、ベルリンやシュツットガルトではそういう光景は見られない。

とにかくバイエルンへゆくとビールがやたらに飲める。ホーフブロイ亭で会った中年女の一人はゆうゆうと一リットル入りのシュタインの満をひいていた。いったい何リットルぐらい飲めるのかと聞いてみたら

「まず七リットル飲まなきゃバイエルンッ児《こ》といえませんネ」

という返事であった。

　ドイツのあちらこちらの町で会ったドイツ人にたずねてみたが、彼らもうまく答えることができなかった。バイエルンでは赤カブラやダイコンがとれるが、あれを食べつつビールを飲むと腎臓《じんぞう》が洗われて、ベルリンの二倍飲めるのだという意見を聞いたこともある。ビールそのものがうまいのだとか、空気が乾いてるからノドがオシメリを要求するのだとか、聞かされたこともある。いちばん納得できるのはビール＝赤カブラ＝腎臓＝トイレ説であるが、ベルリンだって赤カブラは食べるのだから、異常の完全な説明にはならないような気がする。私は私なりに、この地方の空気には地・水・火・風のほかに第五元素がフワフワ漂よっていて、そいつがノドと胃をチクチク撫《な》でるのだという説明をした。勤勉で好学心に富んだ佐治敬三氏はドイツ人に聞いたり、本を読んだり、ビール工場の技師長と討論したり、さんざん苦労したけれど、結局この神秘説に苦笑しつつ体をゆだねるよりほかなかった。

「分析より直感です。うまく飲めたらそれでよろしいやないか。楽しんだあとから批評するのはさびしい精神でっせ」

「そういうてもオレは科学者やから研究せずにはおれんのやね」

「奥さんと寝るときも研究してるんでんか？」

「あ、あれか」

「ええ」

「あれは別や」

「なんです？」

「愛というもんです」

「酒を飲むのも一種のそれです」

「ふむ」


無限に知りつづけたい佐治氏は、しかし、毎日、飽きることもなく、あっちの工場、こっちの工場とわたり歩いてはおなじ質問を発して技師長たちと討論していた。私はよこで見ながら、ミュンヘン名物の〝ヴァイス・ヴルスト〟（白ソーセージ）を食べ、つまらんことを聞いてるなア、ここの空気を持って帰ってビール瓶へつめたらサントリー・ビールが売れるのに……などと考えていた。

ミュンヘンにはレーヴェン・ブロイ（ライオン印）、シュパーテン・ブロイ（鋤《すき》印）などの有名大会社があってバイエルン・ビールを世界に輸出している。ホーフ・ブロイは飲み屋としては有名だけれど、製造したビールそのものはミュンヘンとその周辺で飲まれるだけのようである。この飲み屋はナチスが旗上げしたので有名だが、何百人か何千人かが一堂に集って体を左右にゆすぶりつつ大合唱する光景を見ていると、ゲルマンぎらいの私はうんざりしてくる。飲んでうたうのは好きだけれどこういうふうにはやりたくない。むしろ選べといわれたらパリのキャフェの孤立したおしゃべりや放心のほうを選びたい。

ベルリンで、ある夜、機械商の家庭に招かれて食事をした。この人は戦前からの親日家で、奇妙なことのようだが、宝塚歌劇が大好きだというのである。よくしゃべる、おどけた、精力的な、えらく達者なじいさまで、たえまなく私たちに軍隊口調で日程の命令を下してよろこんでいた。ビールを飲んだり、シュナップスを飲んだりしてしゃべりあっているうちに、死んだ秦《はた》豊吉のことが噂《うわさ》にのぼり、件《くだん》のじいさまは、『西部戦線異状なし』という小説を知ってるかと聞く。知るも知らぬもない、最愛の書物の一冊だと答えたら、じいさまは、当時秦にあの本で兵隊言葉をひとつひとつ教えてやったのはオレなんだといいだした。思わぬことに茫然《ぼうぜん》とし、ついで欣喜雀躍《きんきじやくやく》、日頃のゲルマン嫌いを忘れて、固い握手をかわした。レマルクのこの本は戦争中からの私の好きな本で、戦後阪急百貨店の古書市で英訳本とドイツ語原本を二冊同時に発見したときは夢中になって財布をはたいたものだった。その後すっかり遠ざかってぼろぼろに錆《さ》びついてしまったけれど、私はドイツ語を、"Im Westen Nichts Neues" ではじめたのだった。

じいさまは、それから、いろいろのことを手ほどきしてくれた。ドイツには火酒《シュナップス》があるが、銘柄は、〝シンケン・ヘーガー〟、〝シュタイン・ヘーガー〟などである。砲弾みたいな陶器の瓶に入っている。いわばドイツの焼酎《しょうちゅう》、またはジンみたいなもの。これをまず一杯やると胃が温まってふくらむ。ついでビールを一杯やると胃が冷えて縮む。またシュナップスをやる。またビールをやる。こうやって交互に胃を温《ヴァルム》めたり、冷《カルト》やしたりして飲むと健康によろしくて二日酔いはぜったいにないということになっている。

じいさまはそういうことを教えてくれたあとでニヤリと笑い、ひそひそ声で説明してくれた。

「なにネ、昔のドイツの百姓は貧乏だからビールだけじゃあ、とても酔えない。酔うほどビールを飲んだら税金が高くつく。そこで焼酎をまぜて飲んだのだね。いわばこれは脱税ドリンキングなんだよ」

「デンマークでも聞きましたよ。アクアヴィットをそうやって飲むのだそうです」

「どこでもおなじだわ」

お酢とぶどう酒

パリには何度もいったが、いつもパンテオンのわきの『マチマラン屋』旅館に泊ることにしている。スーフロ大通りをパンテオンに向って上り、左へちょいと入ったところにある。ラテン区の学生下宿だけれど、安いうえに気風があっさりしていて、夜遊びについてひどく寛容なのが気に入った。

このパンションの玄関のドアはおもしろいぐあいになっている。夜の十時頃に鍵《かぎ》をおろしてしめてしまうのだがドアの板にもう一つドアが切ってあるから、飲み呆《ほう》けて夜おそく帰った下宿人は、おもむろに鍵をとりだしてこのドアのなかのドアをあければよろしいのである。そして、泥棒ネコのようにこっそり螺旋《らせん》階段をのぼり、こっそりともう一つの鍵で自分の部屋のドアをあければよろしい。

中背で小肥《こぶと》りのおかみさんは独身だというふれこみであるが、よく気をつけていると、土曜の夕方から外出遊ばす。緑いろのサン・グラスをかけ、ルノーのフロリッドをとばして、どこかへお消え遊ばす。そして、月曜日になると、いつのまにかどこからかもどってきて、小さな食堂のなかをちょこまかと勤勉に歩きまわっている。クロォディーヌという若い姪《めい》がいて、ソルボンヌの女子大生。イタリア・ルネッサンス期のサケッティの泥棒小説を研究し、熱烈なカトリック信者で、ポール・クローデルの愛読者である。あるときこの姪と叔母が朝から早口の巻舌で論争をはじめ、昼飯のときもまだ論争し、夕方の散歩から帰ってきても、まだ論争していた。いったい何をやりあってるのだと聞いてみたら、二人ともニヤッと笑った。若いクロォディーヌの親切な説明によると

「いったいフランスの貴族のなかでパンのために働らいたのがいたか、いなかったかって議論してるのヨ」

ということであった。

この下宿が好きなのは地理にもよった。リュクサンブール公園がすぐ近くにあるし、サン・ミシェル通りもすぐだし、モンパルナスにも歩いていけるほどである。ちょろちょろとサン・ミシェル通りをおりていけばセーヌ河岸にでる。右へ折れておりたらサン・ジェルマン・デ・プレにすぐでる。セーヌをわたればうまいもの屋の多い中央市場も近い。地下鉄のサン・ミシェル橋駅の出口へあがると思わずホッと息がでるくらいこの学生区に私は愛着をおぼえるようになった。

パリですごすのにぶどう酒のカラフ（フラスコみたいな恰好《かっこう》をした瓶）や、コニャ

ックのデギュスタシオン（小さなチューリップ型のグラス）、また、〃風船玉〃と呼ぶワイン・グラスなどから手をはなして日を送るのはとてもできない相談である。朝、旅館から這《は》いだしてキャフェへいき、三日月パンと牛乳入りコーヒーを召し上る。新聞を覗《のぞ》き、二、三発、パチンコをためし、外へでる。午後の三時頃にビールとハムを棒パンにはさんだのをやる。夕方、アペリチフにカシスかヴェルモットを飲む。秋の新酒の季節にはボージョレかモンバジャックの赤をひっかける。安料理屋へくりだし、貽貝《ムール》かカタツムリを食べつつまた飲む。白《ブラン》かロゼである。映画か芝居を見にでかけ、十一時頃に名物玉ネギスープをどんぶり鉢ですすり、〃夜食〃ということになる。また飲む。一日中、飲んでいる。一日中、ポーッとして、いい気持ったらない。なにしろ地下鉄の風抜穴に寝てる乞食《こじき》だって酒瓶を抱えているし、道路工事の人夫も道ばたに酒瓶をおいてる都なのだから、どうしてもそういうぐあいになる。あちこち飲みまわり、歩きまわって、朝の三時頃御帰館となり、ドアのドアから忍び入り遊ばす。

小生の経験によると、よほどトンマでないかぎり、パリでは、金を払えばきっと払っただけのことはあるとあとでわかるようなぐあいになってるようである。小生は学生キャフェの〃スーフロ屋〃でいつもボージョレの赤を風船玉で飲むが、なにしろ一杯が八十か九十両ですむ。ああ結構なものだと思いこむ。ところが、ちょいと金のある日にネクタイしめてパンテオン裏のぶどう酒市場のわきの小粋《こいき》な料理店へくりだして、ボージョレというと、お値段はピクリとするけれど、おなじボージョレはボージヨレでも、まるでちがってしまう。これを飲むと、いつものあれは、お酢の一歩手前のしろものじゃないかといいたくなってくるのである。イヤハヤというようなものだ。

カタツムリもそうだ。

「一打《ユヌ・ドウデエヌ》！」

そう叫んだあとで、やおら持ってこられるのを見ると、いつものとはちがって、まるまると太り、たっぷりと汁気があり、バターとニンニクとパセリのみじん切りの香りが腸をねじる。これをいつものあれとくらべると、まるでシジミとハマグリぐらいのちがいがある。金のありがたさが身にしみる。

ということは、つまり、この都では、金がないとどうにもならぬということにもなりそうだ。金のない日にはジャガイモの空揚げか焼栗《やきぐり》を新聞紙の包みからポソリ、ポソリ、ひときれずつつまみだして食べるよりほかない。ポテト・チップスに関するかぎり、やっぱりベルリンかロンドンのほうがうまいようだ。パリのはどういうものか水っぽくてあっさりしすぎている。あるイギリス人が教えてくれたことだが、ポテト・チップスは助平な新聞で包んで食うほどうまいので、『タイムズ』なんかで包んだやつは目もあてられないよということである。パリのポーム・フリートは助平にかけては世界一の紙で包んでくれるけれどどういうものか味のほうはあまりよろしくないようだ。

パリで飲むビールでうまいのはたいていドイツ産かアルザス産のものである。〝クロナンブール〟（クロォネンブルグ）がいちばんよく目につく銘柄である。ミュンヘン産のバイエルン・ビール、〝鋤印《シユパーテン》〟や、〝獅子印《レーヴエン》〟もときどき飲んだ。日本ではちょっと考えにくいことだが陶器の栓を針金でしばった安物ビールもときどき酒屋で買って、下宿で飲んだ。これは栓さえしっかりしめておけば何日もおけるというのだが、味のほうはどうにも感心できない。コニャック、ぶどう酒、リキュール、茴香酒《ういきようしゆ》などであれだけ完璧《かんぺき》の天才を発揮するフランス人もアルザス以外ではビールにはどういうものか手も足もでないというのは不思議である。

酒、料理、女、機智《きち》、明晰《めいせき》さ、寛容さ、個人主義の徹底、知的アリキズムの匂《にお》いにあふれた、ピチピチした会話、深くかくされた誠実さ、看板どおりのパリに私は少しイカレている気味がある。こんな言葉があるかどうか知らないが、いささか私は〝パリズリ〟（パリ気ちがい）の傾向があるようだ。若いときにとじこもったり爆発したりするにはあの都がいちばんよい。ただし、ときどき、どうにも手に負えぬ醜悪さと腐臭が胸もとにこみあげてくることもある。

煤《すす》・ジン・オガ屑《くず》

ロンドンが好きか、パリが好きかということで、あなたは老《ふ》けたか、若いかと判断できるのだそうだ。私について率直に書いておくと、ロンドンはきらいだ。たえまなく人をあてもなくそそりたてるようなパリのほうがはるかに好きだ。スウィフトやフィールディングや、イヴリン・ウォー、ジョージ・オーウェルなどの文学作品を私は愛しているけれど、かすめ通っただけのためか、ロンドンという町はどうにも好きになれなかった。貧しいくせに傲慢《ごうまん》で、どこもかしこも煤けて、ぬれ、にぶくて、重く、意地がわるい。

けれど、いっしょにいった佐治敬三氏は、私がイヤだと感ずるのも、〝重厚〟〝誠実〟〝頑強〟〝現実主義のきたえぬいた智恵〟〝背骨の固さ〟〝おさえた迫力〟〝静謐《せいひつ》〟などとうけとって、それはそれなりに愛し、楽しんでいるように見うけられた。だいたい彼は紳士であるから、感覚の反応をすぐさま顔や眼にさらけだすということをしない。事や物や人のまえにちょっとたちどまって、長くてみごとな鼻をひねりつつ、

〝フム〟〝フム〟というのである。それからおもむろに口をひらき、おっとりと、いささか下品さの発するピリッとした香料をまじえつつ、〝あれも一是非、これも一是非〟といった論理を推進にかかる癖がある。

ロンドンに着いてすぐに佐治氏と私はビール工場を見物にでかけたが、これがおそろしく不潔なものであったのにはおどろいた。それまでに北欧諸国とドイツのビール工場をシラミつぶしに覗いて歩いたわれわれであったから、ビールについては、〝清潔〟〝衛生管理〟〝工業製品〟といった観念が脳膜にピタッとうちこまれている。ところが、ロンドンのビール工場は、いたるところ不潔で、ぶざまで、投げやりで、どこのすみっこに首をつっこんでもゴキブリだの、ネズミだのがちょろちょろと走りだしてきそうなありさまになっているのを見て、びっくりしてしまった。北欧のビール工場はタイル床が顔の映るくらいピカピカに磨きあげられ、醱酵槽《はっこうそう》はガラス壁で蔽《おお》って遠隔操作で作業するようになっている。ところが、ロンドンの先生方のはまるであけっぱなしであって、泡が槽からあふれたらあふれたままにほったらかしにしてある。パイプはどろどろ。コックは赤錆び。天井からネズミが槽にとびこんだらそのままになりそうである。

「汚ねえなア、こりゃ」

私がつぶやくと、佐治氏は
「手荒いもんやでえ」

といった。

「ビールもこれくらいのことでできることはできるんですね」

私がつぶやくと、佐治氏は
「ビールにもよりけりやでえ」

といった。

「イギリスのビールってまずいからなァ」

私がつぶやくと、佐治氏は
「あれはイギリス人だけが好きなんで、外国には輸出でけんというしろもんや。つまり、個性はあるが普遍性はないというもんでなア。いかんわい」

といった。

「しかし、飲み慣れたらやめられんそうやでえ」

ともいった。

私たちは翌日、バーミンガムの大学へいき、佐治氏は醱酵化学の研究室へ入っていって、若い学者を相手に、上面醱酵がどうの、下面醱酵がどうの、澱粉《でんぷん》は追加するのがよいか、追加しないのがよいか、追加するとしたら米のがいいか、麦のがいいかなどと、技術的な討論に没頭した。私にはチンプンカンプンであるから、チンパンジーの性生活はどんなものだろうかとか、マリリン・モンローが死んだのは何としてもざんねんなことではないかなどというようなことを考えて、あたりをぶらぶらと歩きまわった。

翌日、佐治氏はもう一度大学へいくというので、私は一人でソーホー区へ遊びにでかけることにした。歩いてみたり、遠回りしてみたり、ポテト・チップスの立食いをしたりして、のろのろとソーホー区へ入っていった。ずいぶん目をあけてキョロキョロ覗いて歩いたが、ドスのメッサーだの、大盗ウィリアムだのは見えず、手下らしいやつらの影も見えなかった。やたらに中国料理店とイタリア料理店が多い。そのうちにひょっこり市場通りにでた。狭い壁と壁のあいだの舗道《ほどう》に屋台がギッシリとつまり、売子がめいめいここを先途と叫びたてる。日本の市場の魚屋の雄叫《おたけ》びとおなじである。何事を叫んでいるのであろうか。私はまずキュウリだけを売ってるおっさんのまえにたち、その雄弁に耳をかたむけ、いまに〝キュー〟というか、〝カンバー〟というか、〝キューカンバー〟というかといっしんに耳を澄ましたが、ついにひとことも理解できなかった。苺《いちご》売り屋の屋台のまえに三十分ほど立ってもみたが、やっぱりひとことも理解できなかった。かろうじて耳に入ったのは〝イーチゴーッ〟と叫ぶひとことだけであった。それは私の耳には〝S……traw……berr……yyy!〟というふうにひびいたのである。

ホテルでも、バーでも、レストランでも、どういうわけかイギリス人は夕食のアペリチフに〝ジン・アンド・トニック〟を飲むのが好きなようだ。ひどく好きなようだ。誰一人の例外もなく、〝ジン・アンド・トニック！〟と叫んでいる。昔は車夫馬丁の飲みものであったこの騒音が老若男女、貴賤《きせん》を問わずよろこばれている光景は順応主義の不思議な光景の一コマのようにも見える。飲み屋では煉瓦《れんが》床にオガ屑をばらまき、新鮮な松脂《まつやに》の匂いのなかでみんなはギネスの黒ビールや、エールのタンカードの満をひいている。ふしぎにスコッチを飲んでる奴《やつ》は少い。

フランス人はスコッチのことを〝南京虫《ナンキンむし》くさい〟という。イギリス人はコニャックのことを〝石鹸《せっけん》くさい〟という。梅毒のことをフランス人は〝イギリスの病気〟と呼び、イギリス人は〝フランス瘡《そう》〟と呼ぶ。それでいてフランスはスコッチを大量に輸入し、イギリス人はコニャックを大量に輸入する。輸入超過で困るくらいめいめいその敵を輸入してガブ飲みしあっている。そこで、あるイギリス人に、なぜフランス人は悪口をいいながらスコッチを飲むのだろうかと聞いてみたら

「さあね。きっとフランソワズ・サガンの小説を読みすぎたからじゃないかなア」

という答えであった。

ヴェトナムの酒

サイゴンではいつもアメリカ人の泊っているホテルが爆破され、将軍たちのクーデターでタンクや重装甲車が町を走り、夜は照明弾がおち、ホテルの窓は郊外でブッぱなす大砲でビリビリふるえる……とまァ、そういうことになっている。

事実、そのとおりなのである。

けれどサイゴンにも、サイゴン流に〝甘い生活〟がある。夜になるとカティナ通り、レ・ロイ通り、ショロン地区などはネオンが輝やき、『ムーラン・ルージュ』の赤い風車がゆっくりと回転する（サイゴンにも『ムーラン・ルージュ』があるのだヨ）。

カティナ通りには米兵用の酒場がキノコのようにたくさん生えている。これは、もう、立川や佐世保とまったくおなじである。『バー25』。『フロリダ』。『コパカバーナ』。『ラ・パゴード』。『スポーティング・クラブ』。『フラワー』。『マイアミ』。子供の玩具《おもちゃ》みたいな『ボウリング・クラブ』というものもある。

アメリカ兵は第二次大戦中、ヨーロッパのあらゆる村の壁に〝キルロイここにあり〟と落書して進軍したのであるが、ヴェトナムでは何も書かない。ベン・キャット砦《とりで》で暮していたある夜、ヤング少佐に、酒保でビールを飲みながら
「なぜ書かないんです?」

と聞いたことがあるが、少佐は苦笑して肩をすくめ、手をふってみせて、何もいわなかった。

ヴェトナムには二種類のビールがある。

一つは大瓶の『ラ・リュー』というビール、もう一つは小瓶の『33』というビールである。『ラ・リュー』は兵営暮しの毎日に欠かせないビールであるが、薄くて、トボケていて、コクがなく、弱い。あの国はどこへいっても水がわるくて〝水道〟だといっても飲めないのである。だから、アメリカ兵もヴェトナム兵も、一兵卒も将校も、『ラ・リュー』をガブ飲みするのである。一兵卒はガブ飲みできないでヴェトナム茶を洗面器で飲むことのほうが多いが、悲しい将校のある一人などは、ジャングルのはずれの砦でギラギラする白熱の白昼、一日に十本、毎日欠かさず、飲んでいた。そして南部メコンの新妻をしたって、苦しんでいた。

『33』というのは、ヴェトナム語で、『バー・ベー・バー』という。私は軽薄で身ぶ

り口ぶりをおぼえることが早いから三カ月も暮していたらたいていの日常語はできるようになるというのがいままでの外国旅行の経験であったけれど、ヴェトナムでは例外であった。私は言葉をおぼえることを努めず、人の生き死にの表情に執着することだけを努めた。だから『バー・ベー・バー』は、日常つぶやくヴェトナム語で私がおぼえこんだ珍らしい言葉の一つであった。

『ラ・リュー』(街)も『バー・ベー・バー』(33)も、フランスのつくるビールであった。『ラ・リュー』は水っぽくて、コクがなくて、私はキライだったけれど、兵営ではほかに飲むものがないから毎日毎晩飲んでアメリカの通信兵や少佐と森羅万象につきプア・イングリッシュもかまわずに議論にふけったのである。『33』はコクもあり、切れもよくなかなかよいビールであったが、この味はむしろサイゴンの生活の味であった。

『天虹菜館』でも『孔雀菜館《くじやく》』でも、サイゴン地区、ショロン地区を問わず、中国料理店ではきっと『33』をだした。『ピーサオ!』(〝ピー・チュウ〟の広東《カントン》語。あるいはそのヴェトナム的変形)と叫んだら、きっと『33』を持ってくるのである。カティナ通りの罪深いキャバレ『自由』へいって、まっ暗がりのなかで『バー・ベ・バーッ!』と叫んだら、チョコマカと給仕が運んでくるのが『33』ビールである。

この『自由』キャバレは足一歩踏みだせないまっ暗である。ほんとにまっ暗なのだ。ダンスとダンスのあいだに壁にちょっと青い灯がつくだけで、そこですかさず女の横顔をチラと見るだけ。あとは何もわからない。ヴェトナムの娘ランをつかんでるのか、肺病病みの混血娘《メティス》モニクをつかんでるのか、さっぱり見当のつけようがないという徹底的暗黒である。

〝サイゴン・ウィスキー〟をごぞんじか。

この都の娘たちはおそろしく貧しいので、ちょっとイカスとなると酒場、キャバレ、ダンス・ホールへ勤めにでるよりほかないのである。そこの経営者がまた貧しくて、ガメつくて、女の必死の労働をピンハネしようとたくらんでいる。どうするかというと、まずあなたがフラフラと『自由』へさまよいこむと女に一杯、給仕がコーヒー茶《ちゃ》碗《わん》を持ってくる。底になにやら茶いろのものがよどんでいる。よくよく聞いてみれば、コカ・コーラのお余りであるという。これを女が一杯とると、そのうちの何パーセントかがパトロンからペイ・バックされる。女にはほかに月給らしい月給が何もついていない。だから、モニクもランもラン・コンも、必死になってガブ飲み（いちいち飲みませんがネ）をやるのである。一時間もすわっていると、テーブルが茶碗でいっぱいになってしまう。

コカ・コーラのお余りをだす『自由』もあるが、ほかの店ではいろいろである。砂糖水をだすところもあり、ペパーミントの水割りをだすところもあり、なかにはただの『水』をだすところもある。ひとくち飲んでみて〝ニョク?〟と聞くと、女たちは口をおさえて

「ウイ、ウイ!……」

といいつつ、笑うのである。

そのあとはどうなるか?

シラフで喋《しゃべ》らせようたッて無理だよ。

ヴェトナムのアルコール性のナショナル・ドリンクは、〝サケ〟である。日本とおなじ、米からつくった〝サケ〟である。焼酎《しょうちゅう》もあるが、〝サケ〟もある。この〝サケ〟はおもしろい。〝クレーム・ド・ヴィオレ〟のようにスミレ色をしているのである。田ンぼに生えてるモチ米そのものが紫色なので、それからつくった酒も紫色をしているのである。理の当然ではないカ?

この紫酒はトロリとしていて、にごっていて、どうも見たところゾッとしないのだけれど、おそるおそるひとくちすすってみると、日本の〝サケ〟と大差ない味がするので安心し

「もう一杯……」

といってさしだすことになる。

ベン・キャット砦から未明に出動したハイ・ウェイ・パトロールの一大隊は正午すぎになって、ある村で昼食をとり、昼寝《シエスタ》をした。この村はどこの村ともおなじように年よりと赤ン坊しかおらず、若いものの働けるものはことごとくヴェトコンに走るか、政府軍の兵隊にとられるかして、まったくガランドウであった。

昼食後、フロリダ出身のボウヤァ通信兵がヴェトナム兵を村に走らせ、一本、紫酒を買ってこさせた。ボウヤァは気持よくなって寝てしまったが、ヴェトナム兵は気持よくなって踊りはじめた。ボウヤァはコンコンと眠り呆《ほう》けてしまったので、ヤムを得ぬ。私がお相手をしてやった。指相撲や地上転回や、いろいろな芸をヒロウしてやった。ヴェトナム兵たちはキャッキャッといってよろこんだが、私は眼がまわって星が乱れとび、クタクタになってしまった。

「あんた、苦労性だよ」

と秋元キャパ（啓一氏、朝日新聞カメラマン）が呆《あき》れていった。

香港《ホンコン》の蛇酒

〝熊掌燕巣《ゆうしょうえんそう》〟という言葉は大御馳走《おおごちそう》のことだと子供のときからおぼえていた。クマの手のひら、ツバメの巣は昔の中国の帝王や大金持が夢に見た理想の食事であると永いあいだ私はおぼえいつか食べてみたいものだと思っていた。クマの手のひら、とくに右前足のそれは蜜《みつ》を食べるためにクマが蜂《はち》の巣をつぶして歩くから、ジックリと蜜がしみこんで、すばらしい味がするのだと吹きこまれてきたのである。

サイゴンから香港にでてくると、波多野さんの奥さんにあっちこっちつれていってもらった。波多野さんは罪深いサイゴンにとどまって精力的に暮し、奥さんは香港でイライラしながら待ちわびていた。サイゴンはお聞きのような都であるから、特派員の奥さんの心配はひととおりではない。ことに韓国とフィリピンが戦争に介入するようになってからヴェトコンは〝以後、韓国人とフィリピン人は米国人と同様に扱え〟という指令を全国に流したから、顔をまちがえられやすい日本人はどんなテロの破片を浴びるか知れないのである。

波多野さんの奥さんは英語と広東語が上手で、中国料理の大家でもある。香港に暮すうちにあちらこちらの菜館の台所にかよってコック長から学び、近年では、もう教えるものがなくなったと太鼓判をおされるところまで達したのである。東京に帰ったら〝飲茶《ヤムチャ》〟の店をだしたらどうかとすすめられてるのだけれどと彼女がいうので、そうなったらどんなに楽しいことだろうと私は思う。その彼女がなにげなく香港にはクマの手のひらを食べさせる店があるけれどどうかしらといいだしたので私たちは一も二もなくとびついた。

ツバメの巣のほうは近頃では東京でもよく食べられる。ニセモノも多いらしいけれど、あまり珍らしいものではなくなった。パリの中国料理店でもしじゅうそのスープを食べた。ヴェトナムには件《くだん》の海ツバメの名産地があるのでサイゴンの中国料理店でよくそのスープを食べた。おいしいのはスープであって、ツバメの巣そのものは白いプリプリした破片であり、とくにどうという味はない。フカのヒレだって考えてみるとヒレそのものに味があるわけではない。けれど、もうツバメの巣はとっくに私の夢や想像から退場してしまった。

九竜側のゴタゴタした町につれていかれ、めざす店の奥にすわった。コック長がでてきて盆にのせたクマの手のひらを見せる。毛が生え、ツメが生え、漢方薬店の店さきの神秘的乾燥物そっくりである。

「よろしい。ナンバー・ワン！……」

「うまいもん食べさせてや！」

コック長はにっこり笑って退場し、やがて湯気のたった大皿がはこびこまれる。世界が笑いくずれる。ソソクサと箸《はし》をつっこむ。口にほうりこむ。嚙《か》みしめる。味わう。のみくだす。目をひらく。失望した。夢想は砕けた。ただの甘辛く煮た、ぶるぶるした、脂《あぶら》っぽいゼラチン状のものにすぎなかった。どうしてこんなものが王様の御馳走なのか、さっぱりわからない。またひとつ経験して私はさびしくなった。食べなかったほうがよかった。

「……そうなのよ、開高さん。あなた知りすぎて不幸だわ。これだって、ただ珍らしいというだけのことなのよ。とくにどうって味じゃないわね」

「飲茶のシューマイ、ハーカオのほうがうまいや」

「ヘンな王様だわね」

波多野さんの奥さんはぼんやりしている私をからかったり、なぐさめたりしてくれた。また橋のしたを水が流れていった。

香港では蛇酒を飲んだ。これは香港側のゴタゴタした町の薬酒屋である。屋号を『蛇王林』という。東京のマムシ屋とおなじで、蛇からつくった薬酒を売っている。

店さきでデキタテのほやほやも飲ましてくれる。たくさんの木箱が積んであって、そのなかに蛇がウジャウジャ入っている。この蛇を三種類ぬきだし、ハサミで腹をプッッとやって肝だけとり、茶碗に入れる。黒い、小さな、トロリとしたしろものである。三つの肝をつぶし、酒を入れてかきまぜる。黒いような、黄いろいような液ができる。それをグッとあおる。

おっちゃんはじつに手慣れたもので、蛇をキュッとしごくと、一回で肝のあり場所をおさえる。バンドの穴をさぐるみたいなものである。そこへハサミをプッツとやり、指でおす。小さな肝がとびだす。蛇は三匹である。一匹は日本のシマ蛇に似たやつ。一匹は黄と赤と黒の輪縞《わじま》の入った派手なやつ。さいごの一匹はコブラである。牙《きば》がぬいてあるから毒はない。箱からひっぱりだしてパンパンとたたくと怒って体をもたげ、例の袋をフウーッとふくらます。

蛇酒そのものがホロにがくて、想像したようなナマぐささはない。しかし、とくによろこんで飲みたいという味があるわけのものでもない。ひどくアレにはよいということだけれど、アルコールが腸にしみてチリチリするから体がポッとすることは事実である。一件のほうは保証のかぎりではない。まァ、信ずることですナ。信ずれば救われまする。

「……この蛇は肝をぬかれても三週間ぐらい生きてるそうよ。食べたかったら三匹ぶらさげて向いの料理店へ持っていくの。とくにおいしい料理でもないからおすすめできないけれど、どうなさる。リキつくんだって」

波多野さんの奥さんはニヤニヤ笑ってそうおっしゃる。私と秋元キャパは頭をつきあわせて〝分析〟と〝綜合《そうごう》〟をやる。どや、食うてみるか。うまくないというじゃないか。一五五ミリの火薬やというでぇ。おれの一五五はそんなモノなくたって立派なんです。そうか。そうだョ。じゃ、つぎにまわそう。

サイゴンから香港まで中距離ジェットのカラヴェル機でたった一時間半か二時間ぐらいである。私たちは二晩すごしただけであるが、エア・ポケットのなかにおちた。自動車のパンクの音が聞えると思わず電柱のかげへとびこみたくなる衝動が手足の神経のさきでピリピリふるえているのに香港では人びとはまったくキンタマの皺《しわ》をのばしきった顔つきで町を歩いていた。私たちの脳には弾音がしみついているが、キャバレにいってみると人びとは暗い海の底で陽気な狂騒と酒におぼれ、女の白い肩の上で貪欲《どんよく》な、小さな、ブタのような眼が閃《ひら》めく。

秋元キャパがエア・ポケットのなかで正常な反応を起した。彼はクールヴォアジェをしたたか飲み、前後不覚になり、解体した。気がつくと血相変えて誰かといわれのない口喧嘩《くちげんか》をはじめていた。誰かも酔っていわれのない暴発を起していた。この人もサイゴンにいたことがあったのだ。二人は深夜の香港の舗道の上でもつれあい、殴ル、ゾ、殴レ、ヨシ、空地へ行コウなどという声を発した。私は秋元キャパをタクシーにつれこみ、パーク・ホテルの部屋へかつぎこんでから、猥談《わいだん》を一席やって、ベッドにおぼれた。ほぼ私も前後不覚に酔っていたのだ。ふしぎなことにキャパは全身コニャックでしびれているはずなのに猥談を聞いて正常な反応を起した。これから女を呼んで三人でヤロウ！　と叫んでベルをおしたり、電話をかけたりしたあげく、倒れて、夢中になって歯ぎしりしはじめた。

やっぱり蛇酒はキクのだろうか？……

“She Wong Lam”
82, Jerroiss St.
Hong Kong Tel. 438032·438031
『蛇王林』

（38・3〜38・10、39・12〜40・4）

珍酒、奇酒秋の夜ばなし

一

秋となったが都市に暮しているとそれこそ名ばかりで、季節などはせいぜい暑がるか寒がるかで判別するだけである。新聞、週刊誌、月刊誌、グラフ雑誌、何を読んでも書かれてあることの背後に感じられるのは貧寒と枯渇《こかつ》ばかり。雑巾《ぞうきん》で顔を逆撫《さかな》でされるような、酸にじわじわと犯されるような、眉《まゆ》にも手にも汚《し》みのついたような感触に占められて一日が過ぎ、黄昏《たそがれ》となる。えいくそ。ママヨ、一杯といきたいのだが、それがまた人なみでない体だから酒を厳禁されている。手のおき場所がない。指が何をにぎったものかと宙に迷う。わびしさと焦躁《しょうそう》が荒寥《こうりょう》のうちにこみあげてきて、いてもたってもいられなくなる。

だから、今日は、酒の話を書いて、鬱《うつ》を晴らすことにする。それもマトモな酒ではなくて、チクリと想像力を刺激されそうなのを選ぶことにする。まともな酒でも、たとえば十年前なら、おれは一九三五年と三七年のロマネ・コンティを飲んだことがあるといえば、ちょっとは耳をたてる人もあり、大きな顔もできたのだが、近頃のワイン・ブームのおかげで、金さえだせばたいていの銘酒が飲めるようになり、ときにはそれは空恐しくなるほどである。ワインの輸入業者から送られてくるリストを眺めるとそれこそ一滴一滴が宝石であるような逸品がずらりとならんでいて、わが国はこんな贅沢《ぜいたく》品を飲んでいられる身分ではないはずだがと、傾けた小首のあたりが何やらウソ寒くなってくる。ほんとの贅沢とはこんなことではないのだがと、またまた心が酸に犯されそうになる。

それはそれとして。

《アルコール》という言葉はアラビア語から起り、原義は、たしか、物の本質を抽出するというようなことだったと思うが、アラビア人だけではなく、あらゆる人種があらゆる地帯で酒精にさまざまな物を漬けてたわむれた。花、果実、草、根、皮、それぞれ思いつけるかぎりの物をほりこんで、ああでもない、こうでもないと秘儀にふけってきた。中国の竹葉青酒は竹の葉だし、ポーランドのズブロヴカはバイソン・グラスという野牛の好きな草だし、スイスのエンチアンはリンドウ、フランスのペルノーは茴香で、といったぐあいである。こういう酒はあげればキリがない。それこそ秋の夜ふけに瓶から瓶へ、グラスからグラスへと気ままに放浪してきた友人とそれぞれの酒を飲んだときの思い出をかわしあったら千夜一夜となることであろう。

しかし、酒精に浸すのは何も植物だけではない。動物もふんだんに活用される。それも、原形のままやら、骨や腱《けん》などやら、エキスやらと、なまじっかではすまないたわむれようである。いちばんありふれているのはマムシ酒やハブ酒などで、誰もがすぐ思いだせる。日本でも中国でもフランスでもアメリカでもこれはやっていることだが、たいてい毒蛇が使われて、シマ蛇や青大将などが使われる例はほとんど耳にしたことがない。毒蛇でなければ薬効は生じないのだとする考えかたがどこでもおなじらしいのである。

中国の広西省に産する三蛇酒というのは過樹榕蛇、金脚帯、飯鏟頭の三種の蛇でつくるが、このうち二種が猛毒の持主である。飲むと神経痛が治り、もりもりとリキがつくとされている。五竜二虎酒という酒には眼鏡蛇、金環蛇、銀環蛇、飯鏟頭、金脚帯の五種の蛇が入る。こういうのは字を見ているだけで何やら凄味《すごみ》があり、めでたい兆《きざ》しで体があたたかくなってきそうである。香港《ホンコン》にはこの種の怪力乱神がおびただしくあるので注意深く歩いていたらムクムクしてくる。いつか朝日新聞の秋元カメラと蛇肝酒をためしたことがある。これは文字通り蛇の生肝をその場でぬきとって白酒（焼酎《しょうちゅう》）にとかして飲むのである。薄暗い店内には壁ぎわに天井まで木箱や竹籠《たけかご》がつみあげてあるが、どれにも猛毒の蛇がうじゃうじゃとうごいている。おっさんは器用な手つきで一匹ずつとりだし、バンドの穴をあてるよりも素速く胆嚢《たんのう》をさぐりあてると、プツリと鋏《はさみ》を入れて、茶碗《ちゃわん》へひねりだす。そして蛇をドンゴロスの袋へほりこむ。蛇の肝は薄緑色をした小さなものである。それをつぶしてまぜあわせ、白酒にとかして、グッと飲みこむ。何やらホロにがいけれど妙な脂《あぶら》臭さはない。やがておなかがチクチクとめざめてうごきはじめるが、これは白酒のせいだろう。

肝をぬいたあとの三匹の蛇はクネクネとドンゴロス袋のなかでもがいているが、おっさんはそれをこちらに持たせ、向いの料理店を指さして、あれは弟がやってる菜館です、これを持っていきなさい、うまい鍋《なべ》料理にしてくれますよという。どんな素材でも徹底的にこなしつくす彼らの精神に毎度のことながら私は感心する。蛇がうまいのはやはり冬籠《ふゆごも》りで脂ののったところだとされているが、ちょうど菊の季節である。南方中国人は蛇を食べると女の眼が美しくなるというういいつたえを持っていたと思うが、その肉はよくひきしまっていて、かなりのものである。ヴェトナム人も蛇は大好きで、ことにデルタ地帯の中心地のミトは蛇料理と麺《めん》料理のうまいことで有名である。

彼らは彼らで、蛇は骨からいいスープがとれるという。ゲテモノ扱いしてはいけないのである。このあたりでは蛇や田ンぼの鼠《ねずみ》はたいした珍味であり、御馳走《ごちそう》なのである。事実、どちらもうまい。

バンコックでは毒蛇の王様のコブラを粉にしたのを瓶につめて売っている。これを二匙《さじ》か三匙、焼酎にとかして飲むと、体が火照《ほて》ってきて、真冬に素ッ裸で寝ても風邪をひかないし、女をたいそうよろこばせてやれるというのである。このコブラ・ウィスキーは、ちょっとヤニっぽいような、焦《こげ》くさいような香りがするけれど、結構いける。ただし、私自身には、さっきの三蛇肝酒もこのコブラ・ウィスキーも、いっこうに瑞兆《ずいちょう》を見せてくれなかった。マムシ酒も、ハブ酒も、トンとそれらしいところを見せてくれなかった。おれはそんなものの助けを借りなくたっていいのサと内心いい聞かせて、気にしないことにしたけれど、何やら一抹《いちまつ》のさびしさをおぼえたのはどういうわけだろう。

しかし、ときにはミートする体質の人もあるらしい。秋元カメラが社の友人の一人に進呈したところ、何日かたってその人がニコニコ笑いつつやってきて、きいた、きいた、バッチリきいたといったそうである。それからしばらくすると、またその人がやってきて、今度は、もう一瓶ないかとねだったそうである。どうもその眼と声は本音であってポーズではなさそうだ、やっぱりコブラはきくらしい、笛も吹かないのにたったそうだと、しきりに秋元カメラは感心していた。

次項はコブラの〝鞭《ペニス》〟の話である。

二

前項で中国の広西省には五種の蛇を入れてつくった五竜二虎酒という酒があると書いたが、そのうちの一種は〝眼鏡蛇〟である。これはコブラのことである。この蛇はごぞんじのように昂奮《こうふん》すると上半身をたて、首のうしろを巾着《きんちゃく》のようにふくらませる癖がある。そうすると左右に一コずつ輪紋がくっきりとあらわれる。そこから中国人はこの蛇のことを〝眼鏡蛇〟と呼ぶようになったのだと思う。

たまたま妻が台北へ旅行をし、乾燥牛肉や、豚肉をトロロ昆布《こんぶ》のように仕上げた肉腐や、豚の足の腱《けん》の干物などを買って帰国したが、そのなかに眼鏡蛇の鞭《ペニス》の干物という珍物がまじっていた。説明書を読むと、これを白酒（焼酎）に漬けると壮陽補腎《ほじん》に何よりの酒ができると書いてある。これは面白いというのでさっそく焼酎を買ってきて漬けてみたところ、しばらくして濃い紅茶に似た色に染まってきて、どうやら飲み頃である。バンコックのコブラの粉の瓶詰も焼酎に漬けるとおなじ色になったが、鞭を漬けてもおなじ色になるのはちょっと不思議な気がする。

「どうしてでしょう？」

「よほど精が強いんだろう」

「干物ですよ」

「いよいよ濃縮されたんだ」

「精のコンクやね」

「君、飲んでみろ」

「いえ、あなた様から」

「レディ・ファーストだ」

「いえ、あなた様から」

台所のすみっこにたって広口瓶から一杯、汲《く》みとって、すすってみる。この種の酒にありがちな、妙な生臭さや脂臭さは何もないが、さりとて舌を鳴らすほどのものでもない。瑞兆のほうはどうかというと、その夜は飲んだことも忘れてただの惰眠におちてしまっただけである。

ところがためしに武田泰淳さんにこれを進呈してみると、進呈したということも忘れてしまった頃、某誌の対談でお目にかかると、眼を輝やかせて、きいたぞ、開高君、あれはとてもきいた、とおっしゃる。その眼とその声にはその頃しきりに各箇処での地盤沈下をひそひそ嘆いておられたさびしさがなく、どうやら満々の自信がほの見える。そればかりか、ニコニコ微笑して、まだ残ってたらぜひ欲しいなとおっしゃるのである。さっそく妻が新しい瓶につめかえて走ったが、その結果はどうだったのだろう。あれは『快楽《けらく》』の完成の頃だったと思うが、両者には何か深夜、関係があったのかしらと、いま思いかえしているところである。

ハブもそうだが、コブラもペニスは妙なことになっていて、ダブルである。二本あるのだ。鯨のそれに似て先端は鉛筆のようにとがっている。しかも、亀頭環《きとうかん》とおぼしきあたりには逆トゲが何本も生えているのだ。つまり釣鈎《つりばり》の顎《あご》とおなじになっている。つっこんだらそれがひっかかってスポリと抜けないようになっている。先様がパックリ大口あけて吐きだしてくださらないかぎりコブラの彼氏はただコトが終ったからといって彼女からはなれたり、ごろりと向うむいて寝返りをうって高イビキをかくということができないようなのである。彼女がすっかり満足して飽きるまで彼氏はむさぼられるままにむさぼられてジッとよこたわっているしかないようなのだ。しかもそれが一本だけではなく二本もあるのだ。古人が蛇性の淫《いん》といったのはこういうことを観察したからではなかろうか。

卒然として何か教えられた気がした。

蛇のほかにも中国人はさまざまな動物の部分や姿のままを酒精に漬けて例の徹底癖からの探求にふけっている。その多彩。その微細。いまその道の文献を読んだり、香港や、シンガポールや、上海《シャンハイ》などで目撃した酒店の棚を思いかえしたりしているのだが、他の民族にはちょっと見られない壮観である。農民や漁師や樵夫《きこり》などがめいめい勝手にこっそり手作りで探求にふけっている例は他の民族にもおびただしくあるだろうし、日本人にもおびただしいだろうけれど、中国ではそれらの奇酒、珍酒がことごとく国営企業として大々的に探求、製造、販売されているという点が破天荒にユニークなのである。

蛤蚧酒というのはイモリにそっくりだがずっと体の大きいトカゲを入れた酒である。三蛇酒、五竜二虎酒は前項に書いたように蛇酒である。虎骨酒は虎脛を入れた酒である。ほかに木登りトカゲを入れたの、ゲンゴローを入れたの、ニワトリを入れたの、タツノオトシゴを入れたの、冬眠のガマ、スッポンのエキス、クマの掌《てのひら》、雌鹿《めじか》の尾、これらさまざまのものそれぞれに花、果実、草、木、根、皮、無数の香辛料や薬用植物をあしらって、味、香り、舌ざわり、そして何より薬効と愉《たの》しみをめざしての百酒斉放、百佳争鳴ぶりである。いずれ私は眼薬程度にもせよ酒が飲めるようになったらこれを一本ずつ蒐集《しゅうしゅう》して解釈と鑑賞にふけるつもりでいるけれど、一杯ずつ飲むにしても何年かかったら全種目をやれるだろうか。冬眠のガマを入れた酒を飲んだあとでタツノオトシゴを入れた酒を飲んだらいったいどんな結果になるのだろうか。さめた粗茶をすすりすすり黄昏《たそがれ》の窓を眺めてうつらうつら考えていると、やれ、ありがたい。いつとなくしらちゃけた時間が過ぎて、柔らかい夜にすべりこめる。

講演旅行のときに陳舜臣《ちんしゅんしん》さんと味覚の雑談をしていて、たまたま私が東南アジアの田ンぼに棲《す》むネズミの美味を説いたら、陳さんはその場で反応を示し、あ、そのネズミを酒に入れたのがあると、いいだした。ネズミが姿のままで酒瓶に入っているというのである。これにはおどろかされたが、茫然《ぼうぜん》としていてはいけない。鉄は熱いうちに打て。翌朝さっそく若干の研究費を封筒に入れて陳さんにさしだし、何とか一本買って東京へ送って下さいと申し入れた。陳さんは快諾してくれたが、東京へ帰ると、さっそく神戸から電話があって、陳さんが華やかな声をあげた。

「……例のネズミ酒はレッテルを見ると、『田乳鼠』と書いたあるワ。田ンぼのネズミの子やね。そのほかにもう一本、もっと凄《すご》いのが見つかった。人間の胎盤《たいばん》を酒に入れたちゅうねン。こちらは瓶のなかは酒だけで胎盤は姿で入ってへんけど、レッテルにはそう書いてある。どんな薬効があるのか知らんけど、送ってみるよってに、飲んでごらん」

驚愕《きょうがく》、狼狽《ろうばい》、感動の声で私は感謝して受話器をおき、書斎にもどる。さめた粗茶をすすりつつ、黄昏の窓を眺める。地大物博。奇想天外。非凡無類。？？！！。産院に酒屋がくっつくとは……

さすがである。

さすが。

三

前々項で紹介した中国のネズミ酒と胎盤酒がいよいよ陳舜臣さんのところからY新聞の野村氏の手でもたらされたので、この項はそれらに捧《ささ》げることにする。ネズミ酒は正しくは『田乳鼠仔酒』という。広東の特産である。田ンぼに棲《す》むネズミの赤ン坊を酒に漬けたものである。瓶のなかに十四か十五匹ほどかわいいネズミの毛のない赤ン坊がかさなりあって沈んでいる。酒の色は薄い黄色で、瓶を倒したり起したりすると、こまかいモロモロがネズミといっしょに浮沈する。レッテルがなかったらネズミの赤ン坊のアルコール漬と見えることだろう。

ネズミの赤ン坊と書いたが、よく見ると、毛は一本もなくて、すでに耳や尻《し》ッ尾《ぽ》は生えているけれど、眼ができていない。眼のあるべき部分はちゃんとわかるが、閉じている風情《ふぜい》だというのではない。これは田ンぼに棲むネズミの胎児なのだろうか。それとも生まれたばかりで泥と藁《わら》の暗くてあたたかい巣のなかでお母さんのオッパイをもぐもぐまさぐっているところを捕えられたのだろうか。そうなれば眼は閉じてはいてもちゃんとできていることが見えるはずだが、それが見えないのだから、おそらく胎児なんだろうと思いたいところである。

胎盤酒は正しくは『胎盤補酒』である。〝タイパンプウチュウ〟である。広西省の産である。これは瓶のなかに胎盤は入っていず、ただ、酒だけが入っている。酒はやにごった紅茶といった色をしている。マムシだろうとタツノオトシゴだろうと、すべてそういうものを草根木皮といっしょに浸漬《しんし》してつくった酒のことをわが国では〝薬酒〟とか〝薬味酒〟というが、中国では〝葯酒《やくしゅ》〟である。だからネズミ酒も胎盤酒もレッテルには功能がいろいろと書きこんであって、じっさいどれだけキクのか、キカないのかはわからないけれど、字面《じづら》を眺めていると、何やらほのぼのしてくる。

おそらく一杯や二杯たまに飲んだからといってたちまち、ア、キイテキタとなるのではなくて、日頃からチビチビと欠かさずに連用していたらそのうち何となく壮陽補腎の効果があらわれるというのがこの種の薬酒の特徴である。しかし、とにかくレッテルにはいろいろとうれしいことが書きつらねてあるので、それを読んでみると、ネズミ酒は血をいきいきさせて顔の艶《つや》をよくするという。パワーの不足を補い、リューマチを治し、産前、産後、病後によろしいのだという。いっぽう胎盤酒のほうはさらに精緻《せいち》で広大である。

人の胎盤は別名を〝紫河車〟と呼ぶ。昔から本草学で貴重がられてきたが、明《みん》代の碩学《せきがく》、李時珍の『本草綱目』には男女を問わず人体いっさいの〝虚〟と〝損〟にきくとあるのだそうである。肺、心、脾《ひ》、肝、腎の五つの内臓と気、血、筋、肌、骨、精の六つのものの不振に胎盤は補養の卓効がある。それを酒に入れ、十数種の〝貴薬材〟を混ぜてつくったのがこの酒である。ベースとなる酒には〝純正米酒〟を使ったとある。武田泰淳氏にはキング・コブラの鞭《ペニス》の酒がとてもきいたそうだからつぎにこれをさしあげてみようかと思う。のんのんズイズイということになるかもしれない。

某日、午後、佐治敬三夫妻の来訪があった。久しぶりでお目にかかるので、よもやま話のついでにさっそくこの二本の瓶をお見せし、説明にかかる。夫人はネズミ酒をチラと見るなり、こちらが産前、産後にききます、病後にもききますと申上げているのに、聞かばこそ。たちまち、キャアと声をあげ

「……カンニンしてぇ！」

のかわいい悲鳴。

氏は動ずる気配がない。ウム、ウムとうなずきながら眼鏡をはずし、瓶を手にとって起したり倒したり、ネズミの赤ン坊が浮きつ沈みつするありさまをしげしげと観察なさる。かなりの酒徒でもこういう怪力は聞くか見るかするだけでたちまちゲテだと眉《まゆ》をしかめるか、そっぽを向くかしそうだが、格物致知の精神はさすがである。氏の近著の『新洋酒天国』は世界の酒を飲み歩く遍歴記だが、ただの飲み歩記ではなくて、実見、実証に学と理と直覚で厚い裏うちがしてある。〝洋酒〟だけではなくて中国にもいってちゃんと各種の中国酒を飲み、とくにプタウチュウ（ぶどう酒）については歴史の研究が深い。近頃よくある早出来の孫引きブックではなくて極上中《なか》汲《く》みのいいコクが艶《つや》光りしている真書なのである。

そのうち話がネズミや胎盤からはなれて漂よいはじめ、コニャックのことになった。コニャックの名家の屈指の一つはマルテル家であるが、そのマルテル本家の常飲用のコニャックを売ってる店がパリにたった一軒ある。パリには酒屋が何百軒とあるが、その瓶がおいてあるのはその店だけである。レッテルには色も画もなく、ただ手書きで〝グランド・レゼルヴ〟とあるきりで、一昨年、パリへ講演にいったとき、一本だけ買いました。

佐治氏はいっこうに話を聞いても動ずる気配なく、ニヤリと含み深くわらった。そして一肩乗りだし

「上には上がある。そいつのも一つ上のがある。オレ、マルテル家へいったときに一本もろてきたんやけどな。これは御秘蔵中の御秘蔵、プリヴェのプリヴェやね」

その瓶にはレッテルが貼《は》ってあることはあるけれど、酒名も何も書いてなくて、ただ年号がそっけなく書いてあるきりで、こまかい数字は忘れたけれど、たしか十九世紀中葉の頃とおぼえていると、氏はおっしゃるのだ。そういうヤツなら、いつか、〝モンテスキュウ侯爵《こうしゃく》〟と書いただけのを一杯だけ飲んだことがありますよと、小声でいうと、氏はちょっと考えてから、やはり小声で、ニセモノかもしれんナと、おっしゃる。

これくらいの古稀《こき》の逸品となると、美術品か骨董品《こっとう》であって、飲むよりは眼で見て愉《たの》しむものかもしれないが、そうと知るとこちらも格物致知の衝動がこみあげてくる。『新洋酒天国』が売れて二版になったらそれを記念して一杯だけすすらせて頂けませんか。私の舌にも一世紀を一瞬味わわせてやりたいのです。そのかわりこちらもネズミ酒と胎盤酒を提供しましょう。どちらも日本人ではめったにないことですから、その、稀《ま》れの光栄をわかちあおうじゃないですかと、持ちかける。

氏はニッコリ笑い
「よっしゃ。約束しよう」
とおっしゃる。
さてそのときの偉大なるコニャックと奇にして善なるネズミ酒および胎盤酒の飲み心地。東西二大宗の酒品についてはまたそのときのおたのしみ。乞《こう》御期待と申上げます。

（50・11）

覚悟一つ

酒もタバコもおなじ年のほぼ同時に探究を開始したが、たしか十七歳のときだった。敗戦から三年しかたっていないので外界は混々沌々《こんこんとんとん》、濛々朧々《もうもうろうろう》としていて、私はひたすらオトナになりたい一心でカストリを飲み、シケモクをふかしたのだった。どちらも酒だのタバコだのといえたしろものではなかったはずだが、そんなことは考えたこともなかった。

それから二十七年間、正確にはこの九月まで、飲むままに飲み、ふかすままにふかしつづけてきた。朝酒もやったし、昼酒もやったが、もっともふつうなのはやはり宵酒だった。毎日、黄昏《たそがれ》が水のように窓に沁《し》みだす頃になると、手が瓶にのびずにはいられなかった。この時刻は何歳になっても大凶時《おおまがどき》であり、逢魔《おうま》ケ時であり、彼《か》は誰《たれ》であった。日本酒、焼酎《しょうちゅう》、ウィスキー、コニャック、ぶどう酒、何でも飲んだ。最近は味や香りがわずらわしくなったので、純白のシーツのようなウォツカをやるようになっていたが、とにかく酒精で黄昏をうっちゃって夜ふけを迎えないことにはペンが持てなかった。

しかし、この九月にたまたま人間ドックに入って胆石を発見され、開腹手術をうけて胆嚢《たんのう》を切除されてからは、少くとも今日まで、一滴も飲んでいない。タバコのほうは入院して九日めに深夜トイレのなかであえなく禁をやぶってしまったが、これは問題が肺にあって、しかも精密検査の結果、そこには何のトラブルもないと判明したからだった。しかし、酒の巡航コースでいうと、私はもう城の外堀を埋められてしまったようなものなんだから、肝臓はよくよくいたわってやらなければならないと厳戒されたのである。手術後の全身にこだまする痛苦のなかでやわやわと吹きこまれたものだから、どんな説教よりも凄《すご》さと深さがあった。四時間は利《き》くはずの痛み止めの麻酔が二時間ともたないので、あとはひたすらタオルを嚙《か》みしめて耐えぬくしかないのだが、それはちょっとしたものである。

いずれ眼薬程度には飲めるようになるのだろうけれど、これまでの常習や量とくらべると、万年禁断症と思ったほうが早道のように思える。酒ぬきで黄昏と白い紙を直視しなければならないなど、想像もつかなかったことに慣れなければならない。両手を縛られて川へほりこまれたような感じがする。何としてでも仕上げたい、いままでぐずぐずと延引してきた作品があるものだから、ようやく命が惜しくなって断の覚悟をきめにかかっているのだが、大凶時が迫ってくると、やっぱり焦躁と荒寥《こうりよう》がこみあげ、どうしていいのかわからなくなってくる。アル中のために週末を失った作家はあるけれど、ぬいたためにおなじ結果が起る場合もあるのではないかと思ったりして、にわかに記憶をまさぐり、下戸の大作家や酒ぬきで書かれた傑作はなかったかと、おぼつかなく指を折ってみる。

これまた一つの不安である。

（50・12）

イセエビが電話をかける

いつごろからともなく私は酒場遊びをやめた。酒場でなければ得ることのできない人と生についての耳学問の突飛さや貴重さはよく知っているつもりだが、酒の注げる女が見つからなくなったし、自前で飲むにはベラボーすぎるし、原稿料はいっこうに騰貴《とうき》しないし、いろいろのことが明滅して、やめるともなくやめてしまったのである。自前で飲むのはベラボーだし、原稿料はいっこうに騰貴しないというのは昔からのハナシで、いまさら議論する気にもなれないから、それを承知で長年月貢ぎつづけてきたのに、やめる気になったのは、あることがあって無常を痛感し、一挙にそれからのめりはじめ、その余波の一つとして酒場通いがわずらわしくなりはじめたのであろう。

酒を注ぐというのはなかなかむつかしいことである。注がれた酒がどんなに高貴で高価であっても、注ぐ手がまずければドブロクより酒が下落するということがしょっちゅうある。ひとりで部屋にたれこめて黄昏に飲む酒がわれ知らず大酒になって大酔するのは、注ぐのも飲むのも自分ひとりだからである。ツベコベいうやつもいず、チヤホヤいうやつもいず、壁にゆらめく自分の影と回想だけを相手にしてたわむれていると、これくらい愉しいことはない。男にとって思い出以上の酒のサカナはまずあるまいと思われるほどである。小人閑居して不善をなすという古語はひとり酒のあまりの愉悦をたしなめるためではなかったかと思えるほどである。若ければこれはオナニーのことかと勘ぐる向きもあるかもしれないけれど、人にも果実にもそれぞれの時期と熟度があるというものである。

酒場通いをやめると作家、批評家、編集者など、同業者とフッツリ顔をあわせることがなくなり、ときどき拙宅へ回遊しておいでになる編集者諸氏から、アレはどうしてるか、コレは女とうまく切れたかなど、もっぱら耳で消息を聞くだけになってしまった。もともと小説家を養うのは隔離であるから、人と会いたければ、同業者であるよりはむしろしばしば他の業種の人たちであるほうが好ましいのである。同業者と会うのはホンのときたまであるほうがいい。そうしてそのとき、同業人でなければ通じあえないメチエの秘密をそっと交わしあうのがいいようである。小説家が日頃つきあうのに望ましい職業人は、小説業者以外ならすべていいのだが、とくに選ぶとなれば弁護士、医者、刑事、泥棒、乞食《こじき》、社会部記者などであれば一層望ましいということになるだろうか。好色家、美食家、好事家などはさらによろしいようである。青年よ、森羅万象に多情多恨なれとは、武田泰淳氏の名言である。

そういう次第で、近年は誰とも切れ、彼とも会わず、ただ噂《うわさ》で誰彼の暮らしぶりを仄聞《そくぶん》するだけになってしまったのだが、どうやらみんな似たようなぐあいであるらしい。酒場に元気に出没するのはもっぱら新人諸氏で、旧人諸氏はめいめい甲羅にあわせてマイホームにひきこもり、おたがい往年ほど行ったり来たりもせず、沈香《じんこう》も焚《た》かず屁《へ》もひらず、犬を飼ったり、レコードを聞いたりの毎日であるらしい。しかし、だからといって作品までがそれにふさわしいものになるかどうかは誰にも断言できないのであって、ニコヤカなマイホーム紳士が不逞《ふてい》の思惟《しい》、深淵《しんえん》の感覚をひそかに養っているのはしばしばあることである。作家は仮面紳士で逃亡奴隷《どれい》なのだという伊藤整氏の指摘を待つまでもないことである。

十年ほど以前には私はよく安岡章太郎大兄に電話をしたものだった。そのころはニセ電話をかけて相手を踊らせるのが流行《はや》っていて、さしたる用事がなくてもダイヤルをまわして先方の消息をまさぐるのが習慣だった。それも近年はおたがいすっかりすたれてしまい、三年前にヨーロッパへいっしょに講演にでかけたときはべつとして、昨年のことを思いかえしてみると、ある文学賞の審査の席で顔を合わしたのが一回と、ひま電話をかけたのが一回と、それくらいのものだった。大兄はそのときフランスへ飲みと食いの旅行にでかけて帰国したばかりのところで、リヨンのポール・ボキューズの店で満足した話をしきりにくりかえし、イノシシの肉をステーキ風に焼いてだしてくれたというのだった。野趣があり、脂《あぶら》ッこくなく、腹にもたれず、絶品だったとのことである。

「それにかけるソースはだナ、リヨン風にしてくれ。やっぱり。それでなきゃ、ダメ。スープはカメのスープがいいな。コンソメ仕立てでなあ。金色《きんいろ》に輝やいてるんだ」

「ボキューズの十八番《おはこ》はスズキをパイで包んで焼いたやつだけど、どうします。私は二度ほど食べたことがある。うまいもんだけれど、とくにボキューズ大先生といって恐れいるほどのことはなかったようだけど」

「そりゃお前、やっぱりホームグランドでやらせなきゃだめだよ。リヨンへ行くんだね、リヨンへ」

「サラダはどうします？」

「サラダはね、ウン、レタスを使わないでくれ。そうだナ、クレソンだけでもいいぞ。酸《す》っぱくないドレッシングをかけてくれ」

「酒はどうします、酒は」

「酒か。酒はナ、プーイイ・フユイッセならわるくないな。プーイイなら、何年のでもいいぞ。シャムベルタンなら六四年。いや、七〇年でもいい。七一年でもいいな。そのあたりならシャムベルタンでもわるくないな、お前」

しばらく会わないうちに大兄はフランスぶどう酒についてすっかり口うるさくなり、しきりに銘と年号をあげたあげく、アハハと笑って電話を切った。

昨年書きちらしたメモを整理するうちにそのとき料理と酒の名を何げなく書きとめたメモがでてきたので、ここに紹介してみたのである。苦しむのは書斎だけでも精いっぱいだから、たまの電話はこういうことでいいのだろうと思う。作家というものは、薄暗い海底の一つの岩穴に一匹ずつ入って入口のほうを向いてうずくまっている甲殻類であるような気がする。ヒゲをうごかして餌《えさ》をまさぐるように電話をしたり、レコードを聞いたりしている。

そのうちに気がついてみると体が穴につかえて身うごきできなくなったり、ひょっとすると殻だけになってしまったりしていて……

（51・2）

旦那衆《だんな》は手品がお好き

トーマス・マンの作品に『詐欺師《さぎし》フェリックス・クルルの告白』という一作がある。中途で切れて未完のままで終っているのが残念であるが、優雅な悪漢小説を書く意図ではじめられた作品であることがよくわかり、マンの他の短篇や長篇とはまるで異って、それだけが孤立している異色作なので、流産がつくづく惜しまれる。

主人公のクルルは成長して詐欺師となるのだが、生れたのはマインツの西というから天下に名高いぶどう酒どころである。父はシャンパン商人で、音楽と女と美食に眼のない紳士だが、どうやらその血のなかの何かがつたえられて息子を詐欺師にしてしまったようである。この紳士、外観がすばらしく荘重、華麗なシャンパンを売って大いに産を成すのだが、それを飲んだ人は大いなる苦痛を訴えた。

『……詰めこんだコルク栓は、銀線と金を塗った結び糸とで締めつけられて、真赤なラックで封じられていたが、なお特別に、教書や古い国家文書に見られるような荘重な円封印が、金モールにぶらさがっていた。首の部分は、きらめく錫箔《すずはく》をたっぷり着せられ、胴の部分には、私の名親シムメルプレースタアが商会のために考案した、金色の唐草模様で飾られたレッテルが見る目もあざやかに貼《は》ってあったが、そのレッテルにはいくつかの紋章や星、金文字で印刷した私の父の花押《かおう》や「ロルレー・エクストラ・キュヴェ」という商標のほかに、腕輪と首飾とだけを身にまとった女の姿が見られ、これは足を組んで岩の頂きにすわり、腕をかざして波うつ髪を梳《くしけず》っていた。』

この荘厳《そうごん》にして艶麗《えんれい》な酒を飲んだ一人の画家は——問題の紳士の親友だが——紳士にこういう。

「あなたのお人柄は尊敬していますが、あなたのシャンペンはその筋の禁止ものですよ。一週間前、私はついふらふらと半瓶飲んでしまったが、今日になってもまだ体がこの攻撃から本復しない。いったいこの酒にはどんな酸っぱいぶどう汁をまぜるのですか。調合するときに足すのは、石油ですかね、フーゼル油ですかね。早い話が毒を盛るんですね。法律というものがあるんだから、御用心なさいよ」

手痛くつっこまれて問題の旦那はどぎまぎしながら、大衆の要求に従って安く売らなくちゃならないし、何しろ競争がはげしくて容易じゃないもんですからね、あなた、と弁解する。もともとこの旦那は気弱なものだからどぎつい言いかたには張り合えないのだそうである。どぎまぎしてというところで声をたてて失笑させられる。

酒を選ぶのに瓶の外観にたよってはならぬという教訓が自然と語られているわけであるのだが、ここでちょっと説明しておくと、シャンパンは冷暗な地下の酒庫で逆立ちして寝かされているうちに瓶内の渣《かす》が口のところに集ってくる。それを凍らせてぬきとり、減った分だけ追加し、炭酸ガスを吹きこむ。この追加のときに石油をまぜたのかフーゼル油をまぜたのかと画家は抗議しているわけである。

昨年の暮れに新聞を読んでいると外電ニュースでラインだかモーゼルだかの旦那衆が酒にぶどう糖を入れ、ライン産でないぶどう酒をまぜて売っていたので摘発されたと出ていた。こういう話は近年とくに多くて、いつかイタリアの旦那衆の行状を紹介したことがあるが、これはキャンチであった。それもぶどう酒に他のぶどう酒をまぜるのではなくて化学合成のワイン・パウダーをアルコールと水でのばして〝キャンチ〟と称して売っていたというのである。農園をでたときトラックは一台のはずだったのにナポリを通過したらそれが六台か八台になっていたという冗談ができたくらいである。フランスはフランスでボルドーの旦那衆がアルジェリア産をまぜて売っていたのが摘発されたが、その旦那の一人は法廷で、誰も何もいいませんでしたと答えて開きなおっている。抗議するものがいないのだからお客は満足していましたのサ、というわけだが、《盗《ぬす》ッ人《と》にも三分《ぶ》の理》というヤツである。

こうして見ていくと世界のワインどころとされる土地はのこらずニセの大流行ということになりそうで、油断もスキもあったものではなく、うっかり手放しで陶酔したらどこかちょっとはなれたところでニタリと薄笑いして赤い舌をだすヤツがいそうで、おちおちしていられない。

ワインの世界的不足、競争激甚《げきじん》、そこへ不景気で旦那衆のポケットにもつめたい風が吹きこみ、何やかやがからみあってこういうことになるのだと事情通が教えてくれる。

ワイン・パウダーのアルコール割りだとかぶどう糖添加などと聞くとゲッソリさせられるし、邪道もいいところだが、小生のささやかなる研究と偏見によると、一つのぶどう酒に他のぶどう酒をまぜること自体は、ときにはいい結果を生むことがある。

ライン産やボルドー産と銘うっておきながらそれに非ライン産、非ボルドー産、非自家農園産のをまぜることは法律で厳禁されているのだが、パリの学生町のキャフェの立飲みでやるパイ一売りのぶどう酒にときどき、オヤと眼を瞠《みは》りたくなるようなのがある。こちらの舌と体の調子がいいときには無銘の正宗と、ちょっと誇張していいたくなるときがある。こういうパイ一正宗にはしばしばアルジェリア産の赤が入っているのだが、これをまぜるとピンと腰の張った酒ができるのだそうである。だから、ぶどう酒にぶどう酒をまぜること自体を全的に否定するのは考えもので、酒によりけりだということになりそうである。

うまいパンがあればぶどう酒にサカナはいらないくらいである。ぶどう酒とスープをうまく味わうにはタバコで荒れた舌ではダメである。日頃は気の張らない安酒でうまいのを飲み、それを飲みつけておいてからときたまシャトォ物を飲んでみたらそのすばらしさがじつによくわかる。いくら飲んでも酔わず、迷わず、毎日やってもおよそ飽きることのないシャトォ物がたった一つあるが、これは《シャトォ・ラ・ポンプ》といって、水のこと。水道のことを〝ラ・ポンプ〟、それに〝シャトォ〟をつけた貧しい人の洒落《しゃれ》である。これはいまでもパリで通ずるから、今度いくことがあったらレストランでためしてごらんなさいナ。

最後にフランスの諺《ことわざ》を一つ。

水は酒をダメにする。

車は道をダメにする。

女は男をダメにする。

（51・2）

誰や、こんな坊《ぼ》ッに飲まして

性にめざめる頃、という原稿を書けとの仰《おお》せなら、たちまち指折り数えて、ウム、お隣りのミヨちゃんと押入れでお医者さんごっこをしたのは、と薄らボケの頭をひねって思いだしにかかる。つぎに、めったに見かけない企画だけれど、金にめざめた頃、というのを書けという仰せがあれば、はじめて手にした給料袋をトイレにかけこんで封を切って一枚、二枚とまさぐり数えたあの頃を思いだすことになる。性も金もこうしてならべてみると二つとも薄暗いところでコソコソという特徴があるようなので、その点に注意を集中したほうがいいナと、あらためてさとってすわりなおして書きにかかるという段取りになる。

これが、今回は、酒にめざめる頃、という仰せなので、いろいろ頭をひねってみたところ、押入れやトイレほどではないけれど、やっぱり薄暗い光景が掘りだされてくるので、おどろかされる。何歳ぐらいと数えることもできなくなった、おぼろな、遠い日、ある冬の黄昏《たそがれ》近い頃、火鉢にもたれて妹と二人で粕《かす》マンジュウを焼いた思い出である。その頃は火鉢に炭を入れ、煮炊《にた》きには七輪（大阪ではカンテキ）に煉炭《れんたん》を入れるという習慣であったから、失われし時の記憶は白い灰のなかに埋もれた炭の明澄な赤い火や、小さな、ゆらめく青い火などが、きっとあらわれてくる。それからまた、火鉢にかざしている手や顔が火照《ほて》って汗ばむほどなのに背中がいつもウソウソと寒かったこと、そのことを母が、井伏さんの『多甚古村』から頂いて、温帯さん、寒帯さんといって冗談をいったことなど……

その頃の酒粕は板のように固くてしっかりしていた。これを水屋から盗みだし、ザラメの砂糖を入れてくるみ、マンジュウにして網にのせ、それを火にかけると、やがて焦《こ》げてくる。砂糖がとけてジュウジュウと音たてて泡《あわ》だちはじめる。芳烈な、溌溂《はつらつ》とした酒の香りがたってきて部屋いっぱいにひろがり、たちまちとろんとなる。粕マンジュウはその頃は女や子供のオヤツだったけれど、結構、酔えた。コクもあり、後味もよく、二日酔いや、精神的悪酔いでノタうちまわることもなく、それでいてとろりフワフワと漂えるので、外界と内界にけじめのない幼年は、三日にあげずこの上なく愉《たの》しかった。酔って部屋のなかをころげて歩き、それを見て、母、叔母、妹などが笑いころげるのを見るのがまた愉しくて、わざと壁にぶつかったり、柱にぶつかったりしたものだった。
これが本格の悪酒でしっかりとヤキを入れられるのは戦後になってからで、入れてくれたのは谷沢永一であった。谷沢は酒については私より一歩先輩で、ドブ（ロク）やマッカリのコップをつまむ手つきになみなみならぬ従容《しょうよう》と特訓があるように見え、くやしくてならなかった。彼は私を大阪駅裏の朝鮮人集落へつれていき、〝カルピス〟をはじめて飲ませてくれた。凸凹《でこぼこ》の大薬罐《やかん》に氷塊を入れ、そこへバケツにしぼったマッカリのきつく雑巾《ぞうきん》くさいヤツをドッと入れて、冷やしたの。サカナは日本人向きに妥協して作ってない生無垢《むく》のキムチ。この二つをしこたま腹に入れると天地晦冥《かいめい》。道路が起きあがってオデコをたたいたり、電柱が突進してきたり、ちゃっちゃめちゃくちゃ。地下鉄の天王寺駅の薄暗いところへ這《は》いこんで、自分の吐いたゲロに顔をつっこんで、汚辱と溶解に奇妙な解脱《げだつ》味を味わっていると、誰や、こんな坊ンに飲ましてとか、戦争には負けとないなァ、などと通行人のオトナたちの嘆声が降ってきて、こぼれていった。

（54・1）

ウイスゲ・べーハー序章

スコッチは南京虫《ナンキンむし》の匂《にお》いがするというフランス人がいる。いっぽう、コニャックは石鹸《せっけん》の匂いがするというイギリス人がいる。しかし、パリでもロンドンでも、おたがいそんな悪口をいいながら、フランス人はスコッチを、イギリス人はコニャックを飲んでいる。敵の悪口をいいながら敵を愛しているといった恰好《かっこう》である。世界に冠たるボルドォとブルゴーニュのぶどう酒、コニャック、シードル、カルヴァドス、アニセット、ビール、手をのばせばことごとく名酒の瓶にふれるようなさなかでフランス人がわざわざ高い輸入税を払って輸入したスコッチを飲んでいる風景はちょっと奇妙なものだけれど、よく見かける夜の光景である。サガンの小説の登場人物はしじゅうスコッチを飲んでおり、その影響ではあるまいかと説明したフランス人がいたが、どんなものだろうか。

スコッチ、アイリッシュ、カナディアン、バーボン、サントリー、これら五種をひっくるめて、今かりに〝ウィスキー〟と総称することにする。この酒は私のとぼしい経験からしても北半球の全圏に浸透して愛飲されるようになった。コニャックやジンやウォッカの入ってない首都、もしくは少ししか入ってない首都はときどきあるが、そんなところでもウィスキーはすべて『ひらけ、ゴマ！』である。北半球のみならず、今では南半球も征服されつつある。そればかりか、品質や製法を問題にしないのであるなら、バンコックのメコン・ウィスキー、サン・パウロのグリーン・アンド・ゴールドなど、それぞれ自国産のウィスキーを持っているのである。北国の霧深い高原の谷でつくられた酒が、たとえ真似事《まねごと》とはいえ、ハイビスカスの咲く南国でつくられるようになったのである。かつてチャーチルは回顧録のなかで、余の父の時代の飲物といえばもっぱらブランデー・ソーダであって、スコッチはときたまの場合をのぞいて飲んだことがなかったと書きつけている。チャーチルの父君が何歳まで生きたか、私は知らないけれど、それでも、一人の男の一生にすぎない。その短い時日のうちにコップのなかは一変した。そこに映る世界地図は全く一変してしまったのである。大英帝国と貴族社会は東西南北から撤退また撤退をつづけたが、ウィスキーはあべこべに進出また進出をつづけた。コニャックもジンも宣伝ではウィスキーとおっつかっつのはげみようだけれど、売れかたの抜群ぶりではやっぱりウィスキーに劣る。とすれば、その魅力の秘密はウィスキーの味、香り、酔心地、それから、何かしらどう説明もしようのないもののなかにこそあると、思わずにいられない。

味覚の分野ではわが国には刺身というものがある。これは素材そのもの、原料そのもの、モノそのものの魅力を追求する芸術である。味覚というものはつきつめていくと個人個人の偏見であり、独断であり、主観であって、ソバが好きだという人をビフテキが好きだという人が批評したところでどうしようもないものである。ソバはソバであり、ビフテキはビフテキなんである。かつて二十数年前、私が酒の戦争の最前線の二日酔いの一歩兵だった頃、明けても暮れても日本酒とビールを敵にして宣伝文を書きまくり、ヘトヘトになっていたのだが、せめてオデンの屋台にウィスキーの瓶がおかれるようになったら、もうそれで目を閉じていいと思っていた。それは何年もたたないうちにどこでも見かけられる光景となり、内心私は、制覇《せいは》成れりと拍手したのだったが、ウィスキーはさらに浸透しつづけ、とうとう、寿司屋《すしや》の棚にまで瓶がおかれるようになった。それも日本全国、北から南まで、海岸部も、平野部も、山岳部でも、いたるところでである。水割り、ハイボール、オンザロック、ストレート、どう演出しようと、ウィスキーが寿司や刺身にマッチするなどとは私は爪《つめ》からさきも考えたことがなかったので、この日本人の酒徒の滑脱の転変ぶり、応用ぶりには、ホトホトト、呆《あき》れるやら脱帽するやらであった。そして、そこまで読めなかった自身の不明ぶりを恥じつつ、〝もののいきおい〟というもののすさまじさにすっかり圧倒されてしまったのだった。

肉体の疲れは糖分で癒《いや》される。心の疲れは酒精を求める。小笠原《おがさわら》の沖でガンガン照りの日光に汗をしぼられている私は、おどろくべし、ミツマメの罐詰《かんづめ》に夢中である。雪崩《なだ》れを警戒しつつ早春の渓谷にイワナやヤマメを求めて足音をぬすみぬすみ浸透していくときの私のリュックにもミツマメの罐詰が入っている。しかし、東京へもどってきた私は、頬のどこかに夕焼けの残照をとどめてはいるものの、ミツマメの罐詰など、食べたくもなければ、想像したくもなく、ひたすらグラスの氷に唇を持っていく。黄昏の書斎にひとりですわって窓外の松林を見ながら封を切るのはウィスキーの瓶であり、ウォツカの瓶である。文明と、政治と、時代の、複雑さや混沌《こんとん》ぶり、コトバやイメージの氾濫《はんらん》にくたびれた心は酒精に赴く。乾いた、単純な、深い、磨きぬかれ、円熟した一滴の、その一滴ごとの小さな、あたたかい舌のうえの炸裂《さくれつ》と開花が私にとっての唯一《ゆいいつ》のたまゆらである。玉揺らである。このひとときの心のたわむれを禁じられたら、私は狂いだすことだろう。清教徒は〝美徳〟を強制したがために禁酒法時代というとてつもない悪徳の氾濫をつくってしまった。スターリンはおよそ思いつけるかぎりと奇想天外の強制、抑圧、拷問《ごうもん》、流亡、血と呻吟《しんぎん》の何十年間を出現させたけれど、とうとうウォツカの味は変えられなかったし、禁止することもできなかった。毛沢東も、江青女史も、四人組も、酒だけは禁圧できなかった。ソヴィエトのアエロフロートの機内でだされるのはウィスキーであり、中国人は中国人で彼らがウィスキーと考えるものをつくりだし、それに〝威士忌〟という銘をうった。大魔王も無名人も、ヨーロッパでも、アジアでも、スカンディナヴィアでもアフリカでも、東南アジアでもラテン・アメリカでも、なぜこれほどウィスキーが争って飲まれ、つくられるようになったのだろうか。たった百年前、五十年前から見れば異常現象と呼ぶしかないようなこの異変ぶりは何なのだろうか。ウィスキーの何がこれほどまでに人の舌と心をとらえるのだろうか。

この頁《ページ》以後に展開される博雅の諸家、人間探求の専門家たちの、あらゆる角度からする論と語を、諸兄姉は心して読まれたし。そして、一冊を読破したあと、ウィスキーを一口すすってみて、その一口と読後感のどちらに『ひらけ、ゴマ！』といいたくなるか。舌のそよぎと心の赴くままに、風にも似たその行方をつくづくと眺められんことを。

（ウイスゲ・ベーハーとはゲール語で〝生命の水〟を意味する）

（54・5　梅棹《うめさお》忠夫・開高健監修『ウイスキー博物館』講談社）

Ⅱ

越前ガニ

越前海岸一帯は山が荒磯《あらいそ》のすぐうしろまで迫ってきている。山肌を削って作った道路が磯沿いにくねくねと走っているが、背に山、腹に海という地形だから道路のよこには小さな旅館や漁師の家がマッチ箱を並べたように散在しているだけで、工場やコンビナートなどの建てようがない。だから、汚染問題は、沖を走る潮流がどこかよそからはこんでくるのでないかぎり、ここ当分は発生することがあるまいと思われる。旅人の眼にはそう見える。漁師宿に泊って、朝、顔を洗うと、その水は簡易水道だと教えられる。家のすぐうしろに迫ってきている山の水をパイプでひいてきたものなのである。その水源地のあたりの渓流にはヤマメやイワナが棲《す》んでいるのだから、ここは海岸にいてヤマメの呼吸する水が飲めるという珍らしい地点なのである。いまやわが国の都市の水のまずさはひどいものであるから、峻烈《しゅんれつ》で翳《かげ》りのない水が海の魚の生きたままを食べられる地点で飲めるということは、それだけでもありがたい。

小生の深夜におけるひそかな回想と瞑想《めいそう》が教えるところによると、神は、とまではいわないにしても、自然は、醜い生きものに美しい肉をあたえようとしているかに思える。これを魚について眺めてみると、どうだろうか。たとえばライギョはひどいギャング面《づら》で鰓《えら》に寄生虫を持っていて、うっかり食べると病気になったり、イボができたりするけれど、煮るなり焼くなり、適切に処理したその肉は白くて豊満である。ナマズもまたみんなに気味わるがられるけれど、これをブツ切りにして鍋《なべ》にほりこんだ〝ズー鍋〟や蒲焼《かばやき》というものはなかなかによろしいのである。スッポンも妙な顔をしているけれどその肉と卵とスープについてはコトバがくちびるにでるよりさきにノドへすべってしまう。アンコウ、オコゼ、フグ、カジカ（海の。北海道の）、イカ、タコ、ナマコ、ウニ、かぞえていくと、思いあたると同時にツバがわいてくる連中ばかりで、そちらに興味をそそられていると、まともな顔のよりもヘンな顔のほうが海には多いではないかと思えてくるほどである。醜怪凶暴の極に達したかと思えるのにあのウツボがあるけれど、これも蒲焼にしてみるとウナギよりはるかにコクがあるうえシコシコした歯ざわりもたのしめてうまいものなのである。磯釣師は外道《げどう》がきたといってウツボが釣れるとハンマーで頭を粉砕して捨ててしまうけれど、私にいわせると食味はイシダイのそれよりよほどいい。

エビやカニの類も水中の生きものとしてはとうていまともな顔とはいいかねるけれど、肉のうまさとくると、絶品である。シュンのホンマグロのトロの霜降りになったところがどうのこうのといっても、とうてい及ぶところではあるまいと思われる。そしてこれまで食べたエビについて考えてみると、ロブスター、イセエビ、ニシキエビなどと呼ばれる巨人族よりは北欧のフィヨルド・シュリンプとか、ヨーロッパで食べるクレヴェットとか、日本のシバエビとかいう小人族のほうが文句なしにおいしい。巨人族のエビは外見がみごとで息を呑《の》みたくなるし、肉は白く豊満なのがブリブリひきしまっているけれど、味は大味で、どこか一本シマっていず、ことに南方のそれは妙な脂《あぶら》くささがあっていけない。エビだけではない。南方のたいていの魚がそうである。

これは海のエビだけではなく川のエビもそうなのではないか。メコン川にはクルマエビより大きい川エビが棲んでいて、ヴェトナムの田舎やタイの田舎へいくと渡船場の飯屋できっと洗面器に盛って並べているが、そのみごとな姿に釣られてサテ、サテと手をこすりつつ食べてみると、たいていガッカリさせられる。あのあたりではこれの皮をむいて、肉をちぎって、細身のウドンにのせ、それにドクダミやセリの葉をちぎってのせ、ニョクマム（魚醬《ぎよしよう》・日本のしょっつるにそっくり、上等品は辛くて透明だが下等品は鼻持ちならない腐汁である）——をパッパッとふりかけて食べる習慣である。そして食べているうちに足や皮がでてくるとつまみだして、ものうげに肩ごしにうしろへポイと投げる。トリのときも、イヌのときもそうする。骨はものうげに肩ごしにうしろへポイポイと投げるものなのであるらしい。

カニはどうだろうか。小さいのがいいか。大きいのがいいか。小さいカニとなるとサワガニで、近頃はカラ揚げにして食べたりしているけれど、珍らしいということをのぞけばとくにどうッて味のものではない。カニの話になると、よく上海《シャンハイ》の川ガニが話題になり、それに酒を少しずつ注いで溺死《できし》させた〝酔蟹〟が中国菜の話題になる。これはいい季節に香港《ホンコン》へいくと、大陸から送ってきたのに出会える。この川ガニは日本のよりずっと大きいが、毛が生えていて、腹のフンドシのところを一匹一匹藁《わら》でくくってある。それが生きてプクプク泡《あわ》をふいているのを何匹となく大皿に入れて持ってきて客にどれがいいかと選ばせる。しばらくしたらホカホカ湯気をたてるのを持ってくる。それを手でつかみ、足をちぎり、中国醬油にちょっとつけてから、せせったり、すすったりするようにして肉と汁を味わう。これは日本のカニとはちがった、ねっとりとした、いい脂のある、コクの深い味わいで、さすがと感心させられる。〝酔蟹〟は日本でいうと佐賀の〝がん漬〟にそっくりで、川ガニの塩辛と思えばよく、食べるというよりは酒の肴《さかな》の口よごし――いいものだが――そういうものである。しかし、多年にわたって精練しつづけてきた私の想像のそれにくらべると、ひどくアテがはずれた。竜肝鳳髄《りゆうかんほうずい》、熊掌燕巣《ゆうしようえんそう》と、よく中国料理の御馳走《ごちそう》のことをそう呼ぶので、竜の肝や鳳《おおとり》の髄はハナシだとしてもこれだけは食べておかねばと張切ってクマの掌《てのひら》やウミツバメの巣を食べてみたが、これまたアテはずれで、波止場の苦力《クーリー》のシナ粥《がゆ》のほうがよほどおいしかったことがある。定評にそむかない美味というものはなかなかないものである。

昔、子供のとき、みんなむやみにハコベやマメカスなど食べてすきっ腹をおさえおさえ〝進め一億火の玉！〟とか、〝ほしがりません、勝つまでは〟などといってた頃、某日私は志賀直哉氏の『痴情』を読んだ。この名作のある箇所には女を表現するのに〝どこか遠い北の海でとれたカニを思わせるようなところがあった〟という意味の一行があった。いい女だ、ということをいってるのである。『心に通ずる道は胃を通っている』というのはイギリス人の諺《ことわざ》だが、この名作は女をカニにたとえているのだからこれ以上の率直はないと思われる。私はこの一節を読んでカニのような女とはどんな女だろうと思ったが、何しろ明けても暮れてもハコベやマメカスばかりだから、どうにも想像がつきかねた。

「……母《かあ》ちゃん、どこか遠い北の海でとれたカニを思わせるようなところのある女て、どんな女のことをいうねン？」

母は性別からいえばどうやらオンナであるらしいのでそうたずねてみたいが、これまた明けても暮れてもマメカスを食べ、モンペをはき、救急袋を腰にさげ、防空壕《ごう》にたまった水をかいだすのに汗みずくというありさまだから、とてもたずねられない。たずねたところで答えようもない。

オトナになってからあちらこちらと旅行をするようになり、旅先でカニさえあればこの一節を思いだすので、そのたび探求にふけってみた。すべてのカニは水揚げしたてがいいのであって、タラバガニも毛ガニも花咲ガニも、みなおなじである。そこで、網走《あばしり》ではタラバガニ、釧路《くしろ》では毛ガニ、厚岸《あつけし》では花咲ガニと食べ歩いた。それぞれが東京で食べるそれとはまったくちがって、白い肉には爽《さわ》やかで甘い海の透明な果汁がたっぷり入っていた。私は毎度毎度御飯を食べないでひたすらカニだけ食べて探求にふけった。しかし、北海道出身の人にはまことに申訳ないが、『痴情』の人物が思いうかべていたのは道産のカニではないような気がする。いまではハッキリ答えられると思うが、このカニはやっぱり冬の日本海のカニであるとしたい。〝遠い北の海〟は日本海のどこか北辺ということに考えたいのだが、どうだろう。

おなじ日本海の一つのカニと私は思いたいのだけれど、鳥取の人は〝マツバ〟と呼び、福井の人は〝エチゼン〟と呼んでいる。新潟では〝タラバ〟——タラのとれるところでとれるから——と呼んでいるのではなかったか。この二月に福井県へいって越前岬《みさき》のあたりで越前ガニを食べたが、そのとき人びとはこれは山陰の〝マツバ〟とはまったくちがうのだ、種族も味もまったくちがうカニなのだ、その相違は一目《ひとめ》見てわかるほどの性質のものなのだと力説してやまなかったが、私にはたしかめるすべがなかった。私としてはやっぱり一つのカニではあるまいかと思う。ただし、すべての魚がそうだけれど、育つ場所が違えば味は全く変るのだから、その味のことをさしてエチゼンガニはエチゼンガニだと叫ぶのなら、それは無邪気なお国自慢として大いに結構である。何しろ日に日にわが国では〝お国自慢〟が消えつつある。それもおびただしく、かつ徹底的に。

貴重なお国自慢が名称だけで議論のツバで汚されては面白くないから、いまかりにエチゼンもマツバもタラバもひっくるめて日本海のカニと呼ぶことにする。このカニは絶品である。いいようがない。シュンに食べてごらん。それも産地へ体をはこび、できたら朝の一時、二時頃、沖から舟が帰ってくるのを波止場の魚市場のガランとしたところで待つのである。闇《やみ》を寒風がヒョウウッと吹きぬけ、沖では激怒した潮が波がに白いウサギをとばしながら走っている。やがて舟が入ってくると、ドラム罐《かん》に妙にがんがん沸かした湯のなかへとれたてのカニをどんどんつける。とれたてのカニは妙に色の薄い、淡褐色の甲殻類であるが、一度熱湯をくぐると、あのあざやかな赤になる。それをこうコンクリ床《ゆか》にならべて仲買人のあいだで競《せ》りがはじまる。それはちょっと活力のみなぎった光景だが、あなたは一歩うしろへさがる。そして、ホカホカ湯気のたつカニの足をポキポキと折り、やにわにかぶりつく。海の果汁が口いっぱいにほとばしり、顎《あご》をぬらし、胸をぬらす。ついで左手のゴロハチ茶碗《ぢやわん》に市場のオッさんから辛口の酒をたっぷり注いでもらい、チクリとする。カニをひとくちやり、酒をひとくちやる。カニはそのまま頬張るのがいちばんだが、酢につけるのもよろしいし、ショウガ醬油につけるのもよろしいよ。だけど、そのままでいいんだ。

湯につけるまえの、とれたてのままのカニはどうであるか。これは透明そのものであって、味といえるほどのものは何もない。あまりに純粋すぎて〝味〟がとどまっていられないらしいのである。ためしにその状態にあるのをヤマメの水で〝洗い〟にしてみると、新鮮であればあるだけ、身が冷めたさのあまり米粒大にハジけてしまう。それはじつに貴重なものではあるけれど、味がなにもないので、足一本分だけを食べて、よしにする。何といってもカニはゴタゴタ手を加えないで二杯酢か三杯酢でやるのが最高である。殻をパチンと割ると、白い豊満な肉置《ししお》きの長い腿《もも》があらわれる。淡赤色の霜降りになっていて、そこにほのかに甘い脂と海の冷めたい果汁がこぼれそうになっている。それをお箸《はし》でズイーッとこそぎ、むっくりおきあがってくるのをどんぶり鉢へ落す。そう、どんぶり鉢である。食べたくて食べたくてウズウズしてくるのを生ツバ呑んでこらえ、一本また一本と落していく。やがてどんぶり鉢いっぱいになる。そこですわりなおすのである。そしてお箸をいっぱいに開き、ムズとつっこみ、「アア」と口をあけて頰ばり、「ウン」といって口を閉じる。

雄のカニは足を食べるが、雌のほうは甲羅の中身を食べる。それはさながら海の宝石箱である。丹念にほぐしていくと、赤くてモチモチしたのや、白くてベロベロしたのや、暗赤色の卵や、緑いろの〝味噌《みそ》〟や、なおあれがあり、なおこれがある。これをどんぶり鉢でやってごらんなさい。モチモチやベロベロをひとくちやるたびに辛口をひとくちやるのである。脆美《ぜいび》、纖鋭、豊満、精緻《せいち》。この雌が雄にくらべるとバカみたいに値が安いのはどういうわけかと怪しみ、かつ、よろこびたくなる。きっと雄は姿のいいところを買われてあの高値を呼ぶのだが、私にいわせると雌のほうがはるかに深く広大で起伏に富んだ味を持っているのである。これも料亭でだされるみたいに小鉢でチビチビやっていたのでは部分も全容もわからないけれど、どんぶりに大盛りにしてガブッとやると、一挙に本質が姿をあらわすのである。

　磯ぎわの漁師宿の二階で、コタツに入って背を丸め、窓へうってかかってくる波しぶきを眺め、暗澹《あんたん》たる冬の日本海とわが心のうちをのぞきこみながら――

「ええなあ、それはなあ……」

　水上勉氏は嘆息をつき
「好きな女子《おなご》といっしょになあ」

　とつぶやいたきり、長い長い沈黙におちていった。氏は老若《ろうにゃく》にかかわらず第二の性のことを〝オナゴ〟と呼ぶ癖があるが、いま沈黙のなかにどのような肉置きの長い腿があるのであるか。それは冷めたいけれどジッと抱いてシーツの織目か畳の目を眺めているうちにやがて雪洞《ぼんぼり》のように灯がついてくぐもった熱をいちめんに放射してくるのであるか。そして果汁のほうは、ほとほとこぼれてくるのであるか。勉氏は〝かなしい〟と書こうと思っている。またしても。

　暗い空。激しい沖。風のこだま。黄昏《たそがれ》の荒磯の晦暗《かいあん》。これらが冬の越前海岸とカニを構成しているのであるが、夜長を火鉢のそばで古書など読んですごしたかったら、雄のカニの甲羅を炭火にのせ、その中身の〝味噌〟に少しずつ酒を入れて煮るとよろしい。お箸のさきでかきまぜているとやがてトロトロの灰緑色のものができあがるが、ちょっとホロにがいところがある。酒の香《こう》ばしさが熱い靄《もや》となってゆらめいている。これをお箸のさきにちょっとつけては舐《な》めつつ辛口をちびちびやると、スイス料理のフォンデュを思いだしたくなり、リンドウのリキュールであるエンチアンの香りが鼻をうったあの夜がよみがえってくるようではないか。あのときインゲボルグは強い足音で部屋をでていったが、あけはなしたままのドアに恐しい闇があったではないか。

「ホントかね、おい」

と聞かれたら、古書をおき、ものうげに火鉢から顔をあげて

「…………」

床の間の水仙を眺める。

こうして私は志賀直哉氏の美しい比喩《ひゆ》のうちのおいしい半ばをようやくにして探求し終ったのであるが、あとの半ばをまだ知らないでいるのである。つまりほのかな香ばしい脂を刷《は》いた肉置きゆたかな、白くて長い腿、冷めたいけれど豊満な果汁にみちている、ジッと抱いていたら雪洞のように映えてくる、そのような腿のあることをまだ知らないのである。だから私は越前海岸のおいしさについてだけ、あと若干のコトバをつらねておこうと思う。何しろここの沖では暖流と寒流がぶつかっているから魚族が豊富である。福井県の海の三大宗をあげろといわれたら私はカニとウニとサバだ

と答えたい。カニはこれまで書きつづけてきたとおり海内無双であるが、ここの固練りのウニも無双である。一であって二がないといいたい。選《よ》りすぐりのウニを酒だけで練りあげて桐の箱に納めたそれは、お箸が折れそうなくらい古風にがっしりと固いが、ひとくち舐めると、口いっぱいに芳香がはびこり、むせそうになる。生ウニのうまいところはほかにいくらでも知っているが、加工したウニならここの老舗《しにせ》を措《お》いてない。

つぎにサバをあげるか、カレイをあげるかで、議論がわかれることと思う。ここのカレイも逸品なのである。しかし、アマエビ、バイ、カレイは日本海岸一帯にわたって逸品であるし、カレイについては九州に城下《しろした》カレイという逸物があるから、これはオロしてもかまわない。そうなると、若狭《わかさ》のサバである。若狭湾も福井のうちで、まさに日本海なのだが、ここのサバは江戸の頃から高名であった。京都の老舗『いづう』のサバずしはここのサバの一本釣りものをしめて作ったものとして名声をほしいままにしてきたのだが、サバは浜焼きにしてもすばらしい味がする。秋のよく脂《あぶら》がのったのを無造作に太い竹串《たけぐし》に刺して浜の榾火《ほだび》で焼いたの、腹の皮が金色に焦《こ》げて脂をジュウジュウ落しているのをフウフウふきながらショウガ醤油《じょうゆ》で食べてごらん。

「そうや。開高よ。それや。昔、江戸の頃はなァ、若狭のサバを山越えで女子《おなご》が京都へはこんでいったもんや。京都へつく頃になってシメたサバがちょうどええかげんの味になる。〃サバを読む〃というのは一つにはここからでたコトバやねんデ。女子《おなご》がサバを背負って峠を越えていくと、雲助やら何やらがいてわらわらととびかかり、強《ごう》姦《かん》しよった。古文献にようでてるわ。そやからナ、若狭のサバと女子はな」

水上勉氏は落ちかかる髪をはらって、暗い床の間の水仙を眺め、しばらくしてから「かなしいのや」とつぶやいた。

越前海岸は冬のさなかに水仙が咲くので有名である。吹雪のたたきつける暗い山肌にこの花が咲くのである。宿では風呂《ふろ》にこの花を束ねて浮かべているところがある。闇があちらこちらに溜《た》まっている廊下を歩いて部屋に入り、コタツで猫背になりながら、比類ない海の果汁をすすりつつ、うつけるままに夜を迎える——。

この冬をそうしてすごせたら。


（46・12）

うまいもの

執筆中の小説が、どうしてもうまくいかない。絶望の果てのヤケクソ的妄動《もうどう》(?)で、一夕、銀座の『レンガ屋』へオマール(海産のエビガニ)を食べに出かけた。

このオマールは、大西洋岸一帯でとれるが、カナダ寄りの米国メーン州産のものが特に上等とされている。これが毎週飛行機で、生きたまま東京へ空輸されて来るという。その点、東京はまったく驚くべきところで、ロシアのいいキャビアでも、ロシア本国よりも簡単に手に入れることが出来る。もっとも、その際、問題になるのは、つねにゼニということになるが……

さて、オマールの食べ方にもいろいろあるのだが、僕の場合は、まず『ビスク・ド・オマール』で始まった。これはオマールの脳味噌と、肉と殻をそのままつぶし、濾《こ》してポタージュふうにしたスープだが、なかなかユニークな味である。特に、この脳味噌の具合で、濃厚だが実に香ばしい香りが舌に広がる。なお、ワインは白ぶどう酒『プイイ・フュイッセ』で通した。

次に出たのは、アメリカンソース煮。これはロートレックも愛好した料理だという。ソースの中につけてあるエビガニを各自サラにとって食べるのだが、このオマール料理というヤツはビスクを除き、いずれも指を使って気楽に食べていいのだ。これはその日の最後の品、オマールのグリエの場合でも同様である。

総じて、オマールは五百グラム前後のものが、身も締っていてうまく、よく映画の晩餐会《ばんさんかい》の場面などに出てくる、あのビックリするほど大きいのは、姿は見事でも大味である。

ところで、お値段はそう安くはない。これはこちらの目が飛びだし、体を折りまげたくなるほど高く、まったく、これではどちらがエビだかわからぬようなものだが、一生に一度は〝最後の晩餐〟ぐらいのつもりで食べてみるのも悪くないと思った。

（50・2）

水銀、カニ、エビ、白ぶどう酒、かしわ餅《もち》三コ

「倉敷へカニ食べにいけへんかア？」

「泳ぐカニですか、這《は》うカニですか？」

「泳ぐカニやね。菱型《ひし》をしてるワ。それをこう、冷やした白ぶどう酒でやってみてみてみ。パックス・ジャポニカやで」

「酒は何でしょう？」

「まずシャトォ・リオンやね。それからつぎにシャブリ。ムルソォ・ショワジもある。ほかに何かお好みのものがあればいうてほしい。用意させとくわ」

「瀬戸内海は底も海面も汚れに汚れてる。それは海というよりは夏の腐った池みたいなもんで、魚も貝もメチャクチャ。食べたらどえらいことになる。だから漁師は魚をとってても市場へ売りにいかないで工場へ持っていって補償金をもらい、魚は捨ててしまう。そんな話を聞きましたけど、いいんですか」

「そういう場所もあるし、そうでない珍らしい場所もあるんや。おれはこれでも科学者やで。信用してんか。もし病気になったらいっしょに仲よう病院に入ろやないか」

「病院代は持って頂けるんですナ?」

「三途《さんず》の河の渡し賃も持つデ」

「その一言《ひとこと》聞きましたぞ」

この春、某夜、大阪から佐治敬三氏の電話があり、おおむねそういうやりとりをした。氏のおっしゃるところでは、毎年、シュンの頃になると夫妻で倉敷へカニを食べにいく。汚染の話は耳にタコができるほど聞いてるけれど、夫妻ともピンピンしていて、いっこうに水銀が頭へでたという兆《きざ》しがない。お目あての店は一軒きりであって、他の店にはいったことがないとのこと。満々の自信と期待の声音《こわね》である。ときどきウフ、ウフと忍び笑いの声も洩《も》れ、まことにたのもしい(この人はいつもそのようであるが……)。

そこでさっそく新幹線に乗り、新大阪駅から乗りこんでくる御夫妻と車中でおちあう。入院費は全額負担して頂けるとしても水銀はやっぱり気がかりだから、手近にあった関西の釣り雑誌の最近号を携帯した。これにはたくさんの釣師が関西一円の海で釣りあげたデフォルメ魚の写真と地名がおびただしく掲載されている。どれもこれも背骨が曲っていたり、ヒレがとけていたりで、おそらく汚染のせいでそうなったのだろうが、見るからに薄気味わるいのである。ためしにそういう魚のとれた地名を地図で見ると、山陽、四国、九州と、西日本全体にわたっていて、もちろん瀬戸内海も含まれている。海はプランクトン、貝、魚、汚染物質いっさいがっさいの環流現象であるはずだから例外の〃珍しい場所〃などがあろうとは、ちょっと、信じにくい。

車中でその雑誌を

「恐れ入りますが、ちょっと」

といってさしだす。

佐治氏は一読してだまりこみ

「ちょっと気になるネ」

と声が低くなる。

夫人のほうは威勢よく

「私《うち》ら、気にせえへんねン」

笑声をおたてになるが、思いなしか、どこかひきつれたようなところがある。

倉敷のひっそりとしてほの暗い道を歩いていると、ときどき、旧家らしい、しっとりとした木組の老舗《しにせ》の和菓子屋がある。明るい灯がつき、壁に達筆で『かしわ餅』、

『さくら餅』などと書き流した白紙がさがっている。それを見て佐治氏は声をだし、夫人に
「かしわ餅、買《こ》うてんか」
とおっしゃる。
　夫人は、慣れた声で
「あとで買うたげる」
と歩いていく。
　夫はさらに
「かしわ餅、忘れたらあかんゾ」
と念をおす。
　妻は
「あとで、あとで」
とさきへいく。
　どうやら佐治さんはカニを白ぶどう酒でやったあと、そのうえあの甘ったるいかしわ餅を食べるつもりらしい。ウィーンで私はケーキをサカナに白を飲んだことがあるけど、あのケーキはしぶくほろにがいもので、かしわ餅のようなものではなかった。

おどろいた人だ。ウィスキー会社の社長が夜ふけにホテルの一室でかしわ餅を食べているという光景。絶対矛盾的自己同一の好例でもあるか。

うまいもの屋の名を書くとたちまち客がおしよせてマズイモノ屋になってしまうからその好ましい若夫婦がやっているお店の名はこの稿ではあえて割愛させて頂くことにする。知りたかったら倉敷へいって小料理屋を一軒ずつ攻めてごらんなさいナ。

その小さな店では私たちの顔を見るとたちまちノレンをひっこめ、『本日閉店』をだし、戸をピタッとしめて錠をおろした。アコウの刺身。吸物。活《い》きエビ。カニ。つぎつぎとでてくる。アコウは内海の名産だが、久しく私は忘れていた。この気品ある淡泊と膩味《じみ》は関東にはないものだ。関西の魚通にいわせると西日本の海水はこってりとしてコクがあるから魚がうまいが、東日本の海水はしゃぶしゃぶで魚が水っぽくなるのだそうである。菊池寛は四国出身だからそのことをよく知っていて、昔、随筆に書いたことがあった。このコクのある海水で育った内海の小魚と、西宮の水と、播州《ばんしゅう》の米が灘《なだ》の酒の味を決定したのである。湯からあがってみごとな朱を輝やかせているガザミの甲羅を割り、行儀も作法もくそくらえ、むしゃむしゃちゅうちゅうと噛《か》んだり、すすったり。そこへキリリと冷えた白のセック（辛口）を流しこんで、舌、歯、口の内側、まんべんなく洗っていると、眼がうるんで、熱い、透明な煙がたちこめてくる。どこか薄明の遠くで、水銀が、光ったり、つぶやいたりしているらしいのだが、われらの愚かしい歓《よろこ》びは広大であって、そこをわたってくるものがない。

その夜は船のようにどっしりとなってその店をでると、岡山までいってホテルに一泊したのだが、翌朝ロビーで佐治さんに会ったら、かしわ餅を三コ食べたとのことであった。そして二コのこったから、それを今朝起きがけに頂いたが、結構なもんやったネ、とおっしゃる。白だけで昨夜は三本か四本倒したと思うのだが、それにアコウだ、エビだ、カニだとつき、なおホテルへ引揚げてアンコロを三コ平らげたとおっしゃるのである。

「まるで……馬なみですナ」

たじたじとなってそういうと
「おれの顔のことか？」

けろり。

ブリア・サヴァランは名コックというものは繊細な舌に木こりや波止場人足なみの体軀《たいく》が必要だと書いていたと思うが、ウィスキーのブレンドをする人物もやっぱりその条件を持たねばならないのであるか。


（51・6）

ラーメンワンタンシューマイヤーイ

サッポロ、さっぽろ、札幌《さっぽろ》、どさんこ、釧路《くしろ》、函館《はこだて》、蝦夷《えぞ》、蝦夷ッ子、ピリカメノコ、熊《くま》、山親爺《おやじ》、エルム、時計台……見るともなく見ていると、ラーメン屋の屋号は百家争鳴。北海道派がそうやっておしまくるなかに、チラホラと博多、熊本、鹿児島など、九州勢も肩をならべて、たいそうなにぎわいである。

ときどきどうにもおさえられなくなって、駅前食堂のラーメンやヤキソバを食べたくなるという衝動が、私にある。どこの駅前で食べてもおなじ味がし、その味ときたらミもフタもないとしか申上げようがないとわかりきっていながらも、でかけずにはいられなくなるのである。そしてやっぱりダメだったと思って帰ってくるのだが、しばらくするとまたぞろいきたくなる。〝味〟をたのしむためではなさそうで、もっぱら何やらこみいった心因性の、それも数字でいえば端数《はすう》のような心理ではないかと思える。味には常味、珍味、贅味《ぜいみ》、魔味、ゲテと、いろいろあるが、もし駅前ラーメンに味があるとしたら、何と呼べばいいのだろうか。

〝味〟はあくまでも主観だし、偏見であるから、A氏が瞠目《どうもく》する皿にB氏が眼をそむけるということがしょっちゅうあり、それはあたりまえのことである。ソバ屋へきてこれはビフテキではないと叫ぶようなことが、よく起こる。バカバカしいといいたい事態だけれど、ビフテキに全身を魅了され占められてしまっている人物なら、いたしかたあるまいと思えることでもある。野坂昭如《あきゆき》はラーメンとカレーライスとハンバーグさえあったら飽きないんだと、書いたり、喋《しゃべ》ったりしているようで、それはタテマエなのかホンネなのか、よくわからないところがあるが、かりにホンネだとしても、彼を舌バカだの味痴だのとは呼べないのである。ストラスブール産の松露入りで一年間素焼の壺《つぼ》につめられて地下室で寝かせられたフォアグラじゃなきゃ、オレ食った気がしないんだと力むあなたよりもはるかに深く、彼がラーメンに没入しているのだったら、どうしようもあるまい。ヴァレリーは、交響曲よりシャンソンが好きだという人物を低級だと思ってはいけない、といったぜ。

東南アジアのきたなくて貧しい麵家《めんや》で、毎日毎日、絶妙の湯麵《タンメン》や雲呑《ワンタン》を私は食べていたので、それが忘れられないばかりに、ラーメン、シューマイ、ワンタンなどという字を見ると、よせよせという声がしきりにわきたつのに、ついふらふらと入っていって試めさずにはいられない。こういうざっかけな安物でウマイ味をだしている店があると、尊敬せずにはいられないのだが、まず、ダメだ。十軒中九軒まで、ダメだ。麺があかんか、スープがあかんか、麺もスープもあかんかである。たいていの麺がクタッとなってスープのなかで溺《おぼ》れ死んでいるし、スープに厚さと深さとまろみと艶《つや》がないのだ。札幌でも博多でも、銀座でも荻窪《おぎくぼ》でも、土地で折紙がついている店に、通に教えられたり、運ちゃんに教えられたりして、せっせとでかけたが、ウムといわせてもらえたタメシがない。

一升瓶《びん》や石油罐《かん》に入っているデキアイのダシを使ってる店は論外として、巨大なストック鍋《なべ》で骨やトリやネギなどをコトコトと煮ている店だと、カウンターについてから、さてさてと手をこすって待ちたいうれしい気持が、油のように湯のように湧《わ》いてくるのだが、毎度、毎度、正確に最初の一口で失望させられる。荻窪でも銀座でも札幌でも博多でも、あかなんだ。こんな安物が、こんなにたくさん店があって、こんなに全国的に貪《むさぼ》り食べられているのに、こんなにあかんということは、わが国、よほど民度が低下したのじゃあるまいかといいたくなる。店の名声に一も二もなく恐れ入って、さほど自分でもウマイと思っていないらしいのに、賞讃《しょうさん》や紹介の言葉を書く食味評論家の民度も、またひどいものだと思わせられる。

食味のガイド・ブックとしてはミシュランのそれが世界的名声を持っているが、これはタイヤ会社の食いだおれ社員のうちで〝魔〟と折紙のついたヤツらがおしのび、匿名《とくめい》でこっそりでかけては採点するというところに秘密がある。そのムッシュウたちは名も顔も知られていないのだから、レストランの主人にしてみると、練達のテロリストに爆弾を仕掛けられるようなものである。毎日毎日、おびえて緊張して、家業にいそしまなければならないということになる。ソコだ、問題は。（柴田書店も一冊ぐらい匿名の闇討《やみう》ち版をだしてはどうかしらと、おすすめする。）

ラーメンよりもいけないのが、ワンタンである。ワンタンは、〝雲呑〟、英語ならWong Tongと書くが、わが国のはことごとく〝雲〟だけ。ワンだけである。中身がまったくコンペイ糖ぐらいしか入ってなくて、汁のなかでべろべろと白雲がたなびくだけである。こんなひどいものがよく売れると思わせられるのだが、いつまでたってもメニューや壁の品書きから消えないところを見ると、それなりに買われているらしいナ、と察しがつく。しかし、嘆かずにはいられないのだ、私としては。本場のきたない、貧しい麵家で、安くて、うまい、まっとうな雲呑をパック旅行で抜駈《ぬけが》けして、ぜひ一度やってごらんなさいと、顔も名も知れない多数の人に声をかけたくなってくる。

これらにくらべると、シューマイは、依然として大多数は箸《はし》にも棒にもかからない低空飛行ながらも、少数はチラホラ、いいのができるようになってきた。小生の研究の一端によると、干して絶妙になるのは茸《きのこ》では椎茸《しいたけ》、貝では帆立の貝柱である。ことに帆立の貝柱の干したのからは、ジワジワとすばらしい滋味がでてくる。豚の背脂《せあぶら》かこいつをシューマイにまぜるかまぜないかで、俄然《がぜん》、様相が一変する。そこへ椎茸を入れてみろ。またまた一変するのだ。貝柱も椎茸もけっして安いものではないから、だから当然、それらを含有したシューマイ先生もお安くとまっていられなくなる。

しかし、もともとウマイモンを攻めるときには、それなりの覚悟をそこはかとなくしてかかるのだから、それなりの味があたえられたら眼をつむりたいと、こちらは思いきめているのである。そこで、本場と比較して、誤訳でもなければ悪訳でもなく、珍訳でもなければ抄訳でもないシューマイを食べられる店の名を、ここに少数ながら列挙したいけれど、このような場所にそれを書くと、たちまち客が殺到してたちまち味が落ちてしまうにちがいないから、とくに割愛することにした。

恋とおなじだ。

御自分で見つけて下さい。

沖の歓声

西洋人と食事をすると

「日本人は生魚《ロー・フィッシュ》を食べるんだって？」

ときどき聞かれることがある。待ってマシタとこちらは体をのりだして、生ウニ、生ガキ、刺身のことをくどくど説明にかかる。こんなときいちばんワカりがいいのはフランス人で、彼らはごぞんじのように生ウニと生ガキには目がないから、刺身まではあと一歩である。いきいきとした好奇心に眼を輝かせて耳をかたむける。しかし、ほかの国籍の人たちは、たいてい、うろんとしたまなざしになる。興味、好奇心、想像、いずれも手がかりがないといった顔つきである。

そこで私はきまって

「君たちだって生肉を食べるじゃないか。タルタル・ステーキは御馳走《ごちそう》じゃないか。魚と獣、肉が変るだけだよ。人はそれぞれに好みあり、というもんだ」

と結ぶ。これでいくらかこちらが異星人や化外民ではないことをさとって頂く手がかりがつくのである。そうでもしないことにはこの気の毒な、王化を知らない人びとを誤解と偏見のままにのこしておくことになる。(チト大げさかネ。)

中国人は地上にある四ツ足、翼あるもの、二つ足、鱗《うろこ》あるもの、いっさいがっさいを徹底的に料理し、その探究心の不屈ぶりには脱帽のほかないが、魚となったら日本人だろう。極微のアミから極大のクジラまでを生で食う、煮て食う、焼いて食う、蒸して食う、干して食う、漬けて食う、骨も鰭《ひれ》もおかまいなしの徹底ぶりである。ときどき気がついて茫然《ぼうぜん》となり、箸をおきたくなることがある。おまけに釣りも網も技術が卓抜なものだから、無知なままでに慾《よく》ボケだといいたいのだろうか、しばしば〝海の土ン百姓〟などと呼ばれたりして、海岸を持つあらゆる国から白い眼で見られ、年々歳々、〆出《しめだ》しをくわされるいっぽうのようである。どんな山の宿でもマグロの刺身をだすし、魚のきらいなやつは国民のなかでは数えるくらいしかいないし、その国民が一億をこえる数になっているのだから、海を砂漠にしているのは日本人だとののしられると、うなだれて聞くしかないようである。

それはそれとして。

魚はうまい。

ことに釣りで沖へでて漁師のおっさんが荒あらしい手で赤錆《あかさ》びの包丁でブッタ切り同然でつくるやつが陸《おか》では味わえぬ妙味を持っている。秋になると河口の浅いところでハゼを釣り、釣ったのをかたっぱしからテンプラにしてイッパイやるのはこたえられない。爽《さわ》やかな秋の陽が猫背にしみじみと射《さ》し、中国語が〝香油《シャンユー》〟と呼ぶゴマ油のゆたかで芳烈な香りがあたりにただよう。それで気のあった仲間とテンプラ鍋《なべ》をかこんでうだうだとバカをいいつつ、食べかつ飲み、飲みかつ食べ、おなかがくちくなったら胴の間にごろりと寝ころぶ。そうするとあるかなしかの波がぴちゃりポチャンと舟の腹に鳴り、舟はゆれるともなくゆれて、うっとり閉じた瞼《まぶた》に陽がまばゆい波となってゆらめく。ふと気がついて体を起すとアカトンボが一匹、舟べりにとまっていたりする。われらのパックス・ジャポニカ（日本の平和）は、かく、謙虚、かく、素朴である。

ハゼ舟は河口の杭《くい》につないで一日の遊びによりそうが、もう少し沖へでると、オコゼやメバルやカサゴやカワハギが釣れる。この先生たちはみな腹に一物を持っている。肉もうまいが肝がうまいのである。荒くれの手に握った赤錆び包丁でぶッた切りにしたのを鍋にほりこみ、味噌《みそ》を投げこみ、ネギの乱切りをパラパラとまく。たったそれだけのことなのだが、日光と波でぺこぺこになった胃、舌、鼻は匂《にお》いをかいだだけでよじれそうになる。魚は蛇とおなじで骨からいいスープがでるということになっているが、ゴロゴロした頭や尾を箸でかきわけているうちにカワハギの肝などにいきあたると思わず声をたてたくなる。これは何とも魔味である。海の風に撫《な》でられて少しショッパくなって干割れかかった唇にその絶妙のこまやかな滋味がしみこんで、二度も三度もうめきたくなる。ロシアのウハー（魚汁）もうまいし、フランスのブイヤベースも逸品だけれど、沖のこの味噌汁にありつくとつくづく日本人であることのありがたさが全身にしみこむのである。

　カワハギやアンコウは肝で有名だが（北海道ならカジカだが——）、私にいわせればフグのような毒のあるのをべつとしてすべての魚の内臓は魔味を持っているといいきってよいかと思う。寿司屋《すしや》や魚屋で気のきいたおっさんたちはノレンをとりこんで店をしめたあとでやおら内臓を酒で煮て毎夜、魔味をタダでむさぼっているのではあるまいかと想像する。毎夜、身だけしか買わないお客がバカに見えてしかたないのではあるまいかと想像する。魚の内臓で食えないのは胆嚢《たんのう》と脾臓《ひぞう》だけで、あとはことごとく食べられるし、絶品である。フグだってシュンの白子のムッチリ張りきったのをちょっとあぶってから酢醤油《すじょうゆ》でやってみたら、みんなが夢中になっている刺身だの、チリだのが階段を二段も三段もおりたあたりにある御馳走と見える。アユの内臓を塩辛にしたのがウルカ（甘、苦の二種あり）、ナマコのそれがコノワタ、ナマコの卵巣だけをぬきとって塩辛にしたのがコノコ、サケの血管をそうしたのがメフン、サケの胃袋その他をそうしたのがチュ、カツオの内臓を塩辛にしたのが酒盗……こんなことをかぞえているとムズムズしてたちあがりたくなる。これくらい魚のモツの魔味の抽出法をわきまえている日本人が、考えてみるとそれらはことごとく塩辛であってドリンカーの親友であり、モツの他の料理法が意外に忘れられていることに気がつくのである。小生の近くの魚屋さんも毎日のようにカツオやハマチを何匹もさばいているのにモツはことごとく残飯桶《おけ》へポイである。そこで小生はときどき鍋を持ってもらいにでかけ、酒と醬油で煮てみたり、きざみショウガを散らして味噌と醬油で煮てみたりする。小生などのいたす料理だから乱雑きわまる煮込みにすぎないのだが、どんな革袋に入れても錐《きり》の先端はとびだす。ムッチリしたの、ねっとりしたの、コリコリとしたの、パーツ、パーツを一箇ずつ嚙《か》みわけてうめくのである。

イワシは海の米だと漁師は呼ぶが、ヴェトナムの漁師もシコイワシのことを〝米の魚〟と呼んでいる。近頃は海がどうかなっちまってイワシの餌《えさ》のプランクトンもどうかなっちまったのか、うまいイワシになかなかありつけない。沖へでて潮か風がまずくて魚が釣れなくなると、漁師は生簀《いけす》から餌のイワシをとりだし、ピンピンあばれるのをピッと皮を剝《む》き、ジャブジャブと海水で洗ってそのまま口へほりこむ。モグモグと陽焼けのした顔の皺《しわ》を総動員して食べているのを見ると、ほんとにうまそうである。モノを上手に食べ、見ている人に食慾を起させるようなぐあいに食べるというのはみんなが忘れているマナーだが、なかなかむつかしい演技だと思う。さしあたりこの場合は山を歩いていて道ばたのグミの実をもいで口へほりこむようなもんだと思わせられ、こちらも釣竿《つりざお》をおいて見よう見まねでイワシの皮を剝《は》ぎ、海水で洗って、口へほりこむ。生臭さなどは一点もなく、ほんのり甘いところがあり、それに洗いのこしの内臓の苦味がちょっぴりついていたりして、ウン、イケルと大きく頷《うなず》く。これがアジだと赤錆び正宗でトントンたたき、ネギを散らすか、おろしショウガをそえるかで、たちまち〝サンガ〟となるわけだ。近年この沖料理はすっかり陸にはびこっちゃって、どこへいってもアジのタタキをだすようになったが、水天一髪の青い沖でやるのが何といってもナンバー・ワンだテ。

目に青葉の頃の初ガツオは女房を質に入れてでも食いたいと江戸時代から日本人はいい慣らわしてきたのだが、小生なら秋のカツオのためにそうしたい。これは日本の沿岸を三陸から青森のあたりまで潮流に乗って走っていったのがそのあたりでUターンして少し沖目を南方めざして帰っていくカツオである。これはみごとに成長していて脂がこってりと乗り、女房を質に入れたものかどうかと真剣になって考えあぐねることである。初ガツオもわるくはないがあの下りガツオの濃厚な膩味《じみ》にくらべると、ガックリ、落ちる。ウソだと思うなら奥さんによく庭訓《ていきん》を耳に吹きこんで質屋はどこがいいか、あらかじめ選んでおいてから、食べてみるがよろし。カツオはトローリングでよく釣れるのだが、体のわりには猛烈なファイト。左右に突進し、上下に疾走し、やくざな竿なら竿ごと体がふりまわされるくらい敢闘するので、愉《たの》しい、豪快なスポーツになる。ビニール製のタコの頭に〝カグラ〟という物をつけて誘う。これが秘鑰《ひやく》であって勝負の第一のキメなのだが、材料はプラスチック、錫《すず》、牛角、馬蹄《ばてい》、マッコウクジラの虫歯、カジキの吻《くちさき》、夜光貝、白蝶貝《しろちょうがい》、メキシコ・アワビといったぐあいに千変万化の玄妙ぶりである。いいカグラにあたると一箇で何回となく使えるわけだから昔の漁師は神棚にあげたくらいである。〝タコ金ちゃん〟の色彩を潮と日光にあわせてどういうのを選ぶか、これが第二のキメだが、第一は何といってもカグラである。頭である。男のお道具とおなじである。

某年、某月、某日。某海へトローリングにでかけ、みごとなホンガツオを釣りあげたが、このときに〝手こね〟の妙味を漁師に教えられた。プラスチックの小桶に醤油を入れ、少しショウガをしぼりこむ。そこへたったいま釣ったばかりのカツオをブツ切りにしてほりこんでしばらく待つのだ。この魚は肉が赤いけれど血と脂が多い。それが醬油におびきだされてギラギラと分泌《ぶんぴつ》してくる。そいつをこう、たきたての御飯の上に肉も醬油もギラギラもいっしょくたにしてブッかけ、ネギなど散らして、ハフ、ハフといって頰張るのだ。この御飯に酢がうってあって、カツオといっしょくたに手でまぜあわせたら、〝手こね寿司〟となるのである。簡潔。素朴。ぶきっちょ。秘事、口伝の類《たぐい》は何もないが、魚がいい、場所がいい、心が昂揚《こうよう》してると三拍子そろっているので、口いっぱいに頰張りつつ、ついモグモグ、何やら口走りたくなる。カツオのとれとれの肉は陸ではちょっと想像できなかったけれど、ムッチリとした餅肌《もちはだ》で、オヤと眼を瞠《みは》りたくなるのだ。小笠原でとれるスマガツオは〝アイッパラ〟と呼ばれているが、これまたなかなかのもの。

小笠原は、いい。

トローリングもやり舟釣りもやりと気負いたつものだから大道具、小道具、装備がたいへんである。そこへ父島丸というバケツ船は往復だけで船中で四泊五日を浪費しなければならないから、御用と御急ぎの向きには寝不足ばかりがこたえて、次回からは決行前にちょっと考えこむことになるかもしれない。いまのわが国の釣師は山、川、海を問わずにやらずブッタクリ、ジンギス汗の軍隊みたいなやつらばかりだから、この諸島はいつまでも不便であってほしいと思う。飛行場などできたらたちまち海も、人も、島も荒涼になってしまうことだろう。ここは多島海であって、小舟でいくと、つぎつぎに島や岩礁《がんしょう》が前方にたちあらわれる。それがたいてい玄武岩の断崖《だんがい》絶壁。家、野立看板、ネオン、電柱、釣師、舟、ゴミ、空罐《あきかん》、空瓶、何もないから、ふとした一瞬、史前的な静寂をおぼえることがある。広大な瞬間が、ときには無気味なほどのそれが、額に落ちてくる。

舟が小さい上に厄介なことには新台風がマリアナ群島あたりに発生して北上中とあって何時間も海にでていられなかったのはかえすがえすも口惜しかった。しかし、トローリングではオキサワラの大きいのが釣れ、久しぶりに五十ポンド竿とセネター9番のリールのコンビをたのしむことができた。そのあとで漁師にすすめられて、ムロアジの半切りを餌にして底釣りをやってみると、潮がわるい、わるいといって漁師はこぼすし、つぎつぎ釣れる魚は小物ばかりだといって足でころがすのだが、小生にはヴェトナムのフークォック島沖、タイのバンサレ沖以来、何年ぶりかの始源時代感覚が、のしかかってきた。入れ食いなのだ。錘《おもり》が底につくかつかぬかにビリビリッとくる。錘が魚のオデコにあたるのではないかと思いたくなるほどである。それも、タイ族、アジ族、ハタ族、大、小、さまざまの魚があがってくるので、何が釣れたかは舟へあげてみるまでわからない。ひっぱりぐあいで大物か中物か小物かの判断がつくだけ。トローリングの竿で底釣りをやるのだから大ざっぱな釣りだが、それでも、一度、その五十ポンドの剛竿がいきなりひきずりこまれて穂先でパチャンと水をたたいたことがあり、おそらくこれはハタの大関クラスがきたのではないかと思うが、アッと思って一呼吸遅れたすきに根へ持っていかれて、ソレナリケリに終ってしまった。このときの穂先のおじぎぶりが東京へもどっても眼さきにちらついてしかたない。交叉点《こうさてん》をわたってるときにもおかまいなしにあらわれ、そのたび茫然とたちどまりたくなるので、危ないったらない。

小笠原の人たちが〝島寿司〟と呼ぶのは、ズケ寿司である。魚の身を醬油にちょっと漬けたのを飯にのせる方式である。さきに紹介した〝手こね〟もおおまかなところその一種と考えてよろしいのである。ただ、ざんねんなのは、これは南ならたいていどこでもそうなのだが、南方の魚は釣りとしては天下一品なのだけれど、食べるとなるとその偉容や美粧にもかかわらず、何やら肉がぼわぼわダラリとしてしまりがないか、異臭があるかする。だから父島の寿司屋はネタの魚の九割を冷凍で東京の築地《つきじ》から船ではこんできたのをバカ値で使っているのである。聞いてみると、島の魚で寿司に使えるのはアイッパラ（スマガツオ）とカンパチぐらいで、あとはアカバ（アカハタ）が味噌汁にいい。それぐらいのもんです、というのである。そこでアカバの味噌汁をだしてもらうと、これはカサゴのそれによく似たうまさで、肉もよくしまり、異臭もなく、いいスープがでている。おだやかな、なつかしい味の味噌汁といえる。けれど、この島の味覚について、時間がないから一つだけをあげよと強制されたら、私はよろこんでアオウミガメの肉のステーキか、そのモツの煮込みだと答えることにする。その二つのうちのどちらだと、さらにスターリン風の人物に物静かにたずねられたら、おびえることなく、モツの煮込みですと、答えることにしよう。これはカメさん（正覚坊）の胃、腸、肝、皮膜、その他その他を、水一滴も入れず、味噌も入れず、醤油も入れず、ただそれだけを空鍋《からなべ》で煮たものである。スープと水とほのかな脂肪が内臓諸君からジワジワとしみだしてくるから、鍋は焦《こ》げつかないのである。そのスープの気品高いうまさについてはくだくだ書くよりもスッポン鍋のことを考えてごらんと申上げるだけでよろしいか。ヨーロッパの高級料理店でアオウミガメのコンソメはメニューに特選物として赤線で枠《わく》どってあると申上げるだけでもよろしいか。

沖に歓声があがる。

拍手がはしゃぐ。

（55・9）

葉巻の旅

どういうものかタバコだけは贅沢《ぜいたく》をしたい。お金がなければ何でも喫《す》うが、お金があると上等のタバコを買いたい。それも、なるたけ上等のを買いたい。シガレット、葉巻、パイプ、何でも喫う。外国旅行をしてこれまでにいったい何十種類のタバコを喫ったことだろうか、箱や葉巻の帯をみんなコレクションにしておいたらおもしろかったろうにと、いまになって、悔みたくなる。

葉巻は戦後、例の細巻やすい口やフィルターのついた〝シガリロス〟が出来たので種類がさらに豊富になった。仕事をするとき口がさびしいのでこの細巻葉巻をくわえてちびりちびりふかすのは小さなたのしみである。太巻の葉巻は中国料理とか西洋料理などの濃くて重い食事のあとではすばらしいけれど、日本式のお茶漬サラサラのあとではとてもいけないようである。

パイプを人前でふかすと何故《なぜ》か対話のスムーズな流れをさまたげられる。パイプをふかす人は何か閉じ、沈み、潜り、相手を拒む。だからパイプは書斎や居間の独居、瞑想《めいそう》、沈思には欠かすことのできない友人だけれど、会話や実務の場には不向きのように思う。

葉巻は傲慢《ごうまん》だという印象を与えやすいが、これは身ごなしでどうにでもなるものだ。ひょっとしたらパイプでもそうかもしれない。デンマークへいったときにおどろいたが、ここでは女がみんな夕食のあとで堂々と胸そらして葉巻をふかしている。ドイツ人は世界でいちばん葉巻の好きな国民であろうが、それでも女が葉巻をふかす光景は見たことがない。女も男とおなじようにシガレットをふかすのだから葉巻をふかしたってかまわないわけだが、女の口にあの太いのがつきささっているのはヘンな連想をさそって、とても想像力を刺激される。

葉巻もピンからキリまである。ガラス管のなかに入ったのや、アルミ管に入ったのもあり、ボヘミアの田舎町では藁《わら》のまわりにクルクルとタバコの葉を巻きつけたのもあった。こういう素朴なものもときにはおもしろいが、アルミ管やガラス管に入った超豪華品となると、とてもそれだけでは喫っていられない。そういう葉巻は全体のなかの欠かせぬ一部としてあくまでも諧調《かいちょう》を保ちながら独立的に他を排除もするのである。つまり、酒や食事のコースのなかにとけこんでいるのである。一本の『ロメオ……』をふかすために私は帝国ホテルへでかけてビフテキを食べた。私の口は薄くて小さいので長大なるこの逸品をくわえるのは何とも不似合いに思えたからすみの席をとった。けれど、食事がおわってからドミ・タスのコーヒー茶碗《ちゃわん》をよこにゆったりとこの葉巻をふかしていると、やっぱり、香りが素晴しかった。散らすのが惜しかったので、それとなくシャツや背広にしませて家へ帰った。

葉巻特有のあのしぶい香りを〝羊の匂《にお》いがする〟といっていやがる人もいるが、慣れるとこれもわるくない。ブランデーにすい口を浸したり、舌でペロペロ胴を湿めらせてから喫う人もときどき見かけるが、これはあまり、いい趣味ではない。

逸品の葉巻に出会うと、しっとりと、しかしキュッと巻いてあり、葉は薄く、重厚荘重、中身の葉一枚一枚が火にあぶられてかもしだす香りのアルモニーがすばらしくて、思わず眼を細めたくなる。どの葉をどうかさねるのか知らないが、上質のウィスキーやブランデーとおなじ絶妙のブレンドの経験が要求されるのだろうと思う。葉巻のすい口を切るのはさまざまなカッターがあるが、いちばん私が好きだと思ったのはパリで見かけた一つである。これはギロチンの恰好《かっこう》をしていた。首をつっこむ穴に葉巻を入れて刃をおとすと、パチリ、みごとに切りおとす。これは机におきたいものだと思った。

（40・5）

ちょっと一服

暗がりで吸うタバコはどうしてあんなにまずいのか。鼻さきで火がポッ、ポッと赤くなったり暗くなったりする。それにつれて心がひろがったり、ちぢんだりする。けれどまずいのである。

煙が眼に見えないと味も香りも半分以上ぬけてしまうような気がする。煙の見えないところで吸うタバコには何かしらビジネスのようなところがある。ビジネスでタバコを吸う人はあるまい。

煙がユラユラと崩れたり、渦を巻いたりしてやわらかく自由に形を変えつつたちのぼるのを見るのがたのしいのである。それを見て眼が遊び、心が遊ぶのである。タバコは眼で吸うものだと思う。

緊張したときに吸うタバコの味は格別である。仕事をやり終えたあとの一服には莫《ばく》大《だい》な値がつく。心が独房に密封されて身うごきならないのでせめて眼は逃れたいというのだろうか。

用談をしながらタバコをとりだす。口で何か切実なことを喋《しゃべ》りながら一本ぬきだす。くわえる。火を近づける。深く一息吸いこむ。ゆるゆると吐きだす。眼で煙の行方を追う。そのときである。チカッと妙案が閃《ひら》めくのは……

タバコを吸って一服しているときに思いがけずいい案が浮かんだという話はよく聞くけれどこれがマンジュウを食べているときにチカッと来たというのはあまり聞かない。タバコのない時代にはマンジュウから妙案がでたのかも知れないが、いまでは、まずまず妙案は煙からでることになっている。

ピタゴラスやコペルニクスの時代にタバコがあったら、彼らはきっとグラン・フュムゥル（愛煙家）だったにちがいない。そして、彼らの定理や洞察を煙のなかからつかみだしてみせたにちがいない。

＊

下品な顔をしたリー・マーヴィンという男がいるが、この男が映画にでてきてウィスキーを飲むと、天下一品である。ポケット瓶《びん》か丸瓶をひっつかみ、ちょいと小指、薬指をたて、厚いくちびるでゴクリ、一口やられたら、思わずノドが鳴る。

ジャン・ギャバンに物を食べさせたりタバコを吸わせたりしたら、これまた天下一品である。あのダブついた頰の肉をもくもく波うたせてフォア・グラや肉ダンゴを食べだすと、こちらは眼がうるんでツバがわいてきそうになる。

シガレットを吸ってうまかったのはハンフリー・ボガートだった。荒涼と優雅のまじったあの、いたましい顔で、故人がタバコをくわえると《禁煙》のサインも忘れてポケットに手がいったものであった。いったいどうしたらあんなふうに吸えるのだろうかと、人知れず真似《まね》してみたけれど、身についたらしい気配はなかった。

ジェイムス・ディーンが理由なく反抗していた頃はくちびるのまんなかにだらしなくひっかけるやりかたが流行《はや》った。故人はよくダダをこねつつ眼を細ませ、甘ったれた声をだし、そうやってシガレットをふかしたものであった。

けれど、じわり、チビチビと味わうことにかけては、故ボガートが傑出していた。成熟した男が思案に暮れて苦みを嚙《か》み殺す表情がたった一本のタバコに、じつによくでていて、ストーリーを追うよりも、いまに吸うぞ、いまに吸うぞと、そのことのほうが気になるくらいだった。プロフェッショナルだった。

一本のタバコの吸いかたに無数の方法があるものだ。薬をのむように吸う人もいるし、アメをしゃぶるように吸う人もいる。撫《な》でるようにして吸う人もいるし、いたぶるようにして吸う人もいる。いちばん品がわるいのは吸ってると知らないで吸っている人である。あれはそばで見ている人のタバコまでまずくしてしまう。

＊

近頃困ることの一つはタバコ屋にライターのオイルがないことである。ガスならいくらでもあるが、オイルをおいている店がない。

銀座のタバコ専門店にもないが、とんだ田舎のタバコ屋にもないのである。地方へ旅行したときに、タバコ屋でオイルはないかというとボンベをだされる。ガスじゃないよ、油なんだよというと、どこの田舎者が舞いこんだかと白い目。

ライターを使っている人をそれとなく見ていると、百人のうち九十九人までが、まず、ガスである。どうしてこうなっちまうのか。

タバコの楽しみの一つは火をつけることにある。自分の手で火をつけるのが楽しいのだ。そこをわかってもらわないと困る。バーでタバコをとりだすと、こちらがまだくわえてもいないさきに火をつけて待っているホステス様がいらっしゃるが、あれはカンベンしてほしい。

ガス・ライターは蓋《ふた》をあけるとシュウシュウ洩《も》れる音がするから、あわてて火をつけ、あわてて蓋をしめる。そのせかッたらしいこと。スポーツ・カーじゃあるまいし。そんなことで秒速を競って何になる。とても貧乏くさくていけない。お手元のダンヒルが泣きますよ。

ダンヒルはオイル時代もガス時代も同一のデザインで貫き、さすがである。ロンソンはオイル時代はよかったが、ガス時代に入ってキャデラック趣味となって堕落した。いっそ象印の徳用マッチの箱を持って歩くほうが気がきいているくらいである。

デザインと性能と〝味〟で感心するのはジッポのライターである。あれはジープなみに油を食うけれど、ジープなみのグッド・デザインである。百発百中。しかもどこか間《ま》のぬけた、お人好《ひとよ》しの愛嬌《あいきょう》があって、暖いのである。慣れると手にピッタリくっついて可愛《かわい》い。ごくごく稀れにあれを使っている人に出会うと同志を発見したような気がする。

ガスの虫になるな。

＊

〝新感覚〟に没頭していた頃の横光利一の短篇に舶来タバコの名をめったやたらに並べたのがあった。人生をケムにしてしまおうという意気ごみで、韻を踏むようにしてつぎからつぎへとタバコの名をリフレインした作品である。

外国に着いてまず私がすることの一つに、空港でタバコを買うことがある。ガラスのなかでキラキラ輝やくタバコをずうッと眺めていくのが楽しいし、どんな名のがあるかと探すのも楽しみである。

香港《ホンコン》を歩いているとコカ・コーラが「可口可楽」だったり、オメガのシーマスターが「海王牌」だったりして、さすがは文字の国だと思わせられる。一度、どう見てもタバコの看板だと思うのに判読のしようのないのがあった。「三炮台香煙」とあるのだ。よくよく見たら、これは「スリー・キャッスル」のことだった。

パリのタバコ屋に入って何にしようかと迷っていると、「ヴェキャン！」とかいって一箱買っていった男がいるので、ソレといったら「ウィーク・エンド」というタバコをよこした。フランス読みするとそうなるか。「ハイ・ライフ」は「イフ・リフ」である。ならどうして英語で名をつけるのだネ。

アテネは観光都だと思っていたが、意外に英語が通用しなかった。新聞売場へいって、いちばんいいタバコをくれといったが、何度叫んでも婆《ばあ》さんはトロッとした顔をしているので、とうとう「ナンバー・ワン・シガレット！」と叫んだ。

すると婆さんはにわかによみがえって、いそいそと一箱よこした。お金を払ってか

ら、道を歩きつつ、封を切ってみたら、そのタバコの名は
「ナンバー・ワン」
であった。
ウソだと思うならアテネへいって新聞売場で「ナンバー・ワン！」と叫んでごらん。

＊

モスコー郊外の新イェルサレムというところにエレンブルグは温室つきの別荘を持っていてその一室で何時間かお菓子を食べたり、文学話をしたことがある。彼は眼光鋭く、やせおち、苦虫を嚙みつぶしたような、サギのような顔つきで、たえまなくタバコをふかしていた。それはソヴィエトのタバコではなく、どこで手に入れるのか、フランスの「ゴォロワーズ」だった。

モンパルナス大通りの「クーポール」の一隅でサルトルから四十分間話を聞いたことがあるが、彼は大碗のブラック・コーヒーをすすり、一秒の休みもなくツバをとばしてだみ声でしゃべりつづけ、ひっきりなしに「ボヤール」をふかしていた。短くて太い、チョークぐらいもあるタバコで、それを彼は短い指でつまみだし、老いたる頑強なカメとでもいった首をつきだしてつぎつぎとくちびるにはさんでは消耗していっ

た。子供くさい体形をした、おどろくほど愛想のいい、くたびれてはいるがいきいきとした中老の男だった。

上海《シャンハイ》の或《あ》る部屋で会った毛沢東はゴッゴツした湖南語を話し、茫洋《ぼうよう》としたゾウに似ていて、やっぱりチェイン・スモーカーだった。のべつに「パンダ」の罐《かん》に手をのばし、煙のなかで小さな眼を細くし、ぶわぶわした肉に埋もれて幸福そうでもあり、老いたことを弔《いた》んでいるようにも見えた。よこにやせて、小さな、眉《まゆ》の濃い周恩来がいて、ゆったりと腕を組み、タバコは一本も吸わず、毛沢東の消えかかった記憶をときどき低声《こごえ》で訂正したり、確認したりしてやっていた。

チェイン・スモーキングは焦躁の表徴だと心理学者はいう。とすると、この三人は心が渇いていて、一瞬の安住も拒んでいたということになる。時代は煙のなかで構想され、かつは消えかつは現れるか。

＊

現在の日本でタバコをバラで買っている人があるという記事を読んだことはない。釧路《くしろ》、網走《あばしり》あたりでもやっぱりタバコを吸うとなれば、買うとなれば、十本入りは十本入り、二十本入りは二十本入りで買っているのではないだろうか。

ほぼ二十年前のわが国では、焼跡と闇市《やみいち》しかなくて、子供も大人もタバコを吸いたくなると、タバコ屋や闇市にでかけて、一本、二本と、バラで買っていた。そのモクも、吸殻を集めて再生させたヤミモク、シケモクだったりしたが、誰も気にしなかった。

サイゴンの町角のタバコ売りのおばさんは、木の箱のふちに長い線香をたて、それに火をつけ、客はタバコを一本、二本とバラで買い、線香の火を吸いつけて去っていく。シクロ引きのおっちゃんも大学教授もけじめなくそういうぐあいである。

私も少年時代にタバコをおぼえ、シケモク、ヤミモクを吸うことにふけった一人である。けれど、その頃は、一瞬ごとにわが心はギラギラ輝やいたかと思うと深沈とよどんだりして、とりとめがなく、だから、一本のタバコがあれば一日中、幸福でいられたこともあった。

いまはどうだろう。国産、外国産を問わず、パイプ、タバコ、葉巻、シガリロス、何でも選ぶままに吸えるけれど、火を吸いつける最初の一吸いに、はたしてかつての無垢《むく》な歓《よろこ》びがあるだろうか。一日に吸うおびただしい数のうち何本が本当に心にしみこんでいることだろうか。何本吸っても水に濡《ぬ》れたズック靴のような心はそのままなのではないか。

たった一本のタバコで心が一日飛翔《ひしょう》できた日があったのにと思うと、無残な気持で橋の上から水の流れを眺めたくなる。タバコは〝莨《たばこ》〟、おそらくは〝たのしい草〟と読むものである。いつまでもそんなタバコに出会いつづけたいと思うのだが……

（54・5　開高健編『たばこの本棚』青銅社）

Ⅲ

山、辛《から》く、人さらに辛し

ルアーの釣りは生餌《いきえ》の釣りにくらべると一匹一匹についての興趣と感激はお話にならないくらい高いし、広いのだけれど、生餌で十匹釣れるところがルアーなら一匹ぐらいだろうかと思われる。むやみに数を自慢するのは幼稚な心理だからそれはいっこうに気にならない。魚族保護のためならルアーの釣りにかぎると極言してもいいほどである。ところが、魚は魚でなかなか敏感なものだから、たちまちルアーに慣れっこになって、悪賢くなり、スレてしまう。魚がルアーに慣れる速度は意外なほど速くて、アッというまにおぼえられてしまい、そうなるといくら秘術をこらしても、見向きもしなくなる。一度鈎《はり》にひっかかってにがい思いを味わった魚となると、ますます見向きもしなくなる。

カナダのように国民三人に湖が平均して一つあるといわれるくらいの湖沼《こしょう》国なら釣師はのんびりしていられるが、わが国は湖が少いうえにルアーで釣れる魚が少く、それら二つが少すぎるうえに釣師の数が多すぎるとくるから、魚も釣師もまったくオチオチしていられない。一つの湖に住みついた魚はのべつルアーで攻められると、キンキンピカピカにまったく無関心になる。だから、毎年、スレていない新入生を大量に放流しないことには、あの湖もこの川もたちまち釣れなくなる。スレた、悪賢い、用心深い老武者の大物をダマしスカして釣りあげる妙味は妙味として奥義《おうぎ》の一つにかぞえたいが、やっぱり飽きない程度には釣れてほしいとも思うのである。

だから釣師はどうしても穴場をかくしたくなるし、ルアーも他人に教えてやりたくなくなってくる。大物をあげるとどうしても吹聴《ふいちょう》したくなるが、さりとて穴場は荒されたくないとも思うから、人知れぬ悩みを味わうことになる。しかし、聞くほうは聞くほうで日頃から本人の言動によく気をつけているので、何となくカンで嗅《か》ぎつけてしまうものである。湖の岸にちょっとはなれてたつと、キャスティングに夢中であるように見せかけ、じつはそれは右の眼だけで、左の眼はすかさず隣人の手もとをうかがって、どんなルアーを使ってるかとさぐるのである。

ある湖で親しくなった一人の年配の釣師をいま、かりに、〝名人〟と呼んでおくことにするが、この人物の狂熱と用心深さはちょっとケタはずれである。彼は十年間、一貫してその湖だけを攻め、あとは遠征も、武者修業も、道場破りも、何もしない。

ただひたすらの一気通貫でその湖だけを攻めているのである。そして、どんなルアーがきくかとか、どこで、どうやったら釣れたか、などということは一言《ひとこと》も洩《も》らさないのである。ちょっと話がそのあたりのことにいきかけると、《カキのようにだまりこむ》という慣用句そのままの顔になるのである。それでもかまわずに図々《ずうずう》しくしぶとくたずねにかかると、名人は、盗みなさい、釣りは盗みだ、盗まれたら私も文句は申しません、あなた、といって、品悪くヒ、ヒ、ヒと笑うのだ。

何しろ名人は毎年シーズンになると、山の宿へ大ツヅラいっぱいにルアーをつめこんで持ってくる。それを階段下の薄暗くてゴミゴミしたところにおしこんでおく。そして誰にも見せないのである。十年間にルアーだけでざっと二百万エンぐらい投資しましたと聞いたことがあるが、これが今年の〝あたり鈎〟だと思いこむと東京の釣道具店へでかけ、何十コとなく倉庫にありったけ買い占めるというのである。それでその年を送るが、秋の暮れに使いのこしをつめこんだ大ツヅラを背負って山をおりる。来年は来年でべつの〝あたり鈎〟を買いこむか、創案するかする。では今年の使いのこしはどうなるかというと、誰にもやらず、売らず、タンスを一つ特別製のをつくらせたから、そこへ格納しておくんだとのこと。何年かたてば魚は忘れるにちがいないからまたそのルアーがチャンピオンとしてカムバックすることもあるだろうから……

というのである。

天才は九十九パーセントの努力と、そこからにじみだす一パーセントの天与によって成るとか。名人はコケの一念で取材費を惜しむことなく投入し、山へきたとなると、毎日毎日、朝まずめから夕まずめまで、どこへいくのやら、たった一人で執念また執念のはげみようである。たいてい魚のほうが根負けして折れてでて、それで釣れちゃうのじゃないかと思いたくなるくらいである。飲まず、打たず、買わず、家業のほかにはただもうルアー・フィッシングあるのみ。それも語らず、書かず、弟子をつくらず、味方をつくらず、敵をつくらず、である。これはつくらずということもあるが、何人《なんぴと》にも察知できない心の傷の深淵《しんえん》よりの呼声に従うあまり、名人は、つくろうと思ってもつくれない孤独に棲《す》んでいるのである。味方もできなければ敵もできないのである。けれど魚さえ釣れたらもうそれで満足し、山菜をサカナに徳利半分の酒でたわいなく成仏《じょうぶつ》してしまう。

去年、たまたま山で名人と顔をあわせたところ、どういうものかこのひねくれオジサンに気に入られてしまい、秘蔵中の秘蔵の〝今年のあたり鈎〟を親しく見せてもらったうえに何コかじきじきにわけて下さるという稀代《きたい》の恩恵に浴した。感動したので、ある早朝、二人でいっしょに釣りにでかけたところ、さすがの名人の穴場にもすでに一人、二人と先着の釣師の姿がある。すると名人はあわてずさわがず、やおら河岸に腰をおろして、焚火《たきび》の準備などにかかる。そうやってのんびり火にあたりながら、ブラブラと枯木をひろいにでかけるのだ。そして、釣師のところへよっていって、釣れますかと、そこはやさしく声をかけておいてから、ゆるゆると問わず語りをはじめる。ここもいい場所ですが先日下流のあそこの岸の曲り角ですごい大物を逃しました、イワナは定着性の魚だからまだいるでしょうね、などというのである。どの釣師にもそんなことをいって焚火のところへもどり、しばらく見ていると、一人、二人、釣師たちがそそくさと竿《さお》をしまって崖《がけ》をのぼり、橋をわたっていくのが見える。

「サテ、これで露払いはできたと」

名人はそんなことをつぶやき、ヒ、ヒ、ヒと品悪く笑って、竿の準備にかかる。

これくらいの古ギツネでも裏をかかれることがある。あるときは対岸の草むらにひそんで双眼鏡で覗《のぞ》かれたことがある。あるときは背後にたってまじまじと観察されたこともある。あるときは根がかりで失ったルアーをゴムのウェット・スーツを着た潜り屋に集められてあやうく秘密がバレそうになったこともあると、いう。油断も、スキも、あったものではないのだそうである。

「お山もセチ辛くなりました」

名人、つくづくといった口ぶりで呟《つぶや》くが、眼をしかめるのは焚火の煙のせいだけではないようである。

（50・7）

デカイ話はまだまだあるという話

　ブラジルのサン・パウロの醍醐《だいご》麻沙夫君からかねがねお願いしてあった怪魚ピラルクのウロコと舌の干したのが送られてきた。ウロコは長楕円《だえん》形をしていて、径を計ると九・一センチに六・四センチである。上端三分の一が茶褐色をしていて木の肌のような小皺《こじわ》がより、下端三分の二が白くて平滑である。魚体にあるときはこの白い部分が屋根瓦《やねがわら》のようにかさなりあい、茶色の部分が外へ露出しているのだそうである。白い部分が平滑だといってもさわってみると微妙にザラついていて、これが爪《つめ》を磨くのにいいというので、やってみると、柔らかいけれどしっかりと爪を削ってくれて、金属ヤスリでマニキュアをされるようにチカチカと神経にひびくことがまったくない。ナルホドと感心した。

　つぎに舌である。これは材質としてはイカの甲にそっくりだが、表面がギッシリとこまかい歯のような突起で蔽《おお》われている。ネコの舌もザラザラしているけれど、このザラザラは小さな歯の無数の集りである。先端は鋭くとがっていない。さきのウロコはベレン市あたりでは美容院で美女のマニキュアに使っているが、ほかには漁師や大工がヤスリがわりに使うこともあり、舌はそのザラ目を大根おろしのように使い、ガラナの実をすっておろすのだそうである。舌は長さが十四センチもある。これでピラルクとしては小型のほうなんだが、魚の舌が乾燥されて収縮して小さくなってるはずなのに、それでも十四センチからあるというのだから、この持主が生きていたときの大きさとなると、いくらも考えないうちにウロンとなっちゃう。写真で見たってわからないから永田画伯に特にお願いして原寸大にスケッチしてもらった。しばらくマジマジと御覧あって、この地上のどこかにはまだ〝神話〟が現存するのだナと思い入って下さい。夏の夜も少しは寝苦しさを忘れることができましょうテ。

この怪魚のことはいつかの項に書いたけれど、読んでない人もあることと思うので、この際もう一度復習しておきましょう。醍醐君が手紙で教えてくれたことにちょっぴりブックで得た知識を上乗せして、しかし、ホラではなくて、もっぱら腹にズシリとくるあたりの情報をお伝えしたい。このピラルクというのはアマゾン河に棲む魚だが、全世界の淡水魚中、もっとも早く育ち、もっとも大きくなるという点でナンバー・ワンである。いっさいがっさいの世界一記録を集めたギネス・ブックにもきっとそうでていることであろう。生後十六カ月で長さは二メートルになり、体重は五十キロに達する。数年後にはとてつもない大きさになるが、最大のものは長さが五メートル、体重が二百キロになるというんだ。海の魚の話ならあまりおどろかないが、河の淡水魚のことだからおどろいちゃうんだ。そういう大魚を群れで育てるくらい河がメチャクチャに大きくて、深くて、栄養がいっぱいあるということなんだろうネ。

画や写真で見るといかにも太古の魚らしく、ライギョとシーラカンスとパイクをいくらかずつ混ぜたような風貌《ふうぼう》と体軀《たいく》をしていて、頭部をのぞいては全身が爪磨きになるウロコで鎧《よろ》われている。肉はすばらしいそうである。シチュウにしてよし、ムニエールにしてよし、サラダにまぜてよし、日干しにしてまた佳という。〝食通《グルメ》といわれたいなら一度はピラルクをやらなければ……〟という一行を二、三度どこかで読んだ気がするので、一度、丸谷才一学兄といっしょにブラジルへ飛んでみようかと思っている。

アチラの日本人で魚屋をしている釣狂の一人は季節になると塩を十五俵トラックにつみこんででかけるのだそうである。そして氾濫《はんらん》のひいたあとにできた巨大な淡水湖にのりこんできたピラルクを、イシモチを生餌《いきえ》にして誘いこみ、食いつくと全身の力をしぼって魚と綱引きをしたあげく、それはむしろ舟と魚のひっぱりあいであるようだが魚がくたびれて水面に浮いてくると、すかさず頭へウィンチェスターを一発射ちこむのだそうである。十五俵の塩はもちろん魚肉を腐らせないように町へ持って帰るためである。この魚の学名は“Arapaima Gigas”とか。

コロンブスという名の男が荒くれどもを鼓舞して日頃から見慣れた海のむこうへいってみたいという気を起こすよりはるかはるか以前からこの南米の大河のほとりでは現地人のインディアンの女たちはピラルクのウロコで爪を磨き、男たちはその舌で小屋の床を磨いたり、丸木舟のふちを磨いたりしてちょいと仕上げのお化粧をやっていたのではあるまいかといわれているらしいのだが、そのあたりの正確なところはまだ私はブックで研究していないので、何とも確言いたしかねるのである。けれど、こういう三ケタも四ケタもズレたウロコや舌をテーブルにおいてちびちび夜ふけに酒などをすすっていると、見ること聞くこと近頃の世間と世界のあまりのセチ辛さと陰惨さにすっかり愛想がつきて、そういう古代の牧歌をついつい想像したくもなろうというものである。火と、矢と、釣鈎《つりばり》と、斧《おの》ぐらいしかなかった時代にぐっと太陽に近い国で、若い女たちが、ぬくぬくとした、透明な日だまりで、サルなどをよこにおき、いっしんに、そして無心に、素ッ裸で爪を丸くするのにふけってるなんて、いい図じゃあるまいか。

ブラジルにはピラルクのほかに無数のウロコのある魚や、ウロコのない魚がいて、釣師にとってはもう地球上で数えるほどしかなくなった、稀有《けう》の、またとないところであるらしいので、早いうちに遠征しなければならないという気持にせきたてられてくる。醍醐君の手紙には淡々としたタッチだが釣師としてはゾクゾクしてくる話がたくさん書いてあって、読んでいると落着いていられなくなってくる。ある日本人の農民は農閑期になるとトラックに米と塩と味噌《みそ》をのせ、ついでにカアチャンをのせて奥地へくりだし、穴場につくと、まず河岸の草を刈って野菜の種をまくというのである。雨と日光の豊沃《ほうよく》な国だからたちまち野菜は大きく育つ。それを食べながら釣って釣って釣りまくり、それから農閑期が終り、もうエエワという気持にやっとなって、わが家へもどっていった。事実としてそういうことをやっていたというのである。

釣りをするのにまず野菜の種をまくというのはこれまで聞いた数かずの釣りのデカイ話のなかでも最大ですと醍醐君は書いているが、私もまた聞きははじめで、想像もつかなかったところである。醍醐君は『オール讀物《よみもの》』で新人賞を獲得した有望な新人だが、いっぽう釣狂でもあるので、こんな話を耳もとで聞かされていたら、オチオチ夜ふけに白紙と文字を相手に不定形の格闘など、していられなくなるのではあるまいか。

（50・9）

われら、放す。故《ゆえ》に、われら在り

十一月十五日は朝五時に起きた。いやな冷めたい雨がジャボジャボと降っていた。傘をさすのがめんどうなのでフードつきの釣り用のレインコートをかぶり駅まで三十分ほど歩いた。それから電車に乗って東京駅。そこで山手線に乗換えて上野駅。ソバを一杯食べてから上越線の『よねやま』という急行に乗る。電車が動きだしてしばらくしたらたちまち昏睡《こんすい》に陥《お》ちこむ。たがいにからみあい、とけあい、かさなりあって正体のなくなった心労と塵労《じんろう》が全身にかさぶたのようにかぶさっているが、お尻《しり》のしたから暖房のあたたかさがじわじわと這《は》いのぼってきて、かさぶたをかぶったまま私は泥のように眠りこんでしまった。

小出駅で眼をさまして下車すると村杉小屋主人の佐藤進が車で迎えにきてくれていた。久しぶりだなァと挨拶《あいさつ》しながら車に乗せられ、湯之谷村の家へつれていかれる。この人は山奥の銀山湖畔に謙虚な旅館を営んでいるのだが、そろそろ山は雪になるので〝小屋〟を閉鎖して里へおりてきたのである。来年の四月末に山へのぼって〝小屋〟をあけるまで、これから数カ月、冬籠《ふゆごも》りのクマのように里で暮すのだが、山男がじッとコタツにもぐって水虫の穴など掘っていられるものではない。冬は冬で腰まで雪に漬りつつクマ撃ちだ、ヤマドリ撃ちだと血にそそのかされるままに仲間といっしょに、または単騎で、さまよい歩くのである。

かあちゃんも健在だった。息子さんも頰に明るい血のいろが射《さ》している。かあちゃんは山で掘ってきた自然薯《じねんじょ》の煮ころがしを皿に盛ってだしてくれる。この自然薯にしても、マイタケにしても、タヌキの罠《わな》かけにしても、かあちゃんはたいそうな眼ききで、秘めたる辣腕《らつわん》の持主だが、能あるタカは何とやらで、どこでどうやってとってきたのとたずねると、明るいまなざしは明るいままで、ふいにそこへこすっからい閃《ひら》めきが走り、話題をにわかに朦朧《もうろう》とそらせてしまうのが上手である。粗茶をすすりつつ自然薯を食べていると、ごめんといって十日町の高橋名人がうっそりと入ってくる。この人は銀山湖をルアーでしか攻めないという人物で、その道では知る人ぞ知る狂水病患者なのだが、いまはシーズン・オフだから、眼光いささか柔らぎ、声音《こわね》にも含むところや尖《とが》ったところがない。そこへ湖山荘主人が二日酔いだといって頭を搔《か》き搔《か》き入ってくる。みんなでウダウダと愉《たの》しく話しあっているうちに手のつけようなく私は眠くなり、ふたたび泥のような昏睡に陥ちこむ。眼がさめると誰かがいつのまにか毛布を体にかけてくれていたが、みんなはまだ性こりもなく今日はカモ射ちの解禁日なので夜明けまえに出撃したのにカモが一羽もいなかったという話を煮返していた。

夕方になって村営の国民宿舎、湯之谷荘へでかける。桐生《きりゅう》の常見さん、朝日の田中さん、『フィッシング』の吉本さん、それぞれ知る人ぞ知る狂水病者たち、そこへ朝日の秋元キャパがしばらくぶりにカメラを持って登場する。地元代表者のえらい人たちが何人もつめかけ、広間に集って、めいめい挨拶をしたり、短いスピーチをしたり、私もつられて一席の短いお粗末をブッたり。じつはこの会合、出席者の名だの、地位だのはどうでもよくて、ただ銀山湖に魚をふやして大きくするにはどうしたらよかんべ、という集りなのである。そう書けば一行ですむのだが、サテ実践となると、漁業権だ、魚種だ、禁漁区だ、禁漁期だ、匹数制限だ、体長制限だ、投網《とあみ》、毒流し、ウケ、電気、さてはダイナマイトなどほうりこんでひそかに密漁するヤツらをどう取締るのか。どれをとっても頭の痛い話ばかりである。

銀山湖は発電のためにつくられたダム湖だが、水量が雄大、水深が深遠というところへ持ってきて、数多くの立派な沢があり、奥があって深く広いのに、しかも襞《ひだ》がたくさんというすばらしい〝名器〟である。ワカサギ、ヘラブナ、ハヤ、コイなどが棲《す》みつき、それらの幼魚をあさってイワナやニジマスがむくむく育ち、ことにルアー釣りがおこなわれるようになってからは海育ちのマスやサケをおどろかせるくらいみごとなのがあがるようになった。湖畔の旅館の入口にかかっている魚拓《ぎょたく》を見たら、カナダかアラスカへ迷いこんだのかと眼をこすりたくなるほどである。しかし、ラッシュ時代は例によって短く、はかなく、あっけなくて、いつとはなく魚は激減し、スレてしまい、かつ小さくなってしまったのである。釣師がやらずぶったくりで釣りまくるからばかりではなく、他にさらに巨大で深い本質的な原因が作動してのことと思われるのだが、残り少くなった魚に釣師のやらずぶったくりが追打ちをかけたことと地元側の怠慢はやっぱり重大な原因となっている。

そこで私たちはルアー師、フライ師、ミミズ師、イクラ師、ピンチョロ師、各派大同団結してこの湖を蘇生《そせい》、復活させることを決意し、この不況の物価高と女房のブツブツを無視して、敢然、一名一万エンを投ずることをこの春、都内某所に集って議決したのである。そうして集った浄財百二十余万エンで湯之谷村役場と新潟県にハッパをかけたのである。現代は〝恥〟を知らない時代なのでと、条理は力説、主張するが、その裏であまり期待しないでいたところ、村の人たちもよくうけてたち、めいめい口ぐちに孫や子にはずかしいといいだし、苦しいなかから予算をひねりだして、放流や孵化《ふか》場設置の実行に移って下さったのだった。もともとこういうことは国家が恥じてやらねばならないことで、われら民間人が見るに見かねて乗りだすと、恥なき国家はさらに怠けて恥を知らなくなるという逆効果もあることを考えあわさなければならないのだが、この広大な湖がまたがる新潟県と福島県の人びとは恥を知り、かつ山を愛する人びとだったので、さしでがましいわれわれをも許していっしょにやろうと〝快挙〟にでて下さったのである。

翌日早く、われわれは冬ざれの山へいき、とりあえず第一回の放流として、五百キロ、約五千匹のニジマス、およびイワナの成魚若干を北之岐《きたのまた》川の清流に放した。氷雨《ひさめ》の降りだした寒流のなかに魚を放してやると、大中小、みんな一瞬に体をひるがえして上流に頭を向け、私のはいているゴム長にぴくぴくと口をぶっつけてくる。私は魚を釣っても大小かまわず逃してやるというスポーツ・フィッシャーマンだが、こう無《む》垢《く》に頭をそろえて慕いよってこられると、私の内部に奥深くひそみわだかまる殺生《せっしょう》の情熱の叢根《そうこん》はかなり広い部分があえなくとけて、消えていった。こんなにあっけなく生ずる仏心には警戒しなければいけないが、しばらくためらってから一匹また一匹と広い湖への道をおりていく魚を見ていると、久しくおぼえない晴朗と無邪気の微光に眼がなごんだ。

帰りの電車ではまた昏睡した。

（51・1）

プッシーは海でもトークする

異常に晴れの日がつづいてお湿りがなく、空気がカラカラに乾いているせいか、風邪がいつまでも体のあちらこちらにへばりついてぬけようとしない。部屋にたれこめてヒーターのそばに寝ころがってウツラウツラとしてすごす時間がつづき、明滅するまま、よしなしごとに思いふける。中国語ではそういうのを〝白想〟と呼ぶのだとおぼえ、なかなかいい表現だと感じ入っていたところ、あるとき中国人にただしてみると小首をひねり、そんな言葉、聞いたことないねとのこと。たしかどこかで活字になっているのを読んでおぼえたように思うのだが、博識の人にそういわれると、私の妄《もう》想《そう》かしらと思えてきたりするがたしかめようがない。

つれづれのままに少年時代の冬に家にいてそうやって火鉢のそばに寝ころがりさまざまな戸外の物音を聞いたはずだが、どんなのがあったかしらと思いだしにかかる。子供たちの呼びかわす声や空の凧《たこ》の唸《うな》りなどはすぐに思いだせる。師《し》走《わす》なら餅《もち》をつく音、正月なら羽子板の音となる。そういうのはいくらもあり、歳時記にあるとおりだが、イヌやネコの叫び声はどうだろう。それは悲鳴であって、鋭くて短い。ふいに一声か二声、異様なはげしさで起り、そのまま消えて、あとは何事もない。とられたのである。ワイヤの輪が首にとび、瞬間にしめて釣りあげられ、じたばたもがくすきもなく箱にほりこまれ、蓋《ふた》をされて、リヤカーでさっさと持っていかれたのである。それは夏でも秋でも起る声なのだが、とくに冬の物音としておぼえているのは、その季節は町が静かだから耳にしるくのこっているのであろう。ハンターにしてみれば獣に脂《あぶら》がのって毛並みのいいところを狙《ねら》うとなると冬の狩りだということになるのかもしれない。

声が起って消えると、母は餅を火鉢で焼きながら、耳をちょっと澄まし

「イヌとりやね」

といって、また餅を焼きつづけた。

私はネコ好きなので、どんなに貧乏したときでもネコだけは飼い、これくらい長年月にわたって観察しつづけてきた動物はほかにないのだが、酒場遊びはするけれど三味線の鳴る部屋での遊びには趣味がないから、ハンターにやられたあとのネコにお目にかかったことはあまりないのである。フランス人はネコの皮を鞣《なめ》したり染めたりし

てほかのもっと高級な獣に化かすのが上手で、その目的のためにとくに檻《おり》を作って業者は何十匹と飼育するんだという話をパリで小耳にはさんだことがある。つまりミンクを飼うようにネコを飼うわけである。わが国ではあまり聞いたことがなく、もっぱらアスファルト・ジャングルでのハンティングの話しか聞かないが、以下に書く話をお読みになり、ネコの皮が三味線以外にもたいそう求められているのだとわかれば、この不景気の御時世、誰か発心する人がでてくるかもしれない。ネコは死ぬとお座敷でチン、トン、シャン、シャンとやるだけでなく、寿司《すし》屋に高級マグロを提供するという話である。

海でトローリングするときには魚の身を餌《えさ》にするが、ルアーも使う。これは〝バケ〟と呼ばれている。〝化け〟からきた言葉だろうと思うが、人工の擬餌鈎《ぎじばり》である。イカを真似《まね》たのはイカバケ、タコを真似たのならタコバケである。ニワトリの羽毛やビニールで作るのだが、世界の漁師のあいだでは断然、日本のヤマシタ式が安くてかつ優秀だということになっている。〝タコ金ちゃん〟というトボケた名前だが、海へいくと、この金ちゃん、たいそう威力を発揮するのである。ヘミングウェイのカジキ釣りのルポを読むと、金ちゃんとは書いてないけれど、キューバの沖で日本製のイカバケを流してカジキを狙った話がちゃんとでてくる。バケには頭の部分に〝カグラ〟

という物をつけるが、これがなかなか議論のわかれるところである。男のモノとおなじで、先端に問題があるのだ。ここの部分が海のなかでキラリと光る、その光りぐあいで魚のきかたがたいそう変るので水産技術家たちは研鑽《けんさん》また研鑽である。赤牛の角、黄牛の角、夜光貝、白蝶貝《しろちょうがい》、マッコウ鯨の歯、メキシコ貝、プラスチックと、材料が千変万化する。男根噴水、女陰発熱の結果として世界的に人口爆発で、その結果として蛋白《たんぱく》を海に求めることになり、これまでのどの世紀よりも人類は海へのりだしにかかっているから、どうしたら魚の眼をひきつけられるかという研究はこれまでのどの世紀よりも広大、緻密《ちみつ》になるしかないのである。カグラに使われる材料と形の研究も三十年前とくらべたらお話にならないくらい精密になり、年々、その精密さは増進の一途である。

その至宝の部分のしたにスカートをつける。これがニワトリの羽毛やビニールなどであるが、ここにも問題があって、海水につけたときの色の反射や動きが研鑽の対象となる。そのスカートを巻くのにネコの皮が一番だというのである。ネコの皮は海水のなかでは半透明になり、しなやかで、ぬめらかな光沢を帯びるから、大魚に追われて逃げまどうイワシや何かが、苦しまぎれに反転したとき下腹が光る、そのキラリに近いものがプッシーの皮で表現できるというのだ。ナマズの皮、フグの皮、何やらかやらの魚の皮も卓効があるけれど、安くて、丈夫で、永持ちして、何度でも使えるという点では〝三味皮〟がナンバー・ワンだということになっているのだそうである。生前、ネコちゃんは気まま放題のドルチェ・ヴィータをたのしむが、死後に皮をのこせば、ブリ、ハマチ、マグロ、サワラ、カジキを誘いこむのに青い大陸で大活躍なのである。ネコが海で口をきくのである。プッシー・トークはベッドのうえだけではないのである。濡《ぬ》れられるなら陸でも海でもおかまいなしなのである。

これまで私は渓流と山上湖のルアー釣りだけに没頭してきたけれど、あまりの魚のスレぶりと荒廃に愛想がつきかかってきたので、百八十度、海のルアー釣りに転向しようかと思い、バケのコレクションにかかったのだった。そこでヤマシタ式の技術開発部長だった新明章氏と文通で知りあうことになり、ネコの皮の威力を教えられ、同時にまた、それがたいそう不足していることも教えられたのであった。はからずも生々流転《るてん》の鉄則の意外な例を教えられたわけだが、これを率直につづめてみると、寿司屋で中トロの霜降りのいいところを食べたいのならお宅の老猫を涙を呑《の》んで提供しなさいということになる。その老猫が長毛族なら、シコシコと毛を梳《す》いてやれば、その抜毛がイワナ、ヤマメ、ニジマスの毛鈎の胴に理想的だという最新のトップ・シークレットもつけておきます。

すべての存在に役がある。

（51・2）

釣れるものは全部釣りあげたい

見ず知らずの国へ行って、見ず知らずの川や湖へ入って、ここは釣れそうだとかダメだとか、カンを立ててるでしょう。それで釣れたときの感動というのは大きいよね。さながら旅先の思いがけない恋に似てるけれど。

私は関西育ちで、関西の子供の釣りはまあフナ、モロコです。あれやってると以心伝心というのか、格物致知というのか、ミミズを手にとると、これはおつゆがタップリしているとか、これは美味《うま》そうだとか、体でわかる感じになってくるのね。

ところが、長じてルアーをやるようになってから、初めのうちは何が何やら全然わからなかった。私がやり出したころは、ほとんど日本でやってなくてね。ものの本を読むと、こう引け、ああ引けとか、こんな色のがいいんだとか、色んなこと書いてあるんだけど、なにさまあんなキンキラキンで魚が釣れるのかな、という感じですよ。

しかし、写真見ると全部魚が食ってるでしょう。その後、風雨に打たれ、何本となく根がかりでルアーをなくして、辛き思いをしてるうちに、近ごろはルアーを手に乗せると、重さ、形、色、その他から、直感でこれはききそうだと、体でわかるようになった。きく、とは言いません。ききそうだと、謙虚に言っておきますけどね。

大体、私はルアーを西ドイツで覚えた。西ドイツの釣道具屋で教えられて、バイエルンの高原で試してみた。一人でドイツでやったから、これがホントの〝独学〟。

初学者のために申し上げておきますと、ルアーというのは毒ヘビの色そっくりだというんです。原色だったら赤、黄、黒、白の順に効くというの。アメリカは特にブラックバス釣りのためのルアーが原爆戦争みたいにやたら発達して、バスが賢いか、人間が賢いかというスレスレの競争をやってる。それをまた丹念に分類して調べたやつがいて、どこか一カ所でも赤が入ってるルアーを数えてみたのね。そうしたら八十何パーセントまで、赤がどこかに入ってる。

たしかに赤の入ってるルアーは効くんですよ。じゃあなぜ赤はきくのか、というと、これが決定的に理論的には言えない。いろんな説があるんです。

たとえば、バスでもイワナでもヤマメでもニジマスでも、エサの小魚を追っかける時、小魚のエラが開いて赤い鰓耙《さいは》が見える。それが記憶されていて、だから赤がきくんだという説。花札だけでなく、赤よろしというわけ。

それから、赤は水の中で一番魚の眼を惹《ひ》く波長の色だ、という説。すべてその通りなんですがね。魚に聞いたわけじゃないからわからない。ルアー屋は経験を重んじて、川釣りでも海釣りでも赤を入れますね。エサ釣りのエサで、紅サシとかいってウジムシを食紅で染めてやるのも同じ発想じゃないかな。

だから、山なんかに持ってくレインコートに、赤や黄色を選ぶのはまずいんだ。影が映ると、魚には巨大な影に見えるから。だから、迷彩服が一番いいということになるんだが、一方、迷彩だとクマと間違えて撃たれるという危険もある。山に赤を着ていくのは、ここに俺がいるという危険信号でもあるわけで、だから、穴場とおぼしき所に来たら、岩陰でおもむろに脱いで釣ればいいいんじゃないか。

私はフライ（毛鈎《けばり》）のほうはまだあまり語れないんだが、ニジマス用の毛鈎も派手なのが多いんじゃないですか。ロイヤル・コーチマンなんて赤の多いのが、ニジマスには効くし。逆に全身真赤にして、かえって釣れないようにした鈎でイギリス人はやる、という話も聞いたことがある。それで釣って見せるのが腕だという……

しかしまあ、ルアーの楽しみはエサ釣りとは別だと思うんですがね。一言《ひとこと》でいえば、自然に反逆しながら自然に戻る、つまり芸術ですな。エサ釣りは放っといても魚は食うんだから、それはそれでなかなか難しいにしても、自然主義リアリズムですね。ザッハリッヒだからね。一方ルアーは、色からして自然色じゃないし、魚がルアーを追うのも必ずしも食欲からじゃない、といわれている。いろいろな条件がある上に、魚の御機嫌がななめだとダメだから、むつかしいですよ。

日本の川というのはあまりルアー向きじゃない、という見方もあるが、それに対してはロシアの諺《ことわざ》をさしあげたい。〝広い川では狭いところを釣れ、狭い川では広いところを釣れ〟と。ただ、日本はルアー人口が圧倒的に多くて、湖や川が圧倒的に少いから、魚がたちまちスレちゃう。魚のルアーに対するスレ方、覚え方の早さったらないね。

私の経験でも、ほとんど誰も入ってないと思われる川でやったことがあるんですがね。崖《がけ》の上から見ると、川のまん中へんに大きな石が沈んでいる。向う岸までルアーを飛ばして、ゆるゆる引いて来ると、崖の上から引いてるからほとんどルアーは操作できない。ただ引くだけなんです。

川のまん中までルアーが来ると、ワラワラとイワナが湧《わ》いて来た。崖の上からそれが見えるのよ。ところが口惜しいことに、崖の上だからいくらしゃくってもルアーに影響が出て来ない。そのうち魚が飽きてしまって、どんどん沈んでいくの。

二日目、同じ時刻に同じ所で同じルアーを投げた。そうしたら、イワナの湧き方が前の日の半分だな。三日目になったらもっと減ったね。あれは覚えるのが早いねえ。全部三日とも同じ条件なのにこの減り方。だから非常にむつかしいんですよ。

アメリカ人はあれだけブラックバス気違いだから、次から次に新しいルアーを発明する。ちょっと珍しい色、珍しい動き方するやつ、珍しい音たてるのが発明されると、ワッとヒットする。ところがバスの方でも、たちまち覚えてしまうわけ。そうするとまた変わった音、変わった形、変わった色と発明して、どんどんどんどんトメドがない。

ヘドンという有名なプラグの会社があるんだけど、そこのカタログを見ると、一九一〇年代には製品はわずかに三種類か四種類だった。ところが一九五〇年代になると、八百何十種類ですよ。それだけブラックバスの方でもスレたわけ。以前、アブ社のトビーの製造場で設計図と青写真を見たことがあるけど、トビーだけで八十何種類あるんですよ。トビーというのは魚の恰好《かっこう》していて、後ろにヒレがついてるんですがね。このヒレを思いつくまでに五年かかったと言っていた。それほど苦しんで、新しいルアーの発明に骨身を削っているわけですよ。

アブ社のトビーの前には、イギリスのデボン・ミノーというのがあって今でも使われている。これも魚の恰好していて、胸ビレのついてるやつです。トビーはこのデボン・ミノーからヒントを得たと思うんだけど、デボン・ミノーは要するに小魚を見て思いついてる。つまりルアーも、具象から出発してだんだん抽象化していく。その辺がルアー釣りの楽しみ、ということですかな。

実際、抽象化があまりに進みすぎて、シロウト眼にはこれで魚が釣れるのかいな、と思うようなのがいくらもありますね。たとえばU字スプーン。別名スーパー・デューパーとも言いますが、ブリキの板をU字型に曲げて、三本鈎をつけただけなんだ。これがU字型の底辺に水が当って水中でクルクル廻る。水の抵抗が大きいから波動が伝わりやすくて、おそらく音もするんだと思うけど、魚をおびき寄せやすいんですね。スピンナーだって考えてみれば大変な抽象化ですよ。水の中でブレードがクルクル廻るだけで、初めて見た時はどうしてこれで魚が釣れるのかサッパリわからない。ばかにされてると思いましたよ。

そうかと思うと、一方では私がキング・サーモンをものしたダーデブルみたいに、一度は魚がスレても何年かたてばまた効き始める、といった現象もある。この世界でも流行は繰り返すものらしく、今になると素朴な赤と白のダーデブルで釣れるんですね。結局、二十年か三十年待ったらお母さんのドレスが着れたわ、というのと同じことじゃないかな。

いずれにしても、何故その鈎が効くのか、魚の気持はわからない。フライまではまだ具象の範疇《はんちゅう》に入るから理解しやすいけど、何故その鈎がきくかというのは、やっぱりどうしてもわからない。

一度、こんなことがありました。日光のとある湖で、目つきの険しいルアー師が先に三人ほど入って、三日ほど攻めた。こういうやつらが荒した後ではルアーじゃしようがない、と思ったから、マドラー・ミノーを引いたら、ニジマスが入れ食い……マドラー・ミノーというのは、たしかミネソタの釣り師が、スカルピンといってこれはアメリカのカジカですね。それを抽象化して作った毛鈎なんです。その湖にはカジカがいないことは最初からわかってたんだけど、入れたとたんにガツンと来る。はずしてポンと投げると、またウォーッと出てきてためらわずに食いついてくるの。

目つきの鋭いルアー師三人に「釣れましたか」と聞いたら、「イヤ、ぼちぼちです」と謙虚にではなくそう言ってたし、その時私はまったくのシロウトと一緒にボートに乗って、ハーリング（舟の後ろに毛鈎を流すこと）でどこに魚がいるか試していただけだから、釣れたのが私のウデじゃなく鈎のせいだということはハッキリしている。

一体どうしてこんなに……と思ったんだけど、こういう個にして普遍の名作、というのは釣りの世界でもあるんですね。アメリカの毛鈎師がロッキー山中のニジマスを狙《ねら》って発明したものには、ほかに先ほどのロイヤル・コーチマンがあるけど、マドラー・ミノーもロイヤル・コーチマンもヨーロッパへ逆輸入されて、一世を風靡《ふうび》した。ものの本には、マドラー・ミノー一種だけでいろんなサイズと色を揃《そろ》えていけば、たいていの川と湖で釣れる、と書いてある。具象にして抽象というか、個にして普遍というか、ああいう文学が書けたら恐ろしいことになる、と思いましたね。ルアーにはそれほど未知の部分が多いから、人知の限りを尽しても全くダメ、ということもある。実際、あの年はどういうもんでしたかねえ。二、三年前、連戦連敗だったことがある。

始まりは丸沼ですがね。丸沼のホテルに籠《こも》ってたんだが、原稿は一枚も書けない。それで湖へ出た。ところが、釣れることは釣れるんだけど、小物ばっかりでね。あそこは毎年ニジマスを放流していて、越年した居残りマスが多いはずなんですよ。ワカサギもいるから大きくなってるはずで、私も以前六十五センチのを釣ったことがある。ところが、東京からジグの鈎を送ってもらってジギングやってみても、相変らず小物ばっかり。

連日ダメでくさってると、桐生《きりゅう》の常見の忠さんが山へやってきましてね、銀山（銀山湖）へ行こうという。それで自動車に乗って山を降りてるうちに、榛名《はるな》湖ですごいのが釣れる、という話になった。それじゃ榛名湖へ行こうかというので、そのまま榛名湖へ行ったの。

ところがこれが雨と霧でジャボジャボで湖なんてぜんぜん見えやしない。盲滅法《めくら》で投げると、遠い向うでチャポンとはかない音がする。そのうちザンザカ雨が降ってくる。人はいない。なにもない。しようがないから帰ろうとしたら、車が動かないじゃないの……

山の湖で人がいなくて、車が動かないとなるとえらいことですよ。これはどうしたもんかと思ってると、うまいことに霧の中から人が一人現われた。これが忠さんの弟子で、われわれが出かけると聞いて、いたたまれなくなって飛び出して来たという。地獄にホトケとはこのことですわ。これに車引っぱってもらって、やっと桐生に帰ることができた。

翌日、今度こそ銀山湖へ行こうというので、エッサカホッサカくり出したと思いなさい。出だしはすこぶる調子よかったんだけど、三国峠へ来たらまたパスッ。エンスト起こしてそれっきりなのよ。またしても、今度は三国峠からドットドット、エンヤドットで車押して、かなり行ったら左側に修繕屋がある。やっとのことでそこへ入れて、オヤジがボンネット開けたとたん、「なんだ、これはヒューズが切れてるんだ」

とか言って、修理は五分でオシマイ。それでようやく銀山湖にたどり着いて、大島ダムやって田子倉やったんだけど、カス、オデコ、全然ダメなのよ。

風景はいいんですがねえ。ダムを放流すると、カナダの風景見るような激流になる。やっぱりワカサギが流されて来て、夕方になるとイワナがポーンポーンとカツオみたいに跳ぶのよ。花かつおの絵みたいに。イワナが水面をジャンプするなんて、まったく博物学的には考えられないんだけどね。事実はあるんです。あるんだけど、ルアーは馬鹿《ばか》にされちゃって、美味《おい》しいワカサギでお腹《なか》がいっぱいなものだから、見向きもされない。ダメ、それでようやく里心がついて、家へ帰った。

そうしたら、『旅』という雑誌の編集者がやってきて、昔、井伏（鱒二《ますじ》）さんがやった青森県のグダリ沼をやってみませんかと言うんで、出かけたわけ。これがまた聞くと見るとは大違いで、入漁券売ってくれるおじさんが、「魚がいないからダメだ」って恥ずかしがって売ろうとしない、そういう所なんだ。

まあ、率直で親切だというのはわかるけど、釣れる釣れないはこちらの責任だから心配することないじゃないの、といっても、二百円も三百円も出して券は売っても魚は釣れないいんじゃ申し訳ない、とか言って、券を出そうともしない。やってみたら、はたして釣れないのよ。もう、ウンザリしたねえ。

グダグリ沼でもやってみたけどダメ。今や観光地化しちゃって、沼の両側にゴッテリ靴跡があるぐらいで、仕方ないから青森に降りた。青森まで降りたら、またしても「下北半島横切って太平洋側へ行ってみろ、スズキのすごいのが釣れるぞ」というんだね。釣道具屋が、「まンず一メートルぐらいは中ぐらいじゃないか」なんて言うのよ。

それで、こりもせず今度はレンタカー借りて太平洋側へ着いた。途中ところどころの釣道具屋に入って、「下北半島のスズキは一メートルぐらいのが中ぐらいだとか聞いてきたんですけど」と聞くと、「そうかなア」とすこぶるハリアイがないのよ。「今年は冷水塊が入ってるからだめだと聞いてるんだがな」なんて言ってる。現場へ近づくに従って話が不景気になるの。情報の典型だと思ったね。

それでも海岸へ出てみると、スズキ鈎投げてる人がいる。おうやってるやってる、というので、にわかに不景気が吹っとんだ。聞いてみると、「ダメですね、私はもう帰ります」なんて言って引き揚げてくんだけど、なあに、そりゃウデが悪いからだろう、ぐらいに思ってね。今日は徹夜で浜辺でやろう、というわけで、宿屋にカンヅメと握り飯、ジュースに酒を用意させて、我ながらガンバリましたね。

投げては引き、投げては引くんだけど、全然、何の反応もない。そのうち、横でスズキのゴロ引きやってたおじさんが夜十時ごろだったかな、一匹ひっかけたの。ゴロ引きというのは鈎《はり》を何本もつけて、分銅みたいな重りつけてブーンと投げては川筋をゴーリゴーリ引く、スズキがいれば胴っ腹に刺さるだろうという、ほんとのギャング釣りだけどね。それで見に行ったら、何の、小さいんですよ。スズキというのはセイゴ、フッコ、スズキと大きくなると名前が変るんだけど、これはセイゴなんだ。相棒に「あれはセイゴだ。しかもギャング釣りだ。われわれは志が高いから見ちゃおれんね」とか何とか言いながら、投げては引き、投げては引き……

ダーデブルもやった。プラスチックのウナギもやった。フローティング・プラグ、シンキング、皆やったけど手応《てごた》えはない。そのうち、沖が一斉に銀座みたいに明るくなってきたの、イカ釣り船なんだよ。それで、こりゃもうだめだというので、宿へ帰って二、三時間寝て、今度こそ青森から汽車に乗って帰ろうということになった。

ところが、途中で私のリュックの中から、酒田の釣道具屋の主人の手紙が出てきたんだね。一ぺん最上川《もがみがわ》のスズキを釣ってくれ、と書いてある。その話が、またまた一メートルのスズキなんだ。魚拓まで入ってるんだよ。それを見てるうちに、またムラムラーときてね。毒食わば皿までだ、酒田まで行こう、ということになったわけだ。

着いて驚いた。酒田というのは気違いの集りだね。昔、お殿様が武士のタシナミとしてクロダイ、スズキの釣りを勧めたそうだけど、そのため庄内竿《ざお》という美術品みたいな竿ができてるけど、最上川河口の突堤に、三メートル置きにスズキ師が並んでるんだ。この風景見て絶望したね。インスタント・ラーメン食ってるヤツがいる。オデンの屋台が出ている。ポチを連れてるヤツもいる。とにかく割り込む場所がない。

それが皆エサにアオイソメを使ってる。イソメはあの辺じゃとれないので、朝鮮から輸入してるんだ。で、夜になると釣り師はみんな電気ウキつけるの。面白いのは、キャスティングのパワーがみな同じらしく、ウキが定規で引いたみたいに一線上に並んでるんだ。まるで灯籠《とうろう》流しだね、これは。

話を聞くと、それがまた奇抜でね。スズキは敏感な魚で、ハリスは細くなきゃダメだという。ところが、スズキはまた鈎にかかるとやたらに暴れるんだ。だから隣りのヤツと糸が絡《から》み合ってしまう。絡まれて切られちゃかなわん、というので隣りはハリスをちょっと太くした。すると負けずにこちらもちょっと太くする、というわけで皆のハリスがだんだん太くなってきた。ところが、太いハリス同士が絡まると、簡単に切れないだけに細いハリスより厄介ですわ。

そこで、近ごろは暗黙のうちに協定ができて、釣り人は自分のと同時に左右二、三個のウキにいつも注意している。どれか一つポコンと沈んだら、慌《あわ》てて鈎を上げるんだよ。エゴイズムが発達すると、世の中かえって平和になる。民主主義の原点と極点を見たような気がしましたね、私は。

その時も結局、五日五晩やってコソとも当らなかった。五日目の夜、飲み屋へ行こうと思って道を歩いてくると、タンク・タンクローみたいなおばはんが一人、地面の上を這《は》いずりまわってましてね。聞いてみると、ドジョウが一匹逃げたんで捜し廻ってるという。私も一杯機嫌だったから、「どきなさい」と言ってね、逃げたドジョウ捉《つか》まえてあげたの。

つまり、この旅行中お魚を手にしたのは、そのドジョウ一匹というわけですよ。まったく、このごろようやく、人に話せるようになったけどね。それで、顔三角に歪《ゆが》ませて東京に帰ってきて、鬱屈《うっくつ》してたわけ。

そこへ、今度は『潮』の編集者がやってきて、孀婦《そうふ》島行きませんか、と来た。孀婦島というのは、八丈島から二十五時間船で走ったところにあって、太平洋のまん中に海底からポコンと飛び出してる岩なの。モンブランの頭だけ頂上に出てるようなもので、世界の奇現象の一つなんだ。漁師に電話すると、ファイティング・チェアもありますす、ベッドルームもあります、なんて吹くんだね。またまたその気になって、早速八丈島に飛んだ。

台風の余波で六メートルほど波があったために、二日ほど待ったかな。三日目、波が三メートルになったんで、「この程度の波を怖《おそ》れて魚釣りができるか」とばかりくり出しましてね。ずっとエンジンかけっ放しの一直線でね。ところが、出発前の話は案の定ホラで、ファイティング・チェアもベッドルームもあるものか、ただの漁船ですよ。

中々寝られませんでね。甲板へ出れば波かぶるし、〝ベッドルーム〟へ入れば、漁師の子供がマスターベーションしてチリ紙散らかしっ放し。エンジン・ルームの横だから暑いやら臭いやら。それに、私には必ず幻聴が起こる癖があってね。「漕《こ》げよマイケル」という歌がやたら聞こえるんだ。〽漕げよマイケル、ハレルーヤ、っての。甲板へ出て、一晩中「漕げよマイケル」聞いて、あくる朝はメガネが塩でまっ白。

で、孀婦島に着いた。島そのものはアホウドリの巣があるだけですがね。特筆大書すべきは、あの水の色。水はすばらしくきれいです。まあ、ちょっと美しいこと言えば、人間はまだあの色作り出せていない。古典的なことばでいう縹色《はなだいろ》という色だ。

やっと戦場に着いたというので、ルアーを流して、島のまわりを三回ぐらい廻ったらドーンと来た。ウンツクツ、ウンツクツいって上げると、これが立派なオキサワラでね。なかなか見事でしたよ。さあ、これから戦争だと思ったら、途端に無線が入って台風十六号が戻ってきた、海域の全船団は直ちに退避せよ、というの。漁師が「どうしますかね」と言うから、「どの位の台風なの」と聞くと、「悪くするとスクリューが廻らねえ」。そりゃ大変だってんで、まだ来た時の航路の泡《あわ》が残ってるような海を、へ漕げよマイケル、と聞きながらまたまた二十五時間……

さしもの連戦連敗も、これをもってやっと終りを告げたわけや。

これほど連戦連敗しても、何故また釣りに行くのか。昔、中国の哲学者が、「われ一生釣りをしたけれども、終《つい》に釣りの何たるやを理解せず」とかいうようなことを呟《つぶや》いてあの世へ行ったらしいけど、魚の気持と同じでよくわからんねえ。

ただ、こういうことは言える。釣りをしてる時は外からは静かに見えるけど、実は妄想のまっただ中にあるわけよ。このとき考えてることといえば、原稿料のこと、〆《しめ》切《きり》日のこと、編集者のあの顔この顔、それからもっと淫猥《いんわい》、下劣、非道、残忍。もうホントに地獄の釜《かま》みたいに頭の中煮えたぎってる。

それが釣れたとなったら一瞬に消えて、清々《すがすが》しい虚無がたちこめるわけ。釣れないとなると、その地獄の釜をそのまま宿屋に持って帰ることになるんでね。名状しがたい、と言うのは小説家の敗北なんだけれども、釣れた瞬間は手が震えて体が震えてくる。最初の一匹はいつも震えるね。二匹目からは悠々《ゆうゆう》閑々、魚を遊ばせながらユルユルと引いていって、ウグイスを聴く余裕も出てくるけど。

それからもう一つ。どんな山の中に入っても、釣れた瞬間かならず誰か見てへんかいナと思いたくなるね。どういうものか、釣れると大小にかかわらず、誰か見てへんかいナ、と後ろを振り向かずにいられないな。逆に、人が見てると釣れないんだけれども。

それから、釣れた後はどうしても誰かに話したいという気持を抑えられないね。何というか、釣りというのは仕事で、芸術で、バクチみたいなもんと違うやろか。打ちこみ方の熱度からいうと、仕事以上に濃厚だし。魚釣りには海でも川でも法則があるけれども、例外が多すぎる、という気もするし。その例外をアテにしたくなる気持も当然あるわけですよ。

時たまそれが当ったりするものだから、よけい困るんだな。当ると、あたかも自分が法則を発見したような気になって、すぐさま〝魚は浅瀬にいるもんだ〟てなテーゼを、厳かに打ち出したくなったりしてね。

けれども、釣り師のことばというのは大体ウソかホラが多いですよ。穴場についてはウソだ。釣れた結果、逃がした魚の大きさについてはホラだな。釣り師のいう穴場というのはヒバリの巣に似ていて、どうしても打ち明けたいけど、ホントの穴場は教えたくない。ヒバリが巣から離れた所へ降りて何メートルか走って巣に辿《たど》りつくように、肝心のところは教えないんです。技術についても同じだな。だから、穴場というか技術というか、どんなルアーを使うかというようなことは盗め、盗まれたらわしも何も言わない、などと公言する名人もいるぐらいでね。

仮に銀山の名人としておきましょう。銀山には自称名人はいっぱい通うけど、この人ほどファナティックな人はいないんで、銀山しか行かないんだ。これが五、六年の間に、ルアーだけで二百万円か三百万円放りこんでるんだな。彼の買い方たるや、上越線のある駅から汽車に乗って東京に出ると、ルアーの輸入問屋に行く。店先を見てから倉庫へ入るの、そして、だれも使ってない、珍らしい、面白い形と色と音、材料を使ったルアーで、これはいけると思うと全部買い占めるというの。釣道具屋も、そんなにやられちゃ困るからいくらかは残しといてくれ、というわけ。ヨソから、名人が何買ったか電話で問合せが来るけど、釣道具屋としては因果を含められてるからしゃべれない、というぐらいでね。

それで、彼はルアー用のタンスを作った。宿屋へつづら持ってきて、宿の階段の下につづらを入れておく。私も見たけど、ぎっしりルアーが詰まってるの。仮に百万円ルアーを買って五十万円使ったとすると、五十万円分残るでしょう。残ったやつを詰めとくタンスも作ったけど、毎年のことだから重なっちゃって困る、と言ってたけどね。

この人は、今年はどれで行く、ということを絶対に教えない。宿屋へ入ってもひたすら沈黙の一途。あくる朝出かける前にルアーを補充するときも、階段下へ体をつっこんで誰にも見せないようにポケットに入れて、一人で風のごとく消えてしまう。

現場につくと、彼はおもむろに河原で焚火《たきび》をするんだ。穴場なんてそう沢山あるもんじゃないから、何人か先に入ってやってる。するとその近くへブーラブラと行って、「釣れますか」てなことを言って、「この間、むこうのワンドのところで六十センチのイワナを逃がしたんですよ。イワナには回遊性のやつと定着性のやつがいる。この間のがどちらかは判らんけど、少くとも一匹はいるんじゃないかなあ」てなことを言って消えるんだ。しばらく行くと、また天上天下唯我《ゆいが》独尊みたいな顔して釣ってるやつがいる。すると今度はまったく逆の方を指して、「定着性のイワナか回遊性か知らないけれども……」とやるわけ。それで焚火の所に戻ってくるわけ。

じっと見てると、一人二人と吊《つ》り橋渡って向うへ行くのが見えるのよ。そこで、「先生、これで露払いはできました。さあ、やりましょう」とくる。

このおじさん、自分がどんなルアー使ってるか絶対人に見せない。銀山湖のことなら沈木、沈石、底がどうなってるか、国土地理院以上に知ってる。だからルアーの使い方もうまい。ルアーだけマネしても釣れないことはわかってるんだが、それでも教えない。とにかくルアー上げる時も、パッと手でつかんで隠すんだからね。そこで考えたやつがいましてね。東京の釣り師だけど、双眼鏡もって対岸から覗《のぞ》いてた人がいる。ルアーだから上げたとき竿先三十センチ垂らす、その時パッと見たわけ。おじさんが釣ってる時に、そっと背後から盗み見ようとした弟子もいる。

いくら名人でも、ルアーが沈木にひっかかって取られる場合がある。そこで水の減ったとき、小出の町からウエットスーツ着けて潜って、そのルアー集めた人がいるというんだ。そうかと思うと、名人にあやかろうと思って、名人はおそらくこんなルアーを使ってるにちがいない、と自分で作って持ってきた人もいるらしい。どこやらの歯医者らしいけどね。名人は、「歯医者って暇なもんらしいですね」とか言いながら、私が今年使ってる当りルアーはこれ、その模造品がこれ、と見せてくれたけど、いい所までいってましたよ、その模造品。

どういうわけか、その名人が私にだけは気を許してね。ひきつるような顔をして、三個だけルアーをくれたけど、その時の言いぐさがいい。今年はこのルアーはおしまい、来年はすでに別のアイデアがあるから上げましょう、というんだ。

これほど攻められても名人が平然としてるのには、秘密があってね。名人にはもう一つ防衛策がある。既製のルアーを二つ買ってきて、部分部分をはずして合成するわけ。まあ彼の名誉のために、何を使ってそうしてるかは言わないけど。で、古いルアーはどうするんだ、と聞いたら、そのうちまた元の古いルアーが効くようになるだろうから、そのときは使うんだ、と言ってたな。いや、まあ、すごい人がいるよ。

そういうことを書いたのでは、モーパッサンの短篇がある。普仏戦争のとき、二人の釣り気違いが最前線へ出るが、スパイと間違えられてドイツ側に銃殺された。二人が殺された後、ビクの中では魚のはねる音がした、という。これが釣り文学の中では珠玉名篇の一つだけれども。

私はそれと同じような気魄《きはく》を、ヴェトナムで感じましたね。ヴェトナムには三回行ったけれども、二回目の時はいくらかゆとりが出来てたから最前線へ釣り竿《ざお》もって行った。殺し合いの最中に魚釣りとはなんだ、と言われたらその場で竿を折るつもりで。ところが最前線では逆にやさしくされましてね。いざ最前線へ行くと、農民がバナナ持ってきてくれる、サトウキビ持ってきてくれる。釣り竿もってると、少し間の抜けた善人、無害な男とみなされるから、日の丸もってくより歓迎されるんですよ。

よく見ると、ヴェトナム人というのは非常に釣り好きだ。六八年のテト攻勢の時は、サイゴンほか全都市が総攻撃をかけられてどえらい市街戦になったんだけど、それが終って二日目からはもう釣りに来ている。サイゴン近くにニャベという所があって、カーボンラウというナマズがいる。これは食ってうまい。ヴェトナム人の釣り師はカーボンラウに夢中になる。

私も釣ろうと思って、一番いいエサは何か知るために、名人を探したんですよ。名人はどこにいるかと思ったら、カラベル・ホテルの前でいつも待ってるタクシーの運ちゃんだという。そこで彼をショロンに呼んで、ごちそう食べさせながら、「エサは何や」と聞いたわけ。

ヴェトナムの名人曰《いわ》く。まず第一にいいのはゴキブリだ。それも、日ごろからパンくずにバターをこってりと塗ったエサで飼ったやつでなくちゃいかん。それを三匹ぐらいフサがけにして、足を全部ちぎれ、そうすると穴から臭《にお》いが流れて魚が寄ってくる。これがナンバーワンのエサだ、と。

ゴキブリがなければ鶏の腸でいけという。これに一番安物のニョクマムとニンニクのすり下したのを混ぜろという。私はゴキブリがなかったから鶏の腸をバケツ一杯買って来させた。ウンコが緑色に詰まってんの。そこへニョクマムというより魚の腐敗汁だな、ドロドロの入れてニンニクまぶして、それをあの酷熱の中でフサがけに刺していく。もう悪臭フンプン、釣れると思やこそやれるんだけど一日中待ったけどダメなんだ。

名人の言うには、三番目にいいのは豚の心臓、牛の心臓、なければ牛の肉、豚の肉でもええ。上肉でなくてもええ。で、肉も持っていった。それでやったけど、ダメ。

そういうとき、典型的な風景、いたる所で見られたね。典型的で類型的……政府軍の兵隊が胸まで田ンぼにつかって、パンパンと盲撃《めくらう》ちやる。と、向うの森陰からもポンポンと撃ってくる。その撃ち合いしてる田ンぼのすぐ横で、ホー・チミン髭《ひげ》はやしたお爺《じい》さんがライ魚のポカン釣りをやってるんだよ。その悠々さには、帝堯帝舜《ていぎょうていしゅん》の民のような感じがあったな。それぐらい釣りというのはファナティックなものだなあと、私もよくわかったんで、以後どこへ行くにも釣り竿下げていくのが恥ずかしくなくなったけどね。

それがバンコックへ行くと、仏教の殺生戒《せっしょうかい》のせいだけじゃないと思うんだけど、遊びで釣りをしてる人がいないんだ。網で取ってる漁師はいるけど、バンコックで釣りをしようと思うと、穴場を探すのがえらいシンドいんだ。

田舎に大きな淡水湖があって、そこを管理している若い魚類学者がいた。彼にナマズはどこにいる、ライ魚はどこにいる、と聞くと、私は生れてから一度も魚釣りしたことがないという。じゃ、あなたの部下に聞きましょう、というと、ソチットとかフラチットとかいう弟子が何人か並んだ。ところが弟子も一人として魚釣りをしたことないという。一緒に行った秋元が腹立てて、モウチットというのはいないのか、と言ったんだけれども、こういうのも悩むなあ。

しかし、釣りというのは実にファナティックなものや。連戦連敗のときは竿も何もへシ折って、ルアーも皆人にくれてやろうかい、と思ったけど、八月からブラジルに行って、ブラジル原産の魚を釣ってきます。ピラルクなんていうのは、ホモ・サピエンスより古いといいますからね。アマゾン河では、大きいのになれば五メートル以上あるらしい。上野動物園にいるのはせいぜい中学生クラスらしいけど、それでも七十キロあるというから。人力で釣れる最長の淡水魚を、まず河で試してみたいわけ。

ピラルクだけでなく、属目《しょくもく》ことごとくこれを釣りあげてみたい。釣れるものは全部。ただ、誰にも通じないのは面白くない。釣れた釣れたと、誰かに知らせたい、知られたい。やはり釣り師の一種のいやらしさで、穴場は一人で見つけた、と言ってみたい。この心理を抑えられないなあ。修業不足なんだな。常日頃、心はアマチュア、腕はプロと、自分にいい聞かせてはいるんだけど……

（52・7）

アマゾン河のアッパッパ

憂鬱《ゆううつ》にたれこめられたり、仕事が手につかないときには、もっぱら鳥獣虫魚の本やスパイ小説を読んで時間をうっちゃることにしている。ことに、いったことのない国の釣りの本をとりよせて、頁《ページ》を繰りつつ、ああでもあろうか、こうでもあろうかと妄想にふける習慣が、もうかなり永くつづいているのである。おかげで私はオーストラリアや、カナダや、ハワイについては、かなりのアームチェア・フィッシャーマンになったたと、ウヌぼれている。

大昔から原住民が住みついているところへ白人が割りこんではびこった国では、鳥獣虫魚の名がたいてい、もしくは、しばしば、土語のままで呼ばれる。その名称をうつらうつらしながら読みたどっていくのもささやかな愉《たの》しみの一つである。同音反復になっている名称が多いのも特徴の一つで、こういうことをきっかけにして言語学者はその原住民のルーツをたどる研究をしているのではあるまいかと考えたりする。たとえばハワイではシイラのことを〃マヒマヒ〃と呼び、ダツのことを〃アハアハ〃と呼ぶらしいのだが、後者など、日本人なら誰でも頁を一瞥《いちべつ》した瞬間に微笑したくなることであろう。

こういうことはアマゾン河でも負けず劣らずである。この河の河口あたりには古代ガメが棲息《せいそく》しているが、これが〃マタマタ〃というのである。大きさはふつうのドロガメぐらいだが、首に特徴があって、縮まない。甲羅からつきだしたままである。甲羅もまた凸々と突起があって不思議だけれど、亀頭《きとう》のおかしさとくると類がない。トゲやら凸々やらに蔽《おお》われていて、カメというよりはオコゼである。一度見たのではとてもおぼえられない。写真にとって現像したのを見ても、やっぱりおぼえられない。それでもちゃんと鼻の穴は二つだし、目玉も二つあって、そこまでの近代化は遂げているのだが、ただしよくよく落着いて観察しないことには見えてこない。このマタマタ先生と名前がちょっと似ているのでまぎらわしいけれどカメではなくて魚だというのが、〃タマタ〃である。これはおとなしい魚で、ちょっとコイに似た体形をしているが、硬鱗魚《こうりんぎょ》というのだろうか、鱗《うろこ》が硬くて鎧《よろい》のようである。それが側線の部分に線が走って上下の二つにわかれている。このタマタ君はピラーニャだの何だのという猛《も》者《さ》連中におびえ、そういう鎧を着こんでから泥のなかにもぐりこんではかない小虫などを食べてモゾモゾと暮しているらしいのだが、ニューヨークへ送られて熱帯魚屋に歓迎されているらしい。

アマゾン河の魚の名前には日本人の耳に遠くないか、むしろピッタリとくるようなのが多いけれど、〃アカリ〃というのがいる。これは日本人に〃ヨロイナマズ〃と呼ばれているが、英語でも〃アーマード・キャット・フィッシュ〃といって、まったくそのままである。ちょっと見たところ、ナマズのような、ハゼのような体形である。頭から尾まで全身が硬鱗と甲羅に蔽われ、背鰭《せびれ》、胸鰭に鋼鉄の針のように鋭くて硬いトゲがある。つかまえられるとキュウキュウぐうぐうと声たてて鳴き、その各部のトゲをいっせいにたてて大口野郎に呑《の》みこまれまいと必死の抵抗をする。この魚はタマタ君とおなじように泥のうえを這《は》いまわり、小虫や苔《こけ》などを吸って歩く。炭火で焼いて鎧を剝《は》がすと、上品な赤い肉があらわれ、それはなかなかうまい。内臓がホロにがくてサンマにそっくりの味がする。頭のなかにもホロにがくてどろどろしたものがつまっていて、現地の日本人にたいへんよろこばれている魚である。

マタマタ、タマタ、アカリ、などとつぎつぎに聞かされ、そのうちにナマズはナマズだけれど、白と赤と黒の三色染めわけ縞《じま》になった、奇妙に派手なのが登場し、名前を聞くと、〃ピラ・ララ〃というんだと、教えられる。こんな調子だと、そのうちにポコペンなんて魚がでてくるのじゃないかと思っていたところ、そういうのはいなかったが、かわりに何と、〝アッパッパ〟というのが現われ、しばらく声がだせなかった。これはかつがれてるのではなくて、何度聞いてもペスカドール（漁師）のおっさんはアッパッパ、アッパッパと、まじめな顔つきで答える。湖のような止水には棲《す》まず、流れや急瀬に棲む魚で、ときどきジャンプする。ルアーで釣れるというので何度も狙《ねら》ってみたのだが、水音はするのに一匹も釣れなくて、残念だった。町の水揚げ場に早朝漁師が持ちこんできたのを見ると、ニシンをちょっと大型にしたような体形をした魚である。ツクナレのような名魚ではないからあまり大事にされないのだが、蒼《そう》古《こ》の昔からインディオが〝アッパッパ〟と呼び慣らしてきたのだから、その語源や語義をぜひとも探究しなくちゃと思っているうちにとうとう機会を逃してしまった。日本語のアッパッパがどこから登場した言葉なのか、それをさぐってこれとくらべてみたらきっと面白いに違いない。同音異義は外国語にいくらでもあるけれど、こうも奇抜でこうもソックリだと、暑熱を忘れて考えこみたくなってくる。

帰国してからブラジルの淡水魚について書いた学者と釣師の本をそれぞれ訳してもらって読んでみると、奇怪、特異、玄妙な魚がつぎつぎと登場して飽きない。とても一回の釣行ではあの大河の深奥の住人たちの顔は見つくせるものではなく、おそらく一生かかっても図鑑を書きあげることは不可能だろうと思わせられる。エンゼルフィッシュ、ネオン・テトラ、アロワナ（あちらではアロワンナ）、そしてピラーニャなどが日本ではよく知られているが、しかし、このピラーニャにしたって、現場で釣りをしてみないことにはその非凡さはとてもわかるものではなかった。私が持っていった予備知識などはこの魚を釣りはじめてから何日もたたないうちに苦もなく突破されてしまい、愕然《がくぜん》として謙虚にならされてしまったネ。ルアーの三本鈎《ばり》というのはシッカリと焼きを入れた鈎を三本、ハンダづけで束ねたものだが、これは大の男がペンチでウンウン力んでも切れるものではない。しかし一匹のピラーニャはこれをやすやすと噛《か》み切ってしまったのである。この鈎の切口を見たときにはゾッとなった。ピラーニャには、〝赤〟、〝黒〟、〝白〟、その他、何種もいるが、〝黒〟の大きいのになると引きが強烈で、グラス竿《ざお》がメリメリと音をたてる。さんざんのしつのされつの格闘のあとで黄濁した水からヌッと、まっ黒の、イシダイぐらいもあるのが牙《きば》をむいて顔をだす。その白いギラギラの牙の列と、たくましいというよりは凄惨《せいさん》なといいたくなる下《した》顎《あご》の部厚さを一瞥すると、たじたじとなるゼ。

この〝黒〟にお目にかかるまではさほどおびえることなく河にとびこんで水浴びをしていた。カボクロの若い船頭がヴィヴァ・アメリカ！……などと叫んでとびこむのを船の屋根から見てると、とびこんだ瞬間、河底からワラワラッとピラーニャがとびだしてかけつけるのがまざまざと見え、思わず眼を閉じるか、顔をそむけたくなる。しかし、一匹のこらず何もしないで河底へもどっていき、船頭は奇声を発しつつ、悠々《ゆうゆう》と泳ぐ。それを見とどけてからやっと腰をあげ、いくらかのやましさをおぼえつつ、河へとびこむということを、繰りかえしていたのである。船頭にいわせるとピラーニャは大きくて血の匂《にお》いを流していないものが元気よく泳いでいると食いつかないとのことである。しかし、帰国してからブラジル刊行の文献を読んでみると、かならずしもそうとはかぎらない。そうやっていたのに攻撃されたという例はいくらでもある。この魚は気まぐれで、予断を許さないのが特徴だと、あった。

ものすごい〝黒〟の一匹を見てからはゾッとなったので、カヌーに水を張ってそれを風呂《ふろ》がわりにして体を洗うという方針に切りかえた。夜になってピンガ（砂糖キビ焼酎《しょうちゅう》）をひっかけ、小さなカヌーにすわりこんで、じゃぼりじゃぼり体を洗っていると、比類ない満月と、絶妙の微風である。あちらこちらの岸辺で水音がするのはワニかしら、ピラーニャかしら、それともアッパッパかしら。いったい、ぜんたい、何だってそんな名が魚についたのだろう。

そこでピンガを、もう一口。

（53・9）

碩《せき》学《がく》、至芸す

電車に乗っても、銀座を歩いても、凸出した人物というものを見かけなくなってから、久しくになる。いつごろからこの現象がはじまったものか、記憶をたぐろうにもたぐりようがないので、「近年」としておくしかないのだが、群集を川の流れだとするなら、そのあちらこちらに、ときには不屈に、ときにはつつましく顔をだしている岩。そういいたくなるような顔や額、風貌《ふうぼう》や姿勢を、近年、ほんとに見かけなくなった。オヤ、これは人物だな、と思ってちょっと注視するか、ふりかえりたくなるような顔が、どこにも見られないのである。私はネクタイをしめるのが苦手だし、パーティーも苦手で、年に一度、顔をだすかださないかというぐらいだが、それでもたまに出席したときにそれとなく注意して観察してみると、作家、音楽家、画家、どのパーティーも職業のけじめがつかず、すべて出席者はサラリーマンの風貌と姿勢ばかりである。かつては私もサラリーマンだったのだから、それをののしるつもりは毛頭ないのだが、非日常的次元に生を賭《か》けて生きているはずの人びとの集群がそれであっては困るといいたくてそういったまでである。川に岩が見えないということこのノッペラボーぶりは平均化と量産と月賦《げっぷ》の時代の特徴だということになるのだろうが、マンモス団地の窓を見るようで、不安でならない。

では、平均化された人と事物が氾濫《はんらん》する都市だからこそ、パーティーであれ、大学構内であれ、私鉄であれ、ことごとくけじめがつかなくなってしまうのであろう。賢者は山を愛すというから、山へいってみてはどうだろうかと、釣竿を持って山へいき、湖畔や渓流をさまよってみるが、やっぱり凸出人物には出会えないのである。釣師の服装はちょっと以前までは風景の汚《し》みとしかいいようのないものだったが、今では百花斉放の華やかさで、チラと一瞥《いちべつ》してすぐわかってしまうのだが、しかし、これがやっぱり下界とおなじで、個性、歳月、十字架、業、癖、不屈、鍛錬、何も肩に背負っていない顔ばかりなのである。名を読みとりようがないけれど他のどれとも何かが決定的に異なるレッテルを額に貼《は》りつけた、そういう額が見つけようにも見つけようがないのである。歳月に切りきざまれながらも不屈なのは風景だけで、人は、せいぜい、そのさなかにバラまかれた、か。に、すぎなくなってしまっている。

　おそらく生前の幸田露伴が利根川のどこかで川スズキを釣っている現場にいきあわせたら、古手拭《ふるてぬぐ》いで頬かぶりした、チャンチャンコか何かの古手を着こんで猫背になった、葦原《あしはら》に完全にとけこんだ、じじむさいオッサンとしか見えなかったことだろうと思う。葦原にとけこんでしまうような服装でなければ魚に警戒されて逃げられるのだから、これは熟練の釣師の狡智《こうち》が編みだしたファッションであるわけだが、それ以前に本人の気質、鬱蒼《うつそう》とした学殖と、いきいきした探求心とを、一世を蔽うほどに抱いていながら、同時にどこかでそれら一切を鼻で笑って捨棄し、市井《しせい》の大隠というよりは利根の葦の一本と化しきってしまうことを無上の清歓としていた気質のための、最終の帰結であった。この、一見、じじむさいタヌキのようなオッサンの舟にこちらの舟を近づけたら、眼光の炯々《けいけい》と深遠に狼狽《ろうばい》させられるのだが、そこをこらえて、ミミズを下さいとか、ゴカイをわけて頂けませんでしょうか、そんなことをきっかけにして話しかけ、何かがよほどうまくいってオッサンに口をきかせることができたら、たとえ一メートルのスズキがたちどころに十本釣れるとわかっても、その話の深遠、広大、微細、雅俗、達見ぶりに、ついついこちらは釣竿を忘れて聞惚《ききほ》れてしまうことだろうと、思いたい。露伴は座談の好きな人だったらしいから、べか舟のへりごしに、その人と知らないで、その話を心ゆくまで聞かせられた人は、夕方、釣竿を手に舟からあがって河岸を町のほうへ歩いていきつつ、今日、私は〃人物〃に会えたのだと、しきりに感じ入ったことであろうし、めったにつけない日記に何事かを書きつけたくなったことであろう。

一芸に秀《ひい》でた人が同時に諸芸でも妙味を発揮するという例をときどき見かけるが、露伴の釣談は雨の日のアームチェア・フィッシャーマンにとっては、この上ない静思の歓《よろこ》びをあたえてくれる。不定形のいらだちと爛《ただ》れでザクザクに荒れた心は、この人の、真摯《しんし》とおかしさをくまなくわきまえた釣談の妙味に、その、今戸焼のキンタマ火鉢でミミズを飼う苦心談や、『太公望』の雅俗混交のみごとな、とめどない探求の史《し》譚《たん》や、『蘆《ろ》聲《せい》』に見るような思いやりのしみじみとした柔らかさと深さなどに、長時間の手術の禁断のあとでの一杯の冷水のようなものを味わえることだろうと思う。べつにそのとき、あなたは、著者とおなじように川スズキ釣りの専攻である必要はなく、フナ釣師だろうと、サバ釣師だろうと、何者であってもいいのである。釣師にとって餌《えさ》の探求と苦心がどんなものであるかを、釣師であるあなたが、ちょっとでも齧《かじ》って身にしませていたら、露伴が推賞する今戸焼のキンタマ火鉢なるものをさがしに、ついつい日曜日、家からさまよいでたくなるのじゃないかと思う。そしてまた、東洋における釣聖の太公望が、じつは、静思の聖貧でも何でもなくて、現代人の眼から見れば権力餓飢のヨダレたらたらのキッシンジャーにすぎなかったのだ――そちらの畑では大物中の大物だが――と教えられ、べらんめぇ調のいきいきとハズミのついた、虚実何ともつきかねるがどうしても途中で読みやめることのできない史譚を、ついつい読みたどって、しらちゃけた日曜日の午後を、思わず知らず、静謐《せいひつ》にこころを充電することができるだろうと思う。それにまた、明治時代にすでに欧米のカタログをとりよせて、リールやルアーなどに少年のように憧《あこが》れを燃やしていた露伴の新物食いの進取気性、また、自分から進んで金《きん》の鈎をつくったり、青貝のルアーをつくったりしてスズキの眼をひこうとした苦心の工夫、そうした、こまごまとした、釣師でなければおそらく一秒も眼をとめることもあるまい細部の打明話など。これらの挿話《そうわ》に漂よう碩学の稚純な熱中と、苦心と、文体の、ほのぼのとした澄明。これらは、ガサツで浅薄で神経症にかかったこの時代の、雨の日と、日曜の午後には、祖父が着古したけれど半世紀たってもゆったりのびのびと今でも着ることのできる、ラッコの襟《えり》のついたオーバーのようなものである。そのしみじみとした、篤厚《とっこう》な、それでいて終始ユーモアを忘れない捨棄と思いやりのありがたさを、あなた、この一巻をどこから読んでどこでやめてもいいから、くつろいで味わいなさいな。何しろこれらは碩学が雨と風のなかからひきだしたものなんだから、しっかりと寝かされていて、底深い。無人島へいくときには、ぜひ。

（53・11 開高健編『露伴釣談』アテネ書房）

Ⅳ

ヴァイキングの航跡

北欧三国のうちでは、ヒョイと見たところ、ノルウェーがいちばん貧しいようであった。ぬかるみのような北国の雲にかくれた太陽のせいだけでもないが、町がくすんで見えたし、人びとの服や靴や顔も何となく薄暗く見えた。ぬけでてきたばかりのコペンの、あの輝やくような清潔、タイル張りの浴室のような豊かさ、町ゆく人の爪《つめ》のさきまでしみこんだ〝市民工業社会〟の影のなさにくらべて、オスローはもっと貧しく、土くさく、強く、影に富んでいるようであった。

ヴァイキング海賊の本拠はどこであったかということになると、富裕で平和な北欧諸国がみんな古文書を掘り起してきて、オレが、オレがといいだすようである。交易よりは征服に情熱をかけていたこの血みどろのフロンティア・スピリットの歴史を、みんなが分捕って博物館に美しく罐詰《かんづめ》したがるのである。ヴァイキング・ミュージアム、ヴァイキング・ビール、ヴァイキング玩具《おもちゃ》、ヴァイキング野外劇、どこへいっても見せられるので、いささかウンザリした。

しかし、私は『コン・ティキ号漂流記』に幾夜となく魅せられていたので、オスローに着くと、ホテルに荷物をおくとすぐにフロントへおりて、タクシーを呼ぶようにたのんだ。トール・ヘイエルダールの漂流記にはどれだけ私は挫折鬱屈《ざせつうつくつ》したこころをほどいてもらったか知れないのである。第二作の『アク・アク』は自由奔放な第一作の放浪者の情熱よりは学者の冷静な探求心が支配的であったのでおもしろくなかったけれど、コン・ティキはすばらしい海洋放浪物語の傑作であった。そのコン・ティキ号のバルサ材の筏《いかだ》がそのままオスローの博物館においてあるというのだから、ゴムまりのように心が跳ねた。

「コン・ティキ・ミユージアム！……」

タクシーにころがりこんでそう叫び、博物館へかけつけた。博物館にはコン・ティキ号のほかに、最近土の底から掘り起してきたヴァイキング海賊の平底ガレー船が原型のまま復原したのもあって、たっぷり満足させられた。コン・ティキ号はガラス壁をへだてて見ると、よくもまァこんなものでと、びっくりするくらいちっぽけでこっけいな、哀れきわまるものであった。バルサ材の丸太の裏に生えた航海中の海藻《かいそう》の群れで、筏はヒゲぼうぼうになっていたが、みごとというほかない敢闘精神、冷静にして奔放な開拓者精神は頑として発散し、脱帽するよりほかなかった。南太平洋の潮のしぶきを各頁《ページ》に浴びてインキがにじんでとけた航海日誌、その綿密で執拗《しつよう》、徹底的な字の配列を見ていると、つくづく頭がさがった。私は満足し、惚《ほ》れ惚《ぼ》れし、何度もいったりきたり満足してから、またまたウットリとなって、立去った。

ヴァイキング海賊の行方知れぬ混沌《こんとん》の情熱が二十世紀になってから開花したのがこの一隻《せき》の哀れきわまるコン・ティキ筏なのであるが、海賊たちの地図を見ると、最盛期にはパリあたりまで繰りだしているのである。北欧、東欧、中欧、全土を渚《なぎさ》から席捲《せっけん》して諸王国を脅《おび》やかしたのである。どんな船でそういうゴツイことをやってのけたかはカーク・ダグラスあたりの主演のテクニカラー、ワイド・スクリーンを安楽な椅《い》子《す》に深々と寝そべってパップ・コーンなど食べつつごらんになるとよろしいが、オスローの博物館で見た現物は、底がゆたかで広く平べったい、サンパンや伝馬《てんま》の大親玉にすぎないような、そのような構造のものであった。単純、明快、強健、簡素、ホントかなと何度も眉《まゆ》にツバしたくなるくらいの一隻の平底船にすぎなかった。

ヴィーゲランという精力絶倫の彫刻家が青銅でえぐりだした人生混沌な諸相の無数の像を配置した公園をさまよい歩いていると、氷雨《ひさめ》のなかで一人の少女が近づいてきて、自分の証明書のカードを見せる。どこやらの新聞記者であるとわかる。ノルウェー人である。オスローとノルウェーについてどう思いますかと、旅人の意見を聞いてまわっているのだった。私は氷雨のなかでぬれつつ、そのとき思っていたことをそのまま告げた。コン・ティキ・スピリットはすばらしい。ノルウェー魂を心から尊敬する。ヘイエルダールは民族の心の火であろう。私は感動し、オスローへきて満足した。よろしいか。それだけでよろしいか。いいたいのはそれだけである。今朝空港へついたばかりだ。これはお世辞じゃない。コン・ティキを見られて満足しているところです。

　少女は氷雨のなかでボールペンをちょこちょことうごかし、何事かをメモして、影のように去っていった。ただ微笑しただけだったけれど、若い、眼の大きな顔は雨の舗道にとけのこっていた。

（40・6）

空の青、水の青、柱の白

――エーゲ海めぐり――

九年前、トルコのイスタンブールへ旅行し、そこから、アテネへ行った。アテネからはデルフィの遺跡を見に出かけ、ワン・デイ・トリップだったので、夕方おそくアテネへもどってきた。白昼の光の中で見たとき、アクロポリスは少年時代から私が写真や絵画や映画で教えられてきたのとはちがって、かなり小さく、またみすぼらしく見えたが、夜の中にライトを浴びて輝いているところは、まるで巨大な一隻の船が空に浮ぶようであり、都の灯という灯が広大な暗黒のなかでそれをめざして歓声をあげつつかけより、またその場で足踏みしているように見えた。車が禿山《はげやま》の鼻をまわった瞬間にそれが見え、思わず小さな闇《やみ》のなかで全心と視覚を吸われたことをおぼえている。

誰しもがいうところだが、ギリシャの海は紺青《こんじょう》で、また、澄みきっている。澄みに澄んでいる。舟が岸に接近すると、水の白い縞《しま》が陽とたわむれて底でゆらゆらしているのが見えるし、岩が見えるし、海藻が見える。小魚が泳いでいるのも一匹ずつ見える。オヘソがはずかしがるのじゃないかしらと思われるほどいっさいが豊饒《ほうじょう》であり、明澄なのである。昔のギリシャの壺《つぼ》によく魚やタコが描《か》いてある。永いあいだ私は、何となく、それは風俗画であるか象徴画であると思っていた。しかし、ここの海岸の名もない岬《みさき》の岩から海底をのぞきこんだ瞬間に、あやまちだったと知らされた。あれらの形象は象徴でも何でもなく、写真なのである。まぎれもなく、模写なのである。あまりに水が澄んでいるので、水はないのであり、水のなかの魚は空を泳いでいるのとおなじことであり、職匠たちは花を見るように水中の魚を見ていたのにちがいない。

ヨーロッパ諸国やスカンディナヴィア諸国からの観光客が毎年、洪水をなしてこの国におしかけてくる。今年は去年の二倍の数といわれる。地中海文明がヨーロッパ文明の発祥であり、オリンポスの神々の叫びや笑いが全ヨーロッパにいまでもこだましつづけ、その大いなるこだまはいつまでも消えることがない。アガメムノンの悲劇は西欧人の少年時代の遠い地平線の山や森として感じられ、機嫌のいい人を〝アポロ〟といい、酒に狂ったときは〝ディオニュソス！〟と叫び、西欧人はこの国の乾燥しきった禿山から禿山へ、渚から丘へ、白い大理石の柱から柱へとさまよい歩くとき、生の諸相をそのまま味わうのであろう。

そして、暗い石の壁のなかで菌のように骨へからみついてくる霖雨《りんう》を感じながらすごす長くてつらい秋と冬のあとでは空と海にみなぎりわたるこの国の日光が、空気が、青い暑熱が、まるで金色に輝くスープのように感じられるのであろう。帰り支度をしてアテネ空港にやってくる北欧娘たちは金褐色に焼きあがっていて、冷暗な石の都へもどらねばならない憂愁な翳《かげ》りすらない。旅の終りはどこにも感じられない。眼は奔放と痛烈さにみたされ、背骨を正しくのばし、たくましい脛《すね》に革紐《かわひも》を巻きつけ、どんな浪費も惜しまない意気ごみで、首をカモシカか古代船の船首像のようにたてて大理石の床をすべっていく彼女たちは来たときとおなじ精力を沸きたたせながら帰っていく。この国への旅にはピリオドがないのだ。老いた人は若くなり、若い人は若いままで帰っていけるのだ。

フランス人もデンマーク人も氷雨にからまれ、背を丸めてコツコツと一年働く。夏がくるとふいにいっさいを解放してヴァカンスにかけだしてゆく。彼らは一年をヴァカンスにあわせて設計している。一年かかってチビチビと貯金し、ホテルの予約は一年前にし、ヴァカンスのためなら大統領が何を警告しようと、学生が何を叫ぼうと、知ったことではない。彼らはヴァカンスにでかけることを〝グラン・デパール〟（大出発）と呼び、帰ることを〝グラン・ルトゥール〟（大帰還）と呼んでいる。遊びであるよりは、日光と暑熱は、より深く、より多く、栄養物であり、第一次必需品なのである。昨年フランスは史上空前の大ストライキと学生の大叛乱《だいはんらん》でパリをゴミのピラミッドに変えて世界をおどろかせたが、七月に〝グラン・デパール〟がやってくると、何もかも、いっさいがっさいが消滅してしまった。たちまちパリは輝ける廃墟《はいきょ》と化し、巨大な虫歯の穴となり、例年どおりの正常な大空虚をとりもどしてしまった。ソルボンヌの壁には《革命にヴァカンスはない！》とか、《今年の夏はギリシャにいかないでソルボンヌにとどまろう！》などと大書してあったが、誰が聞くものか。ペキン派も、モスコー派も、アナキストも、アッというまにみんないなくなっちゃった。みんなサン・トロペへ、紺碧海岸《コート・ダジュール》へ、マヨルカへ、そして圧倒的にギリシャへ、ギリシャへと、かけだしちゃったのである。パリにのこったのは金のない日本人の小説家ぐらいなものであった。

「秋になったら一発《アン・クー》かますんだ」

眼を閃《ひら》めかせて凄《すご》文句を小説家にいって聞かせた学生が二、三人いたが、疑い深い小説家の臆測《おくそく》があたって、何も起りやしなかった。ヨーロッパの革命家はヴァカンス前に何もかもやってしまわなければならない。空が晴れてきたら手も足もだせないのだ。小説家は下手な警句を一つノートに書きこんでからサイゴンへ去った。

ギリシャにはそれほどの吸引力がある。

前回、この国を訪れたとき、私をおどろかせたのは、その乾燥ぶりであった。私は一人でバスに乗って田舎をあてどなく歩きまわり、デルフィにいって夕陽をうけた大理石柱の長い影が、山腹をつたいおりて小さな海峡にまでのびていく光景に感動をうけた。しかし、どこまでいっても眼に映るのは岩だらけの禿山と、ひからびきった畑と、とぼしい赤い土にしがみつくオリーヴのいじけた林である。禿山のゴッゴッの岩塊のあいだを白や黒の羊の群れがものうげに動いていくのが見え、どの羊も頭をさげているのは何かを食べているのであろうが、何を食べているのか、見当のつけようがない。土がないから、草などないのだ。ここはまるで粗革《あらかわ》のような土地なのである。ギリシャ人が何を食べて生きているか。これは少し誇張になるが、岩で日なたぼっこしているトカゲにでも聞いてみたいところであろう。村にのこっているのはおじいさん、おばあさんと子供だけである。青い道のかなたをときどき老いた影がのろのろとよこぎっていく。青年や壮年はみなヨーロッパへ、アメリカへ、出稼《でかせ》ぎに、また移民に、去っていく。村は戦争もないのに筋肉という筋肉を奪われ、はげしい陽射《ひざ》しのなかにただうずくまっているのである。

「ギリシャにはいつから木がないのか？」

ときどきその質問を発してみるが、誰もまともに答えてくれない。たいていの人は大昔からこうだったのだと答える。神話時代からかとたずねかえすと、あいまいに、たぶん、と答える。しようしようと思っていつも忘れてしまうのだが、一度、私は、ぜひホメロスなどを読みかえさねばならないと思っている。トロイ戦争やペロポネソス戦争の記述を読みかえそうと思っている。そして、そこに森や沃野《よくや》のことが書いてあるかどうかをしらべてみようと思っている。何しろ、こうも赤裸の不毛の土地なら、戦争をするのに、また、船を作るのに、いったい木をどこから入手したのだろうかと思えてくる。

しかし、苛酷《かこく》な自然はけっして壮麗な神話の創造をさまたげないようにも思われる。いや、山野が苛酷であればあるだけ、むしろ人の創造精神はいきいきと生動しはじめるように思われる。砂漠の人は『アラビアン・ナイト』を織りあげた。フィヨルドの人は『カレワラ』を語りついだ。黒い森の人は『ニーベルンゲン』を編んだ。アイヌ人は『ユーカラ』を伝えた。アテネの外港のピレウスから出発したロマンティカ丸が、ヘルクレスに退治された多頭の蛇の名をとってヒドラと呼ばれる小島に近づいていくと、荒涼とした岩山にサフラン色に輝く黄昏《たそがれ》がたなびき、私はエーゲ海の水が船腹とたわむれるつぶやき声を聞きながら、小島の荒涼を眺めて、ギリシャ神話のあの挿話《そうわ》、この挿話を思いうかべる。ギリシャがオットマン・トルコに征服されていた当時、この小島は海賊の根拠地であったそうである。また、たえまない小叛乱と抵抗の原産地であったそうだ。ヒドラは九頭の蛇で、一つの頭を切落すと、すぐに二つの頭が生える。その不滅ぶりが気に入ってギリシャ海賊たちはこの島を根拠地にしたのかもしれない。想像力にめぐまれた先祖は彼らの不屈で執拗《しつよう》な情熱にちゃんと名をあたえておいてくれたのである。

神秘的なオナシス船大王の所有するチャンドリス・クルーズ会社のわが大いなるロマンティカ丸は四千トン。エアコン完備。青い海に白い腹をうかべて、今日の正午、ピレウスを出港し、腹いっぱいに呑《の》みこんだ大量のアメリカ人、フランス人、その他、その他と、日本人の小説家と写真家が酔わないように、静かな夏のエーゲ海を静かに静かにすべっていく。小説家と写真家はアラスカのサケ釣りをふりだしにもう二カ月もあっちこっちと釣りをして歩き、ついこのあいだまでは西アフリカのナイジェリアの内戦を観察するため最前線を歩きまわっていたのである。二泊三日の巡航に三食付で六十五ドルという部屋に入った二人は丸窓から空かと疑われるようなエーゲ海を眺め、バンク・ベッドによこたわって、話しあっている。

「……サイレンの語源をごぞんじか？」

「知らないね」

「シレーヌ、またはセレーンともいうんだそうだ。エーゲ海の小島にかわいい顔をした女の怪物が棲《す》んでいてな、それがサイレンというんだ。舟が通りかかるのを見ると、島から呼ぶんだ」

「どこでもそうだわな」

「そうかね」

「いい声してるんだろうな？」

「らしいね。そこで、その声に釣られてボートをこいでいくと、十分手もとまでひきつけておいてから、チャッといい男をつかまえ、頭からバリバリ食っちまうというんだ。のこったのは醜男《ぶおとこ》ばかりで——だろうと思うんだが——いそいで舟に逃げ帰り、出帆する。そして友人の死を嘆いたあと、たらふく飲んで食べて騒いだという。ホメロスだ。この件《くだ》りをイギリス人の文学者が批評して、二十世紀のわれわれはこういう剛健なリアリズムを失ってしまったというた」

「そんなことはどうだっていいが、ちょっとその女の鳴声のほうは聞いてみたいな。久しくごぶさたでね。頭からでなくてもいいけどナ、おれは。食われてみたいや」

「原典は頭からなんだ」

「オードブルに手頃なところからやってくれんかな。結構なのが一つある。ベシャメール・ソースたっぷりなんだ。そこから食ってくれんかなあ」

「そうはいかんテ」

うだうだとバカをいってるうちに大いなるロマンティカ丸はヒドラにつく。水さえ見れば昂奮《こうふん》する癖のある二人はそそくさと釣竿《つりざお》をかついでテンダーに乗りこみ、島に上陸し、観光なんかそこのけで、せっせと竿をふるが、一匹も釣れない。舟にもどってから夜になって手釣りをやってみるとドグフィッシュ（ツノザメの一種）の四十センチぐらいのが一匹、小説家に釣られた。しかし、涼しい夜風にさそわれるままジン・トニックをとっかえひっかえして飲んだので、夜ふけになると二人は足を釣られてしまった。廊下の鏡は小説家が、アラスカのナクネク河では八キロのキング・サーモンを釣ったオレなのに、とつぶやくのを聞いた。それを聞いて写真家が、二十五ポンド（約十二キロ）を逃したオレなのに、とつぶやくのも鏡は聞いた。

この航海は楽しかった。ヒドラ、デロス、ミコノスと三つの島を巡航する二泊三日の小旅行だけれど、船にはプールもあり、バーもあり、夜になるとサルーンで《バビス、テミスとそのオーケストラ》なる楽団が音楽をかなでる。私は甲板の手すりにジン・トニックのコップをおき、ちびちびとすすりながら暗い、ひっそりとした夜のエーゲ海の便りをひとさし指にかけた一本の糸で待ちうける。涼しい夜風が頰をなぶり、かなたの島影にとぼしい灯がまばたくのを眺めつつ、つぎつぎとうかんでくる思惟《しい》や言葉を構想もなくモザイクのようにハメこんでいくのはこころよかった。つぎに書く作品のことや、古代ギリシャのことや、パリの町角を涙を流しつつも毅然《きぜん》と首をたてて去っていった見知らぬ若い女のことや、アフリカの難民キャンプの小屋のコンクリート壁にもたれていた骸骨《がいこつ》のような少年のことや、無類の酒や灯や都や跳躍する大魚の腹などが、広い薄明のなかにあらわれては消え、消えてはあらわれた。指のなかを水が流れるままにまかせるようにイマージュや言葉が流れるにまかせ、額をあげて風をうける。そして熟した果実のように重くなって階段をおりてゆくのだった。

わが大いなるロマンティカ丸には中年のギリシャ女が一人、乗組んでいる。すごいしゃがれ声で早口の巻舌の英語で彼女はしゃべりまくる。ヒドラとミコノスではほとんど遺跡がないので彼女は甲板のデッキチェアにころがってジュースなど飲んでいたが、デロス島では赤と青の小さなパラソルをささげてわれわれをあちらこちらとつれて歩き、故事、来歴、神話、伝説、歴史、美学的解説と、八宗兼学、しゃべりにしゃべった。いささか皺《しわ》ばんできたこのサイレンのあとを追って、わが一団は激しい陽のなかを柱列、神殿、円形劇場と、さまよい歩く。

船に専属の写真屋さんがたえまなく叫んでわれわれのまわりを汗だくでかけまわり、シャッターをおす。

「エヴリボディ・チーズ！」

「セイ・チーズ！」

「チーズ！」

誰かが「どんな種類のチーズかね」とまぜかえす。

私が「フロマージュ！」とまぜかえす。

デロス島は静かな海のなかの荒涼とした小島であるが、史的重要さにおいてはオリンポスやデルフィに匹敵する。枯れた雑草のこびりついた渚《なぎさ》まで大理石の柱列、崩れた壁、階段、壊れたアポロ像、神殿跡、市場跡、円形劇場、ディオニュソスを讃《たた》える男根像などがおしあいへしあいせりだしてきているのである。幾世紀もの古代ギリシャ人たちの個人住居と公的建築物が小さな面積にぎっしりと集められる結果となっている。その幾世紀は繁栄、讃歌《さんか》、侵略、放火、破壊、再建、貿易、戦争、宗教、勃興《ぼっこう》と瓦解《がかい》、光栄と悲惨、血と海、生と死、叫びと囁《ささや》き……治乱、興亡のとめどない幾世紀、幾十世紀である。建築は凍った音楽だといったのは誰だったろう。乾いた夏草のなかに散乱する白い大理石塊に音楽は凍りつき、瓦解し、封じこめられ、うずくまっている。

この島は短く紹介するには壮大すぎ、長く紹介するには濃密すぎる。一度いってごらんなさいというほかに言葉がないので私はこんな文章を書いている。

されば『エレミアの哀歌』の冒頭の一節をこの輝ける荒涼に贈ろうではないか。

《……ああ、哀《かな》しいかな　往時《むかし》盛んなりしこの都邑《みやこ》　いまは凄《さび》しき寡婦《やもめ》の如《ごと》く……》

（44・12）

石になった童話
——ロマンチック街道——

はじめてヨーロッパを歩きまわったのはもう十年前のことである。その後何度となく訪れて、たとえばパリのセーヌ左岸一帯についてはどの通りのどこにカタツムリ(公衆便所)があるかという妙なことをくまなくおぼえてしまった。イザとなるとこういう知識はなかなか役にたち、また、長い散歩の句読点ともなるので、けっしてわるいことではない。ものを考え考え歩きながらあのカタツムリまでいってみようとか、つぎの通りのまんなかあたりにアレがあるからまずはソコまで歩いてみようとかいったぐあいである。

はじめてこの半島——イギリス人は〝大陸〟と呼ぶけれど——へ来たとき、私をおどろかせたのは、ウィーンでもミュンヘンでも、町から一歩でると、たちまちシカや野ウサギやイタチの姿が見られることだった。朝でも夜でも見られるし、道路の曲りかどにはよく「シカに御注意」という標識が立っている。そして道路わきの森や林は何十年という樹齢のたくましい大木ぞろいで、幹は苔《こけ》むし、闇《やみ》は深く、影は濃く、野生ぶりに眼を瞠《みは》らせられた。半世紀のうちに二度も世界大戦をやって血でズブ浸しになったはずの地帯なのに、痕跡《こんせき》がどこにも見られないのである。

戦前のヨーロッパの町を私は知らないのだから〝奇蹟《きせき》の復興〟をやってのけた現在のそれぞれの町、壁も屋根も煙突もまだ新しくて垢《あか》や指紋がついていない、洗いたての顔のような町——ことにドイツのことであるが——その表情を眺めて、うけとり、味わい、またときに拒む。それだけしかできないわけである。たいてい私は地図を持たないで旅をするが、たまにガイド・ブックやパンフレットを持って記念の古い家や彫像をたずねていくと、それらはたいてい洗いたての顔であり、垢や指紋がついていず、落胆する。

「……戦争《クリーク》」といわれる。

そうしたときにはじめて災禍が町角にちらりと頰を見せる。ちょっとしたふいの小金ができて何か古い物を買ってみようかと思って骨董《こっとう》屋に入っていくと——私に買えて、そしてほしいと思うのは、古い時代の鍵《かぎ》だが——老齢の主人が聞きとりにくい言葉をひとしきり流す。その流れのなかに、水面につきでた岩のようにハッキリと聞きとれる単語は、たいていどの店でも二つである。

「戦争」

そして

「アメリカ人」

である。

戦争で消えたか、ドルに買われていったか、二つに一つというわけである。私はだまってうなずき、店をでていく。

いたるところで消されてしまった――ドイツの場合は半ば自身から消しにかかったわけだが――《古い時代》を、正真正銘の古い玉を糸でつないでみようと、戦後、西独の国鉄が考えついた。そこで、戦争とネオン時代の影響をうけることなく、時代に背を向けて居残りつづけてきた、掛値なしの古い町を一本の道でつないでみては、という企画が練られた。それは、わるくないアイデアであった。徹底的に合理主義者であるドイツ人は同時に徹底的にロマンティシストでもあり、ナショナリストでもあるはずだから、国内のお客がたくさん乗るはずだ。同時にいまやおなじ心性を強いられてきた国外のお客もたくさん殺到するはずだ。ことに古い物なら何にでも興奮する癖のあるアメリカ人のお客がうんとくるにちがいない。少なからぬ数のドイツ人がアメリカに移住したのだからその孫、曾孫《ひまご》の世代はローテンブルクの大酒家の英雄やノイシュヴァンシュタインの甘い気ちがい王様の話をたっぷり聞かされているはずだ。わるくないぞ。ドルがおちる。わるくない。いやまったくいいぞ。ガンツ・シェーン。ヴンダーバール……

そこで精妙に練りあげられ、拍手を浴びたのが、いまから若干書こうとしている《ロマンティッシュ・シュトラッセ》、ロマンチック街道である。これはヴュルツブルクから出発してチロルの山里のフュッセンで終る。エアコンがよくきいた長距離バスに乗り、体を半ばたおし、案内嬢のきまじめな放送を聞きながら、うつらうつらと初夏のバラの咲きみだれる街道を流れていく。強行すれば一日でいけないわけではないが、ローテンブルクという珠玉がまんなかにあり、その町にはタウベル谷沿いに約五百年の歴史を誇る《ブルデナー・ヒルシニ（金のシカ）》という旅館があって同時代のほぼ完全なバロック風食堂がついているのだから、そこで一泊するがよろしい。そして、いい白ぶどう酒を飲んだあと、夜霧のさまよう古い鐘塔や壁や市庁舎の広場などを散歩し、宿に帰ったら階段をゆっくり一歩ずつのぼっていって壁やホールの正真正銘のバロック風を観察すればよろしい。たしかにそれは稀《ま》れにしか観察できない事物なのだから、階段や廊下はなるたけ歩度をゆるめて歩くのがいいのである。

十二世紀にやってきた十字軍の兵士、吟遊詩人たちは、緑したたる可愛《かわい》い渓谷のふちに好ましい古壁でかこまれた小さな町があるのを発見し、讃歌をつくった。

汝《なんじ》、フランコニアの
イエルサレムよ
汝、神の恵みにより
高く建てられし市《まち》よ

その後、このローテンブルクは諸国の王、王妃、皇太子、騎士、巡礼、学者、芸術家たちがあいついで訪れ、ロマンスや神秘をつたえられる田園の宝石となった。ローテンブルクをさらに有名にしたのは一人の豪酒家である。三十年戦争のときのことである。この自由市はプロテスタント側にたったがために六万の精兵に包囲されるところとなった。三日間の激戦のあと、市は陥落し、兵たちはなだれこんで通りという通りを強掠《ごうりやく》、剥奪《はくだつ》してまわる。ティリー伯爵《はくしやく》将軍と幕僚は市庁舎の大広間に入り、この市と市会を懲罰する裁判をひらく。市会議員たちは死刑を宣告され、市は強奪にゆだねられることとなる。議員たちは苦悩するが、憤怒《ふんぬ》したティリー将軍にぶどう酒をなみなみとみたした大盃をさしだす。三リットルと四分の一のぶどう酒なりし、とつたえられる。将軍は大盃をとり、一息に飲みほす。ちょっと思案していただきたい。現在ヨーロッパで売られるぶどう酒瓶は一リットル入りが多いのであるが、三リットル四分の一となると、それがたっぷり三本分と四分の一ということになる。この分量をそのまま入れる大盃となると、すなわちちょっとした桶《おけ》ぐらいになる。持つだけで腕が折れようかという代物。こいつをかかえてグイグイと息もつかせず飲んだというのだから昔の人は大きかった。安宅《あたか》の関の辨慶《べんけい》といい勝負。将軍飲みおわるやフーッと虹《にじ》のような息を吐き、ドーンと大盃をおく。そしていうようは

「もし貴公らの一人にしてこの桶を一息で平らげられるようなら、慈悲をかけてつかわすぞ」

歓迎のつもりでさしだした大盃がウカウカすると命取りの毒盃となる。議員一同蒼《あお》くなり、息を呑んで尻《しり》ごみする。このときそろりとすすみでたのが前市長ヌッシュさま。

「かしこまってそうろう」

しずしずと進みいでまして、かの大盃を持ちあげ、至善、至高の主よ、御照覧あれ、われにいまこそ肺と胃を、大いなる肝臓を――といったであろうと思われるが――ぐ

いぐいグイグイとあおりにかかる。そしてフーッと虹のような息を吐き、ドーンと大盃をおく。酒は一滴のこらず飲まれた。大業成れり。いまは敵も味方もなく、大広間いっぱいに起るヤンヤの拍手、喝采《かっさい》——となったであろうと思われるのであるが。

おおむね右の次第でローテンブルクは破壊をまぬがれて今日にいたるとつたえられているのだから、この市へ遊びにきたら、まず飲まなければならんのではないか。夏の夜霧がひそひそと青く流れる古い城壁、古い敷石道を通りから門へ、門から市場の広場へとさまよい歩いていると、カスタニエンであろうか、リンデンバウムであろうか、たくましい老樹のかげに、まことにこの、童話が石になったような古き市《まち》にふさわしいたたずまいで、古き酒亭がある。料理屋がある。焼絵硝子《ガラス》の赤や青に灯が映え、華やかながらしめやかな人の笑う声もする。どこかでせせらぐ谷の音もする。

翌朝、《金のシカ》をでて市庁舎前の市場の広場へいくと、早起きのおじさん、おばさんたちが屋台をひろげて、花やサクランボやお芋などを売っている。かのティリー対ヌッシュの酒飲み合戦は『マイスタートルンク』という劇になり、毎年一回、ここで上演されることになっているのだが、ざんねんなことに時期をはずしちゃったので私は見ることができなかった。けれど、博物館として別に設けられたものがあって、厚く古く暗い壁に入っていくと、小部屋、小部屋、小部屋に三十年戦争当時の槍《やり》、剣、鎧《よろい》、古文書、椅子《いす》、卓など、ことごとく見ることができる。等身大の人形が配ってあって、卓をかこんで会議をしていたり、天幕を張って夜営をしていたりして、しめっぽい石室をつぎつぎぬけていくと、まるで古い古い騎士物語を一頁《ページ》ずつ繰るような気持になってくる。こうしたところは何といっても石造のヨーロッパ文明の強味である。戦争で破壊されるのでなければ石造文化はいつまでも保存することができる。木造文化のように雨や白蟻《しろあり》に朽ちほろぼされることがないのである。童話を石にしていつまでも見せ、語ることができるのである。

見終って戸外にでようとすると、入口に番人で切符売りのおじいさんがすわっている。人形の一つかと見誤るところであった。おじいさんはじろりとこちらを見やり、不満と怒りで

「もっと見ないのかね、あんた」

という。

「バスが待ってるんだ」

と答える。

「ロマンチック街道のバスだよ」

「あんなもんッ！……」

おじいさんはツバを吐かんばかりにののしる。そして、あんたもただの観光客だな、なぜもっとゆっくりしていかんのだ、眼で切っただけではないか、という意味のことをいった。正確には、いったらしい、というべきであろう。指をあげて自分の眼をさし、〝シュナイデン〟（切る）と鋭く発音した。まさにそのとおり。うまい表現だ。恐縮して去る。

ロマンチック街道を眼で切っていくと、ほかにディンケルスビュールとか、ドナウヴェルトとか、ランズベルク、シュヴァンガウなど、由緒《ゆいしよ》ある町がたくさんあり、畑や森や、また、花や牛などが、次第に平野から高原、山地へといくにつれて変っていくありさまが面白い。ドイツをバスとか汽車とかで旅される人におすすめしたいが、車窓によく眼を配って、牛の肌の色や斑《ぶち》が平野から山地へいくにつれて知らず知らず変っていく奇妙な事実に注意されたい。これは事実である。なぜそうなるのか、いつかドイツ人に聞いてみようと思う。森のたたずまいが変る頃にはいつとはなくちゃんと牛の色も変っているのである。そこで、ああかなり山へきたなと知らされる。

最終点はオーストリア国境へたった二キロというフュッセン。フュッセンは〝フス（足）〟の複数だから、〝足々《あしあし》〟という名の町である。駅前のビアスチューベに入ってビールを注文すると足が三本――女のではなくて男の足だが――男の足が三本くっついて車軸のようになったレッテルのビールがでてくる。一つの町に一つのビールがあるといっていいのがドイツである。すると、アッシャースレーベン（灰の人生）という名の町へいったら、どんなマークのビールがでてくるのだろうか。

フュッセンは牧場や湖や小川や森などのある、典型的なチロル風景の入口といえる高原の小さな町であるが、そこの一つの牧場と一つの川を私は自分の手の筋を読むようによく知っている。六八年の夏、私はそこでマス釣りをして遊んだのである。ゆるやかにうねる丘の牧場を小さな川が流れ、元気のよい、プリプリ堅太りしたマスが、宝石のような斑点《はんてん》を輝かせて羽虫を食べたり、跳躍したりしている。その岸の草むらを竿を片手に歩いていくと、モミの木かげからふいに仔《こ》ジカがとびだすのである。仔ジカは頭を高くかかげ、眼をまじまじと瞠り、まるで金褐色の焰《ほのお》のようになって高原をとんでいく。

フュッセンとはそういうところだが、その背後の山にバヴァリアの優しき狂王、ルドヴィヒ二世の城がある。これこそ石になった童話である。砂糖のお城と呼ばれることもある。後期ロマネスク様式のあらゆる細部と全体を急峻《きゅうしゅん》な山の森のなかに結晶、濃縮させた城である。《建築は凍った音楽である》というよく知られたことばをギリシャのところで書いたが、このノイシュヴァンシュタインの城はタンホイザーとローエングリンに熱中した狂王がその夢のままに——彼にとっては現実そのままなのだが——ワグナーの音符を石にかえようとして建てさせた城である。だからこれは石になった童話であり、石になった音楽なのである。

王は古譚《こたん》を熱愛するあまり自分を白鳥の騎士だと信じこみ、ローエングリンの鎧をわざわざ作らせて日頃着用していたとつたえられている。トリスタン、マイスタージンガー、ニーベルンゲンの指環《ゆびわ》、パルジファル、タンホイザーなどのワグナーの作品が実現を見たのはすべて狂王の庇護《ひご》によるものである。生涯——四十一年の短いものだったが——を通じて王は音楽と古譚のなかにだけ生き、十九世紀後半の複雑怪奇をきわめたヨーロッパの政治的現実にはまったく背を向け、眼を閉じて、毎日、ただアルプスの急峻な中腹の窓から湖を眺めて暮した。これは幼少のときから影のゆらぎにもおびえる感性を抱かせられていた人であるらしい。ただワグナーの青銅がとどろきひびくときにのみ血がわき、背骨が直立し、眼が輝いて、王は完全な瞬間を生きることができたが、曲が終ると、たちまち崩壊してしまい、おとなしく衰亡した。そして城の建設に十七年を費し、国費を消耗し、完成を見ることなくシュタルンベルクの湖でおぼれ死んだ。それは自殺ともつたえられ、オーストリア宮廷へ逃亡しようとして、ともつたえられる。

〝ロマンチック街道〟の終点にこの城をおいたのは賢明である。急峻な森の坂道をあえぎあえぎのぼっていって城にたどりつき、その華麗な内部をつぶさに見ていくと、はじめのうちはあまりの型通りにふきだしたくなってくるのだが、やがて狂気に犯されてきて、圧倒的な現実となって窓、壁画、卓などが存在しだすのをおぼえる。倒錯の不思議である。誰が狂人なのか、わからなくなってくるのである。たとえ王の狂気についてつぶさに知るところがなくても、この石になった童話の厖大《ぼうだい》さには口をひらくことができなくなってくる。あまりの完璧《かんぺき》には何かしら無残なものがある。そういう稀《ま》れな経験を味わうことができる。

（45・2）

仏と魚と真珠
――バンコック――

バンコックへいってある通りを歩くとすし屋、てんぷら屋、小料理屋などがほとんど目白押しといってよいくらい並んでいて、ある通りを歩くとトルコ風呂《ぶろ》ばかりが日本語の看板をかかげて目白押し、またある通りには新宿裏にあるようなバーが目白押し。中華街の食料品屋へいったらタクアン、ミソ、ショウ油、インスタント・ラーメンの山積み。デパートでも、銀行でも、本屋でもすべて日本語で用が足せる。かねてから聞かされてはいたものの、一世、二世、三世の日本人がひしめいているハワイやサンフランシスコやロス・アンジェルスならイザ知らず、東南アジアの一国の首都にこれほどまで〝日本〟が殺到していようとは、とうてい肉眼で見るまで信じられなかったので、『大黒』のカウンターでキスの焼きものを箸《はし》でせせったり、茶碗《ちゃわん》蒸しのギンナンのかすかなホロにがさを舌でころがしたりしながら、ただぼんやりしていた。

タイ国の京都と呼ばれ、美女と手織絹（古都となるとふしぎにどこでもそうだが……）の名産地で、市の背景を京都そっくりに山で囲まれたチェンマイ、そこの旧王族の一人であるB・アンポール殿下とひょんなことで知りあいになり、お邸《やしき》へひきとられ、邸内のシャレたパヴィリオンで私は暮すこととなったので、この首都にひしめく、〝醜い〟ともっぱらつたえられている日本人とほとんど接触しなかった。私は彼らがほんとに〝醜い〟のか、どうか、もし〝醜い〟とすればどのように醜いのか、はたしてまさに〝醜い〟のか、どうか、何も知らないし、書けないのである。ただ、自由に日本語を話し、日本人と交渉が深く、何年も日本に暮して柔道の黒帯までとったことのある知日家のアンポール氏の観察のうちの若干のものを紹介すると、それは日本商人の〝醜さ〟よりも、むしろ未熟さについてのものであった。

「ドイツ人なら、たとえば、ベンツの支店に小型車のほしいタイ人の客が舞いこんだら、すぐにバンコックのフォルクス・ワーゲンの支店をていねいに教えてやり、トヨタのことは教えません。しかし、日本人はバラバラで、結束しない。団結しません。おなじ日本人なのだから自分のところに商品がなかったらよその日本人の店を教えてやればいいのですが、けっしてそういうことはしないですね。そして、大型車しか売ってない店に小型車のほしい客がきたら、小型車を売ってる日本人の店を教えないで、っちまうのです。ただしそれは小型車専門のドイツ人の店のには負けますけれどね。だから、タイ人は日本製となると何でも高級だと思いこんでいるのですが、日本商社がめいめい勝手に安売りするものだから、結局、商品の信用が落ちます。バカにされるし、ナメられる。そしてとどのつまり損をするのは日本商社全部なんです。どうしてこんなことになりますか？……」

この意見が正確であるかどうかを私は知らない。私は商社員ではないので商売のカラクリがまったくわからないし、興味の抱きようもない。〝商売〟そのものが、どだい、よくわかっていないし、わかろうと思ってもいないのだから、どうしようもない。ただ、つけたしておくと、ロンドンでもデュッセルドルフでもパリでも日本商社について聞かされることはバンコックとほとんどおなじであったということだけである。いささか物騒なタトエになるが、それを要約すると、日本人は民族統一戦線を張らないで、てんでんバラバラにテロ行動をやり、それを〝戦争〟だとしているらしい気配である。テロとゲリラはあくまでも補戦であり、補軍であって、主戦や主軍のための支柱なのだが、それを主戦、主軍としているらしい気配である。そうであるらしいのである。なぜそうなったのか。今後それでどうなるのか。このままでいけるのかどうか。私にはいっさいわからない。

　バンコックは、瞥見《べっけん》したところ——あくまでも瞥見だが——どうやら〝相反共存〟の首都であるらしい。ここでは小乗仏教がピリピリしていて、いったんお寺に入って三カ月修業してくるとなると、会社員は歓送会を設けられ、みんなで拍手乾杯して送りだしてやり、社長もこれには賛同するしかほかなく、よろこんで彼の不在の三カ月間の給料を払ってやる。そして彼は、頭をツルツルに剃《そ》り、修業期間中は禁欲《きんよく》はもちろん、野道で立小便もせず（ミミズを殺すかもしれないから）、雨期にはやたらに歩きまわらず（草をおしひしぐかもしれないから）、時刻は時計にたよらないで窓から外を見て手筋がようやく見わけられる時刻、あるいは木の古い葉と新しい葉の見わけがつけられる時刻とかを判断して托鉢《たくはつ》に村へハダシででかけるが、そのときもバナナをくれるおばさんの眼を直視してはいけないし、お鉢のふち以上に盛りあがるほどもらってはいけない。その他、その他、何十条、何百条かの戒律によって一日の朝から晩までをほとんど毎分毎秒を埋めるばかりに自身を抑制しつつ、あたえられたテーマ、たとえば人がモノを知覚するのは、モノがそこにあるから知覚するのか、知覚があるからモノがそこにあると知覚されるのか、などと考えにふけりにふけったあと、論文を仕上げて、やっとお寺から出られるというぐあいなのである。もちろん肉も食べられず、女を見てもいけない、ミミズにおしっこを降らしてもいけないし、草を踏みしだいてもいけない。そこまで徹底的な殺生戒《せっしょうかい》があふれていながら、いっぽうバンコックでは、ライセンスさえだせば最新式の銃器がいくらでも買えるし、〝殺し屋〟もうざうざいて、一件、およそ一万エンくらいであっさり始末してくれるだろうという話まである。

私が滞在するうちに、一人の日本人の商社員が、キャバレではたらく女友達のことをバーテンダーかマネージャーに、アレは病気だから首にしろとうっかり告げたところ、彼女はそれをつたえ聞いて、激昂し（あたりまえだが……）、やにわにスカートをからげたかと思うとガーター・ベルトにはさんであった二挺《ちょう》のピストルをとりだして男に五発射《う》ちこんだ。キャラミティー・ジェーンはだし。そして女は留置所にほうりこまれると、私は侮辱されたと叫んで、睡眠薬をあおり、壮烈な自殺を遂げた。少くともそのようにつたえられる事件が発生したのである。朝食のオカユをすすりながら私が、ある感銘をうけたことを話すと、こともなげに殿下は、こんなことはしょっちゅうですといった。バンコックの女は激しい。昔のコルシカの女みたいだ。うっかり恋ができない、と私がいうと、殿下はおっとり笑い、タイの諺《ことわざ》をひとつさしあげましょう、これを守っていたらまちがいありません、というのであった。

「どんな諺ですか？」

「二十五歳までの女は自分を殺す。それ以後の女は相手と自分を殺す。三十五歳の女は相手だけを殺す。そういうのです」

「昨夜の女はいくつですか？」

殿下は新聞をちらっと眺め
「二十八歳です」

といった。

そして、微笑し
「諺どおりです」

といった。

タイの諺はほかにもいくつか聞かされ、それによく注意していたおかげで、私はまだ生きてられるらしいのであるが、もうひとつ、書いておく。タイ人はお金を手にすると、それを均等に三分するそうであるが、それがつねに均等であるかどうかは個々の事例によって異なることがあるとしても、分割することをつぎのように呼んでいるとか。

一つは、水に流す。（お酒を飲む）

一つは、土にもどす。(壺《つぼ》にかくす)
一つは、敵にやる。(女房にわたす)
タイ国には、昔、三つの王朝があって、いまの王朝はバンコック所在であるが、さきのチェンマイと、もうひとつ、アユチャというところにもあった。アユチャの王朝は滅びるときに黄金をすべて集めてとかし、一つの仏像に鋳《い》こんだ。そのあと、おそらく舟にのせてバンコックにはこびこみ、どこかにかくしたということまではつきとめたが、永いあいだ、その場所がどこであるかわからなかった。ところが、第二次大戦後のある年、ある日、あるお寺で子供が遊んでいてなにげなく石を投げたら、それが庭のすみっこへとんでいって古い石材にあたった。それはもういつ頃からともわからないくらい古くから野積みにしてあるもので、土と苔《こけ》に蔽《おお》われていたのである。ところが石のあたった箇所の漆喰《しっくい》がポロリと剝《は》げて、キラリと光るものが見えたという。そこで掘り起してみると、全重量十トンをこす(十三トンとか十四トンとか聞いたと思うのだが——)純金の仏像がでてきたという。この豪華な仏像は現在、バンコック市内のお寺においてあるから、一度ごらんになるがよろしいかと思われる。
お寺ではほかにいくつも抜群の特長を持ったものがあるからゆっくりごらんになることをおすすめしたいが、最大の特長は空である。南国の空である。むっちりとうるんだような亜熱帯アジアの青い空である。これにお寺の屋根瓦《やねがわら》の黄や青や赤がじつによくマッチしていることである。日本のお寺のくすんでじじむさいのに慣れた眼にはケバケバしくてイヤ味たらしく映るものだが、しばらく見ていると、これでいいのだ、これがいいのだと見えてくる。〝青丹《あおに》よし〟とうたわれた、建設当時の奈良のお寺にもこの黄や青や赤がいたるところにちりばめられていたにちがいなくて、よどんだ梅雨空のなかでそれがどう映ったことか、当時の人に聞いてみたい気がしてならないのだが、あらゆる新しくて大胆なものが発揮するやりきれないギラギラしたもの、怪奇下劣なものを嗅《か》ぎつけて眼をそむけた人が多かったのではあるまいかとも思う。それが溶解して魔力が親和力になるためには歳月に助けてもらわなければならなかった。

私はヴェトナムのお寺へいったときに仏像の鄙猥《ひわい》なのにおどろかされた。これはやりきれないものであった。瀬戸物の仏像なのだがそれが何とも卑劣なもので、お釈迦《しゃか》さまがお白粉《しろい》をつけたり、紅を唇にさしていたりして、男ともつかず、女ともつかず、日本なら夜店でも見かけないようなシロモノであり、光輪として青や赤のネオン管を負っているのである。これではまるでお寺のというよりはバーのマスコットみたいなものである。ところがいろいろな場所でこれを眺め、これのまえに棺がおいてあったり、死体がおいてあったり、断食《だんじき》の僧が藁《わら》のようになって寝ていたり、無数の貧しい男女が昼となく夜となくつめかけて泣いたり、叫んだり、〝ナァモゥアァディダァファット〟（なむあみだぶつ）と合唱にうちこんだりしているのを眺めているうちに、わが美学は奇妙に減退しはじめ、何も気にならなくなってきた。芸術としてはとうてい箸にも棒にもかからないが、少くともそのように眺める心性が減退していったのである。像は非地上的なものへ人を導くための媒介物にすぎないのだから信仰心が沸騰《ふっとう》状態にあるときはそれを美として完成しようとはげむゆとりがないのであるかもしれないと思ったりした。人の心にかかずらわりたいと私は夢中になっていたからそう考えたのかもしれないが、これはささやかながら、〝経験〟であった。バンコックで見る仏像にも芸術としてはとうてい頂けないのが多いけれど、おそらく大半がそうだけれど、これは眺めかたでどうにでもなるものである。

魚釣りをしようと思ってあちらへいったりこちらへいったりしているうちに奇妙なことを発見した。この国の人は遊びとして魚釣りをする習慣がないらしいのだ。魚はいたるところにいて、田ンぼのふちでは子供やおばさんがトゲのあるフナといった恰《かっ》好《こう》の小魚をどこでも釣っているが、これはオカズを釣っているのであって、遊びで釣っているのではない。いろいろな人にたずねてみたが、誰も遊びで釣りをしたことがないという。仏教の殺生戒のためであるか、とたずねると、よくわからないがとにかくそういう習慣がないのだという答えである。これはおもしろい現象である。釣りは石器時代からのヒトの習慣で、その古さとなると、売春とくらべてどちらのほうが伝統があるかと真剣に研究している学者があるくらいだが、遊ぶためでもある要素と食べるためでもある要素とがわかちようなくとけあっている。そうでない国というものを私は見たことがないのである。しかし、非凡なタイ国には、ひとことでいうと、漁師はいるが釣師はいないのである。そういうことになるのである。

日本は農薬と公害がひどいのと、漁師がたくさんすぎ、釣師がたくさんすぎるので、魚が年を追って激減するばかりだが、この国は手つかずなので、魚がウンといる。バンコックから車を走らせるとサタヒップの手前にバンサレというところがある。そこにバンサレ・ベイ・リゾート・ホテルというのがある。沖へでる舟とトローリング道具を備えつけて客を待っているホテルとなると、ここしかない。このホテルからシャム湾へでて、沖の岩のまわり、海鳥の舞うあたり、沈船のあるところをさぐってみると、いくらでも釣れた。私がいったときは季節はずれだったのだが、それでも入れ食いで、イカを鈎《はり》に刺してほうりこむと、オモリが底に着くか着かないかにグゥーとひっぱる。オモリが魚のおでこにあたるのではないかと思うくらいたくさんいる。少い魚を技をこらして釣るのもたのしみだが、たまにはこういう原始の豊饒《ほうじょう》を味わってみたいものである。

さらに豊饒を味わいたくなったので殿下に真珠を養殖している島へつれていってもらった。バンコックから車で十時間。そこからマングローヴのジャングルのなかの川を一時間。それから三十分、海をわたる。この島でとれる真珠は日本で〃南洋玉〃と呼んでいるシロチョウ貝の真珠だが、とてつもない大きさに成長するのである。島の面積の九十五パーセントが原始のジャングルで、サル、トラ、イノシシ、オウム、コブラ、それから鮮緑色のかわいい顔をした小さなやつだが嚙《か》まれたらさいごのグリーン・スネークなどが住むままになっている。海にはマカジキ、バラクーダ、サワラ、シイラその他がおびえることなく遊んでいて、真珠イカダの桟橋のしたをのぞくと、名の知れたのや名の知れないのがうざうざひしめいていて、釣る気持を失ってしまう。コブラを焼いて粉にしたのを焼酎《しょうちゅう》にほうりこんだのを〃コブラ・ウィスキー〃と呼ぶのであるが、この民族芸術品を飲んだら冬でも裸で寝て風邪をひかないとつたえられているくらいである。これを飲み、ツバメの巣を食べ、イノシシを焼き、海を眺め、昼寝をし、殿下と閑談にふけり、ウィンチェスターやベレッタで射撃の練習をし、おっとり笑い、日本語はア、ソウとだけつぶやき、たそがれに水道を跳ねつつよこぎっていくイルカの群れを双眼鏡で眺め、ものすごい真珠はどうして作るかという話を聞かされているうちに、ある朝、桟橋から転落し、右足の骨を二本折ってしまった。

秋元啓一と話しあった。

「これがほんとの失脚だね」

「語るに落ちたというものだね」

（46・1）

ベルギーへいったら女よりショコラだ

ベルギーの首都はブリュッセルだが、初冬の朝早くに到着した。市の中心にあるガラスと鋼鉄のホテルに入ったが、顔を洗って歯を磨くと、することがなくなったので、散歩することにした。いきあたりばったりの散歩で、地図もなければガイド・ブックもない。どこかでスナックでも見つかったら牛乳入りコーヒーと三日月パンでもとることにする。暗鬱《あんうつ》な空が屋根までおりてきて、じとじと冷めたい霖雨《ながあめ》が降りはじめる。あちらへぶらぶら歩いていって、ひょいと角を曲り、それをのろのろ歩いていって、何ということもない角をちょっと折れというぐあいに散歩しつつ、すれちがう女の顔をそれとなく一瞥《いちべつ》してみる。空が暗くても低くても、いや、そうであればあるだけ、いい女、美しい女の顔というものは一輪咲きの花のように浮きあがって見えるものである。けれど、どうしたことか、どの顔もこの顔も花ではなかった。歪《ゆが》んでいるか、磨かれていないか、削られていないかである。

ヨーロッパの都で花のような女の顔が眺められるのは朝のこんな時刻ではなく、一日に何度かの潮があって、最初は昼食時、つぎが午後三時か四時のオヤツ、そのつぎが夜の七時か八時の夕食時、最後が深夜というぐあいになっている。小雨のしょぼつく朝早くに咲く花なんて、あるものではない。それはよくわかっているつもりだ。よくわかっているつもりだが、しかし、何となく私のそれまでの諸経験からくるカンで、どうやらこの国ではあまり期待してはいけないらしいぞと、思いはじめる。正午頃に空が晴れて淡い冬陽が射《さ》してきたのでもう一度、夕刻にもまた一度と、探索にでかけたが、どの回にも失望を味わい、どうやらカンはあたったらしいと察しがつく。

夜になってから酒をすすりつつ、ここに何年も暮している、どうやら経験と観察の豊富であるらしい日本人紳士にその話を持ちかけてみると、ヨーロッパ三大ブス国とはベルギー、オランダ、スイスです。これは国際的定評でそうなってるんです。遊ぶんならT・E・Eに三時間乗ってパリへいくしかないですという答えであった。しかし、と私が逆問する。そういう女というものはしばしば心優しくて、こまかく気がつき、あたたかでおいしいのではありませんか。紳士はたちまち頭をふり、それは世界共通の補完の原則というもんですが、ここはちがいます。ここは例外なんです。ここでは補完の原則は機能しとらんのです。ここはブスのうえに鈍器なんだな。

「……だから、今夜は色気ぬきで、食い気一本槍《いっぽんやり》でいきましょうや。いまからいいレストランへ御案内します。ここはごぞんじのようにコンゴが、昔、植民地でしたからね。その関係で、今でも、いいコンゴのカカオ・ビーンズが入ってくるんです。だから、ショコラがすばらしいんです。これはぜひ召上って頂きたいですな」

それならと、でかける。

パリにブーローニュの森があるようにブリュッセルのはずれにも、深い、厚い、いい森がある。この森の木は鬱蒼《うっそう》とした老木であるが、幹にずっと緑の苔《こけ》が生え、淡くて柔らかな、緑の絹のような寄生植物がふさふさと茂って垂れているのである。それはみたところ絹のようでもあり、海藻のようでもある。どの木も、この木もそうなので、何かしら森が温厚な、老いた巨人のように見えてくる。夜になると霧がさまよい歩くので森はいよいよ深く、遠く、厚く感じられるのだが、そこへ自動車でゆっくりと進入していくと、遠くにふいにレストランの赤い灯が、小人の茸《きのこ》の家のように輝やいているのが見える。どこか家のかげの植込みのあたりで赤頭巾《あかずきん》をかぶったドングリ眼の老いた小人が何人か集ってひそひそ話にふけっていそうである。

このレストランが『ラ・ロレーヌ』である。いっしょにいった安岡章太郎大兄は羽田をでたときに日航の機内で飲んだプイイ・フユイッセの白が忘れられないものだから、道中ずっと、ぶどう酒のあるところへいったらかならずプイイ、プイイといいつづけたが、ここでもプイイはないか、プイイは、といった。それくらいの名店だからそれくらいの銘酒はもちろん用意してあって、たちまち氷詰めの小バケツに肩までつかって登場した。この清澄で淡麗な白をすすりつつカキのシャンパン蒸煮をやるのはこたえられなかった。フォア・グラにトリュッフの熱くしたのを添えたのがでたが、これまた潤味、膩味《じみ》、いうことなかった。しかし、さいごにデザートとして、あとでこの店の十八番《おはこ》だと教えられたが、《ダーム・ブランシュ》（白い貴婦人）といってアイスクリームに熱いときたてのチョコレートをかけたのがでた。それをスプーンでなにげなく一口しゃくってみて、ほとんど〝驚愕《きょうがく》〟と書きたくなるショックをおぼえた。

思わず

「……？……！」

顔をあげると、大兄も

「…………！」

黙って眼を丸くしていた。

諸兄姉よ。

ほんとのチョコレートは子供の菓子ではないんだ。それは成熟した年齢の、厚い胸をした、辛酸をくぐりぬけてきた大の男のためのものなんだ。お菓子というよりは最高の料理の一つなんだ。板チョコだの、インスタント・ココアだの、ウィスキー・ボンボンだの、チョコレート・キャンディーなどと申すものは、どんなに苦心してつくったところで、これにくらべると、美女とその骸骨《がいこつ》ぐらいの相違がある。それはホロにがく、気品が高く、奥深さに底知れないところがある。最高のスープをつくるよりも材料の撰択《せんたく》と手間に注意や精力がそそがれ、その労苦がことごとく香りや味や舌ざわりのそこかしこにあらわれているのだ。さよう。それはプロ中のプロが精魂こめてつくるカカオ豆のスープなのだ。そしてスープほどむつかしい料理はないのである。

この店のショコラを知ってからやっと私はなぜ十九世紀のフランス文学やロシア文学にあのようにしばしばショコラが登場して大事がられているのかということがわかったような気がした。蛮瘋癲《ばんふうてん》のインスタント・ココアを飲んでいたのではとてもわかるもんじゃなかった。板チョコでもウィスキー・ボンボンでもわかるもんじゃなかった。舌から厚い苔が落ちたような気がした。そしてこれは残念なことに名品中の名品がしばしばそうであるようにあの店までわざわざ出向いてその場で食べるよりほかにどうしようもないものである。一度、ぜひ、いって下さい。

（50・10）

トルー・ストーリー・オブ・アマゾン

昨年、一万六千キロ、二カ月間、ブラジルをさまよいましたけど、驚きと感嘆の連続のアドベンチャーだった。

アマゾンで船釣りに行くのに、沼地の中を膝《ひざ》から腰まで泥につかり、ウンツクウンツク言いながらボートを引っぱっていかなきゃならないとか、いろいろ大変なめにあわされるんだけれども全然苦にならない。肩はこらない、腰はのびのび、マグネットリングくそくらえ、腕はしびれない、ノンノンズイズイとまるで十八歳の朝みたいな日々だった。

〝オレはついに蘇《よみがえ》った！　灰の中からフェニックスが翔《と》び立った！〟という感覚で日本へ帰ってきたら、一カ月後にはもう元の木阿弥《もくあみ》や。普通、日光で体を焼いても腋《わき》の下という所は焼けないのだが、ブラジルでは上半身裸で暮らしてたもんだから腋の下まで日焼けした。それも一カ月目になってある日風呂《ふろ》で鏡を見ると、元の青ン ぶくれ。

わが国はものすごく浪費する国やねえ……

日本からアメリカ経由でサンパウロまで飛行機に三十時間も乗りっぱなしなもんだからL字型の雲古が出そうだった。

アマゾンではファリーニャというものを食べる。これはアマゾン人の主食であり副食であり絶対不可欠のものなんだ。ファリーニャは粉という意味や。タピオカ、カッサバ、みんな同じもので、山にはえる或《あ》る種の木の根っこをすりおろし水につけると青酸ができる。毒だな。これを水を切って晒《さら》して、ブリキ板に広げて火で煎《い》ると、マンジョッカというのができるわけ。ファリーニャ・デ・マンジョッカというのが正しい言い方で、マンジョッカの粉という。これを手づかみで食べて、あと水をゴクゴク飲むと、ブウーッとまるでアフリカの子供みたいに腹がふくれる。空腹はいっぺんにおさまる。しかし、栄養は澱粉《でんぷん》のかすかなものしかない。とにかく、彼らは子供の時からそれで育ってきていて、肉食ってもファリーニャ、魚食ってもファリーニャ、スープにファリーニャをふりかけるといった調子で、何でもファリーニャなんだ。

これを食うと、下部構造にひとつの異変が起こって雲古がコルクの固まりみたいに軽《かる》うなる。ポッカポッカと浮いて沈まない。大アマゾンにフワフワと漂い流れて行っていずれは波にもまれ砕けて沈んでしまうんだけれども、船に乗っている時に便器に雲古するのが困るんだナ。特に船が走っている時はコツがいる。便器の出口には大アマゾンが待ちかまえているんだけれども、そこを石油罐《かん》一杯の水の圧力でたたきこみ、ゴクリとのませなきゃいけないんだ。チョビチョビついでいると、いつまでたってもファリーニャ雲古は沈まない。何遍やってもファリーニャ便は、クルクルクルッともどってきて浮かび、人を馬鹿《ばか》にしたような顔でオレを見るのよ。

道端にころがっているファリーニャ便には蝶々《ちょうちょう》が集ってくる。蝶々というのは、御《お》叱呼《しっこ》や雲古が大好きなんや。鳥鳴き蝶舞うというけれども、雲古や御叱呼に蝶々が群れている様はまるで花吹雪という光景やね。

ファリーニャ便というのは、コルクみたいだが健便で、オレとしてはまことに欣快《きんかい》にたえない。ムチュッと押し出す感覚があってね、日本にいる時には年中神経性の慢性下痢《げり》で水便に近いものを出しているオレとしては、直腸の出口がヒクヒク喜んでいるさまが手にとるようにわかるのよ。やっと人並みのものを出してもらえたといって。

このファリーニャを暖かい湯でといたものをピロンという。葛《くず》と同じや。吉野葛ほど上品ではなく荒っぽいもんではあるけれど、結構上品なトロンとしたものができるのや。それをむこうではトロンといわずピロンというて、いろんなもののおかずに食べるんだが、一遍大ピ連の連中にファリーニャを食わせよかと思うのやがどないなるやろか。

アマゾンの魚いうのはおいしいね。全部を食ったと言いきれる自信はないけれども、ピラーニャは特においしい。淡泊。ギュッとしまった白身で上品なはんなりとした脂《あぶら》身《み》がある。これを頭ばっかり集めてきて煮込む。要するにピラーニャのブイヤーベースや。そうしてフイと鍋《なべ》の中をのぞくと、何十匹というピラーニャが皮も溶け目も溶けて牙《きば》ばかりギラギラむきだしたのが見える。見ただけで食欲がなくなりそうだけれども、このスープはまことによろしいナ。刺身もよろし。日本で食べる冬の極上等の平目のえんがわかね。

だから、誰かアマゾンへ行って、あの何十億というピラーニャを買い集めて蒲鉾《かまぼこ》を作ったらおいしいのができると思うよ。トレードマークは牙のマークにしてナ。

アマゾンあたりの鯰《なまず》では、ちょっと大きくなると五十キロ、七十キロ、百キロ。珍らしく大きくなると時々二百キロという怪物がでてくる。子供が泳いでいると、鯰の大きいのが腹へらして出て来て、魚は元来ヒラヒラするものに喰いつくという癖があるもんだから(それを利用したものがルアーだ)、子供の足にバクッと喰いついて引っ込むという。そしたら子供はおぼれ死ぬ。鯰は子供を飲み込みにかかるけれども、さすがに子供の胴体を飲み込めるまで口が大きくないので、子供を半分口から出したまま泳いでいる鯰がいる、と見てきたようなことをいうヤツがいるんだけどねぇ……まあ、その鯰の肉というのがこれまたうまい。鯰にもいろんな味があるけれども、概して鯰の肉は白身で非常にうまい。時にはフグの肉と間違《まちご》うぐらいや。

ピラルクー、タンバッキー、スルビン、ピラーニャ、ツクナレ、みんなうまいね。適切に料理のできる男を連れてアマゾンへ行くのなら、食べることでノスタルジアはおこらないといってもいいくらいだな。

マナウスという所に、日本の漁業会社の加工船が既に来てるという噂《うわさ》がある。それでこの加工船が鯰やら何やらアマゾンの魚を買い集めて加工し擂身《すりみ》というものを作っているらしい。アラスカ、カナダでスケトウダラをしめだされたもんだから、アマゾンへズーやんを買いに来てんのとちゃうか。それで擂身を作って日本へ持って来るんじゃないか。それで蒲鉾を作る。そう思えるフシがある。だから、どこやらの名産の蒲鉾いうたって、アラスカのスケトウダラ、カナダのホッケ、アマゾンのズーやん、何が入ってるのか知れたもんやない。そこでわれわれは、もう味覚学としてはただひとつしかない。〝うまけりゃよい〟という原点にもどって批評するしかない。だけどね、私にいわせると、ヘンなホッケやらスケトウなんかが入るよりは、アマゾンのズーやん、ビーやん、これだけの純粋な蒲鉾ができるならば、むしろ非常にうまい蒲鉾になるんじゃないかとにらんでいる。ただし、捕りすぎないようにしていただきたい。

サテ、オレのアマゾン話は毎回大きいなるいわれるけど、みなトルー・ストーリーやで。

ブラジリアの周りには二メートルからある大ミミズがいるのよ。読者の諸君に写真をお見せできないのが残念だけど、これを信用できない人はもうアマゾンへ行くことないよ。

このミミズ採りが、まるで水道の鉛管工事をみているようなんや。鍬《くわ》を一本とドンゴロスの袋を持って草むらに行く。そうするとミミズは雲古を出口にもりあげてるんだ。いたッと鍬で掘っていくと、ミミズの体がニョロッと出てくるわけ。エキスパートの目から見ると、どっちが頭でどっちが尻《しり》かわかるというんですがね、とにかく行く手の前方を鍬でトントンとたたく。こうするとミミズがおびえて止まってしまうっていうの。それを登呂《とろ》遺跡を発掘するような手つきで採っていくんだけども、ミミズはズーと伸びていく。ホント、鉛管工事の鉛の管みたい。頃はよし、とミミズをたぐりよせる。一メートル、二メートル……これを一二匹かためてドンゴロスの袋に入れて釣師に売るわけだ。明日は雨やなァと思うと安く、晴れるなァと思うと高い。どのくらいの差があるかというと日によって違うが五倍から十倍違うという。これを五年間続けたら家が建ったというの。

「じゃ、そのミミズ大尽の家《うち》へ連れてってくれ」と頼んで行ってみたのよ。そしたら、周辺はファベーラといってマッチ箱みたいな貧民窟《ひんみんくつ》なんだが、その中に一階建だけどコンクリートブロックのバチッとした家がある。五年間のミミズの家や。そのミミズ大尽を、マエストロ・デ・ミニョコスーという。大ミミズの巨匠というわけやね。ミニョッコっていうのはミミズということで、アスーというのはインディオ語の接尾語で大きいという時に使う。たとえば、ツクナレという魚が大きい時はツクナレ・アスーというの。だからミニョッコの大きいのがミニョッコ・アスーでこれをちぢめてミニョコスーというわけだ。

ただし、このマエストロ・デ・ミニョコスー、出て来たら靴を片ちんばはいとった。それがヒソヒソ声で「いくらでも案内するけど、ただひとつだけ守っていただきたい」って言うの。「何やねん、マエストロ」と訊《き》いたら

「ミミズの穴場を人に言わんといてくれ」

ブラジルもせちがらいこっちゃね。

（53・5）

旅は男の船であり、港である

こんな小話がある。

ある男が空港の片隅で、スーツ・ケースの上に腰かけて蒼《あお》ざめているんで、どうしたんですかと声をかけたら、オレはこの国へ旅行に来たんだけれども、体は着いたのに心がまだ着かない、それが追いついてくるのを待っているんだと答えた——っていうんだ。

この小話は、現代の旅行の本質を鋭くついているな。うっかりすると、文明の利器に体だけ運ばれて、心はうつろなまま文化と出会えないまま、旅をつづけてしまうことになる。

旅に出る理由と意味はいろいろあるだろうけど、結局は、別種の文化と出会いに行くことじゃないかな。俗にいう〝カルチュラル・ショック〟を求めるんじゃないか。

それでは、文化とはいったい何かということになる。その土地に固有の根ざしたもので、他に伝えようのないもの、これを文化と呼び、他の文化圏に容易に伝えられるものを文明という、そういう定義がある。一応、この定義に従っておこう。

たとえば、カイロへ行くとする。夕方のお祈りの時間になると、パリ大学を出た、オックスフォードを出たというすごい紳士が、やおらカーペットをとり出して、空港のカウンターにそれを広げて、床に伏してアラーの神に一所懸命、祈りはじめる。オックスフォード出身の浅黒い紳士が、ね。あの恰好《かっこう》を見ていると、私は突然、理解しがたいものに襲われて、むかし、箱根から向こうには化け物が出ると思ってた八っつぁん、熊《くま》さんとあまり遠くない心境に落ちこんでしまう。が、これはいいことだな。固有の、ある別のものと衝突できる快感がある。抵抗感覚の快感がある。ぐずぐずとなし崩しに暮らしている日ごろの生活にない、新鮮な衝突感が味わえるんだ。旅の魅力は、ここだよ。

確かに、世界は狭くなった。情報も氾濫《はんらん》している。どこへも簡単に行けるし、日本の片隅でも世界のことがわかるような気もする。けれど、依然としてフランス人はフランス人でありつづけ、ヴェトナム人はヴェトナム人でありつづけ、アメリカ人はアメリカ人でありつづける。徹底的に固有なものの中で、みんな暮らしている。その固有なものの頑固さ、根の深さに衝突すると、その場所まで行くのが呆気《あっけ》なく行けるがために、その呆気なさのためにかえって逆に、いよいよ根が深く感じられるようになる。だから、地球は狭くなったと言われる分だけ、地球は広がっているんだとも言えるんじゃないか。

心はうつろなまま文化と出会えないまま、そういう旅をしてしまう危険は逆に多くなった。これは、だめ。いかんな。新鮮な驚きが生まれてこないもの。驚く心がなかったら、旅の意味はほとんどないものね。別種の文化と接することとは、驚くことなんだ。驚く心、見る目を持ちなさい。少年の心で、大人の財布で歩きなさい。

私の十代、二十代の感覚からすると、日本人が外国へのんのんずいずい、女の子もお婆《ばあ》さんも、行く気になればいつでも出かけていけるようになるとは、夢にも思わなかった。

私自身は、中学校三年生のときに戦争が終わって、まあ、焼け跡・闇市《やみいち》世代ということになるんだけれど、食う物がない、何もかもない。あれもない、これもない。見る物、聞く物ことごとく苦痛だった。たった一つの夢は、日本を脱出することだった。脱出するといっても、正規のルートで海外へ出られるわけじゃない。神戸あたりで貨物船にこっそり乗りこみ、密出国でもするしかないんで、夢というにはあまりに現実離れしてた。それでも、ともかく英語をすこしでも覚えておかなければ外国へ行かれないと、真顔に、しら真剣に思いつめて、コンサイスのページを食って単語を詰めこんだりしたものだった。

しかし、十代から二十代いっぱい、英語でいう〝ハンド・ツー・マウス〟（手から口へ）という生活がつづいて、ハイキングやらピクニック、スキーでランランランとか、そんなことはやったことがない。生きていくため、食うために必死で、頭からめっていた。外国旅行など、考える余地もなかったなあ。海外への旅は、私にとってはずっと〝密出国〟を意味してたんだ。

外国へ初めて行ったのは、六〇年の安保の年だった。中国からの招待で、日本文学代表団の一員としてね。団長が野間宏、以下、亀井《かめい》勝一郎、松岡洋子、竹内実、大江健三郎、それに私というメンバーだった。二十九歳かな。

その年ルーマニアの作家同盟の招待もあって行き、その次がソヴィエトのやはり招待だった。当時、社会主義国は、招待でないと行かれなかったんだ。しかし、帰りにはパリに寄れる。パリに行きたいという一心で、招待でも何でもいい、ともかく出かけて行った。そして子供のときの夢をみたしにかかったわけだ。

そう、やはり一番行ってみたかったのは、パリだったな。初めてパリへ行ったとき、自分がパリにいることが信じられなくて、頬をたたいてみたり、オシッコをしてみたりしても現実なんで、毎晩毎晩、東西に歩いてみたり南北に歩いてみたり、徹夜でパリの街を歩き回った。夜中に歩いてて、街角へくるとプラックという町名を書いた標識板が張りつけてある。

「あっ、ここはバルザックのあの小説に出てくる街だ」

とか

「これはサルトルの『自由への道』のあそこにあった場所だ」

とか、そんなことを思い出して、わくわくしながら歩きつづけた。ぽつん、ぽつんと街角に、森の中のキノコの家みたいに深夜営業のキャフェが店に灯をつけていた。焼栗《やきぐり》を買ってオーバーのポケットに入れ、それで手を暖めながら歩き、焼栗を食いながら歩き、キャフェに入ってその焼栗をさかなに白ぶどう酒を飲む。それが、うまいんだなあ。日本の栗のようにはねっとりしてないんだ、あの栗は。むしろ、ぱさぱさしてる。それが、白ぶどう酒のよく冷えたのの辛口にぴったりくる。パリの街ではいろいろ感心させられたけれど、学生街の一杯八十円か百円くらいの酒のうまいのには、びっくりしたり感心したりだったな。

けれど、こういうことがある。なにしろ初めて外国へ行ったとき、私にはすでに世帯があり子供があり、世間知も積み、サラリーマン生活もやり、いろいろな垢《あか》がついてしまっていた。だから、長い間、憧《あこが》れていたパリへ行って、キャフェの椅子《いす》にもたれて若い女の子のスカートが揺れるのを眺めてても、そのスカートの奥がどうなってて、何があって、それに手を伸ばしたらどうなるか、頭で先に組みたててしまう。ちっとも面白くない。やっぱり旅というのは、若くて貧しくて、心が飢え、感覚がみずみずしいときにすべきなんだと、つくづく思わされたな。

……まあ、そうして子供のときからの夢だった日本脱出——この場合は擬似脱出を部分的に一応、実現したわけなんだけれど、いまだに旅心がやまないというのは、どういうことだろうか？

三十すぎてから、私は何か熱病にとり憑《つ》かれたみたいに、チャンスがあれば外国へ出るようになった。出れば必ず、パリに寄る。帰るときは南回りにしてね。

なぜ、南回りで帰ってくるのか？

ヨーロッパ、それも北欧あたりの福祉社会主義の非常な発達ぶりを見せられて、日本はまだまだ駄目だと思ったりする。その後、南回りで帰ってくると、途中、貧しい国ばかりだよね。物産は豊かだけれども、社会生活はとことん貧しい。それで、東京へ帰り着いたところは、ちょうどバランスがとれている。出発するときは北回り、帰りは南回りという世界一周をやってごらんなさい。振り出しに戻ったようなかたちになって、まあ、こんなものかという気持ちになるな、日本を見る目がね。

先進国といわゆる開発途上国を旅行者の目から見て、何がいちばん違うかといえば、先進国では人びとの生活というものは扉の内側にある。窓の内側にある。ところが、南半球の国では、人生——誕生から死までが、食事もセックスも含めて、路上にある。この違いだね。日本は中進国だから、夏は野外で、冬は屋内かな。

北と南の差といえば、こんな経験をした。スイスのジュネーブにいたときに、用事があってタクシーを呼んだ。そのタクシーの運ちゃんが

「途中でちょっと、家へ寄ってもいいですか？」

と言うので

「どうぞ、どうぞ」

それで、その運ちゃんの家へ行った。そしたら彼の家、庭に桜桃の古い大きな木が二、三本立ってて、芝生がずっとあってスプリンクラーがくるくる回ってってね、小ぎれいな二階建で地下室もあるんだ。そして車庫を見ると、ベンツが一台ともう一台、何かがある。自家用の車がベンツ、タクシーもベンツ。五百年平和がつづいて、火事

もなく地震もなく、先祖のままに財産が受け継がれたなら、こんなに豊かになれるものなのかと思ったな。あれ見ちゃったら、その後、運ちゃんに「あっち行け、こっち行け」なんて言えなくなって、「すみません、あっちへ行っていただけませんか……」そんな感じの物の言い方になって、すっかりぐんなりしたの覚えてる。オレたち、貧しいんだな。

ところが一方、サイゴンで暮らしていて、たとえばサイゴン大学の学生を通訳に雇うでしょ。それで話をしてて、「私の家は二階家で、女房が二階、私が下で暮らしてる。女房は私を罵《ののし》りたいと、二階から怒鳴るんだけど、直接、私を罵るんじゃなく、階段の下にいる猫に怒鳴るかたちで、私に聞こえるようにやるんだ」

というような与太話をすると、相手は女房の作戦などにはさっぱり関心を持たないで、「ああ、ミスター開高の家には二階があって、自分の部屋もあるんですねえ」と言って、恍惚《こうこつ》とした憧れの眼差《まなざ》しで私を見てるのよ。ちょうど私が、ジュネーブの運ちゃんの横顔を仰ぎ見ていたみたいな調子でね。あの辺は家族は多いし、家は小さいし、自分の部屋なんてないしね、その大学生の言うのも無理ないなあと思ったりしたな。

北回り、南回りをやってると、そんなことが心の隅に引っかかってくる。引っかかるものがなかったら、旅はだめになる。

何かを取材するためにテーマを持って旅行しだしたのは、アイヒマン裁判のときからだった。裁判を傍聴して、そのレポートを文藝春秋に送るという仕事だった。

それ以後、大出版社やら大新聞社の移動特派員というライセンスをもって、外国旅行をすることが多くなった。移動特派員、ジャーナリストだというライセンスなり、名刺なりを持っていると、ふつうの観光旅行では行かれないような戦場へも行けるし、それから予約で満員になっているはずのオペラ座の席がにわかにとれたり、いろいろ特権があることがわかって、原稿を書かなければならないのは苦痛だけれど、特権で味わえる果実の方が大きいものだから、以後、そうして今日に至るんだけどね。

小説家が旅行する場合、たとえば何かの小説を書いているとする。それで、パリのあいまい宿の壁にあった南京虫《ナンキンむし》の血の色はどんな具合いだったかしらとか、枕《まくら》スタンドは裸電灯だったか、それともアール・ヌーボー式の朝顔型だったかしらとか、それがわからなくなって、調べに行こうとかというかたちでパリならパリへ行く。これならいいんだけれど、何か小説のネタはころがってないかという意識で、ネタ拾いに行くつもりでパリへ行っても、何も拾えないし、見えてこないものなんだ。

そんな意識なんぞ持たず、自然体の構えでふらふら、ぶらりッと出かけていくと、耳に入ってくる、目に見えてくる、心に残るものがいろいろ出てくる。いったい、これは何だ。猫に似てると思わないか。猫は黙っていると傍《そば》へ寄ってくる。ところが、タマやっと言って呼んで、声をかけて手を伸ばすとつっと逃げていく。そういうところがある。傑作というものの幻影と似てるんだな。胸の中で思ってるうちは、傑作がある。自分の体の中に入っている。書き出しにかかって、傑作をものしようと思うと、どんどんペン先から逃げていく。それに似ているな。

もっとも、自然体の構えでふらふら、ぶらりとはいえ、無目的というのとは違う。無目的な旅というのは、言葉として存在するだけだよ。つねに何か期待してるか目指してるか、そういう心の動きがどこかに何かあるんじゃないのかな？　それがバネにならないと、人間というのは旅に出ないんじゃないかしら――もちろん、流れていく雲が見たいためだという動機だっていいんだけど。

似たような意味で、私は人間嫌いのくせに、人間から離れられない。ただ、人間嫌いだけになってしまうと、小説なんて書く必要がないよね。小説家というのは、どんな悪魔的な文学、どんなに冷酷無残、どんなにニヒリスチック、ペシミスチックな小説を書こうとも、ものを書いてるかぎり、彼はヒューマニタリアンさ。なぜなら、彼の書く文字というものは人間につながっているから。彼が意識してないとしても、誰か他者に向かって何ごとかを訴えているんで、訴えているかぎり、彼は絶望者であるとはいえないわけだ。だから、絶望という名の希望をどこかに持っているんだということになる。これが認識論の出発やな。

だから、文学には絶望ということはあり得ない。もし、ほんとに彼が絶望するなら、何も書かないはずだ。そういうものだと思うよ、うん。ほんとの泥棒の名人、スリの名人というものは、ついに世間に名を知られることなく去っていく。それに似たところが、ちょっとあるんじゃないか。真の絶望者は、何も言わない、何も書かない……

元へ戻って、それでまあ、六〇年代に入ってからはあちらこちら、のべつ戦争を尻《しり》に火がついたみたいになって追いかけ回してた。こういう厄介ごとばかり追いかけ回す奴《やつ》のことを、トラブル・シューターというそうだけど、私はだからトラブル・シューティングに耽《ふけ》ってたわけ。それで自分は、血の臭《にお》いのするところには必ず姿を現わすんだ、オレはハイエナだ、ハイエナは猛獣なんだゾ、と自分に言い聞かせて、ハイエナ振りに徹しようと努力してたこともあった。

ところが、日本人は本来が草食動物であるせいか、どうも腹にもたれていけないんだ。戦争、テロ、軍事裁判、いろいろ見て歩いたけれど、ある日、突然、気がついてみると、それを描写するヴォキャブラリーの貧困にわれながら呆《あき》れてしまった。たとえば、サイゴンでテロがある。ホテルにいても下宿でも、ジャンと鳴ればさっと駆けつけられるようにしてて、そしていつでも駆けつけてた。どんな無残なレストランやバーの現場でも、私は必ず見に行った。のちにヴォキャブラリーの貧困に気がついたから、私はそれを文章にはしないことにしてたけど、自分の内心で書こうとすると、ほとんどのテロが、発想も形容詞もみんな同じになってしまうんだよ。これでは、いけない。交通事故を描写するのと同じじゃないか。交通事故を追っかけ歩いたってしようがないだろう。そういう気持になってきた。

難民収容所へ行ってみても同じだった。ガザストリップだとか、ビアフラのキャンプだとか、いろいろな難民収容所があったし、難民収容所と同じような村落もたくさんあったよ。それをまた描写する文章、ヴォキャブラリーも、これが貧困なんだなあ。結局、やっぱり日本人の精神がまだ草食動物的なところがあって、私にもそれがあるんじゃないか。血の臭いにすぐ飽いてしまうというのか、もたれてしまうというのか、くたびれてしまうんだな。

それと、自分は異邦人だ、よけい者なんだ、ハイエナなんだゾ……そう、いくら気ばってみても、たとえばヴェトナムの農村で朝、地雷に引っかかったとか、機関銃でやられたとかで、農民がごろごろ転がしてある。目の上を蝿《はえ》が這《は》い回っている。傷口の中にも、もう蝿が卵を産みにかかっている。それから、家を焼け出されて泣きながら逃げていく難民の親子がいる。傷ついて泣いているお婆《ばあ》ちゃんがいる。そういう光景を、私は五体満足のままで上から見おろしているわけだ。私の目は、あの人たちの目と同じ高さにはないわけなんだ。この一種のやましさが、どうしようもなく心にわだかまる。援助する目的もない、助ける手段もない。ただ、見るだけ。これは非常に胸苦しいよ。

しかし、そのうちにあるとき、ゲーテの言葉を読んだ。ゲーテがやっぱり、戦争の現実のことをいろいろ書いてて、それをまた観察する人間の立場のことも書いている。こう言うんだ。

「戦い合う当事者は、人間的にはなれない。真に人間的なのは、第三者の傍観者である」

戦い合う人間は、悪魔にならなければ戦い合えない。殺し合いができない。だとすれば、人間的になれるのは傍観者だけではないか。ゲーテのこんな言葉があって、私はちょっと救いを感じた。が、おそらくゲーテも、どこかで自分の目の高さと犠牲者の目の高さとが違うことについて、苦しんだことがあったんでしょう。その言葉を知ってからは、犠牲者が見えないものも、観察者の目には見えることがある。それが胸苦しさを感じさせるんだ、と思うようになりましたね。

そんな風にして取材旅行がつづいていたけれど、地名、人名、数字など必要なことは、ちょっとポケットの中のマッチ箱の裏やハンカチの隅、ときには掌《てのひら》などに書きとめ、それから綿密なメモをとっていた。しかし、それを後から読み返してみると、非常に綿密ではあるけれど、何となくエッセンスが抜けているような気がする。絵に描いた餅《もち》のような気がする。竜を描いて目を入れてないような気がする。仏つくって魂入れずというところがある。

そこで考え直した結果、もういっさいメモはとらない。地名、人名、数字などでどうしても欠かせないものは、まあマッチ箱やハンカチに書きとめるけれど、後は自分の心に残ったもの、耳と目と頭、そこに引っかかって最後まで残されたもの、それだけを文章に書くようにしたわけだ。それがいいのか悪いのか、私にはわからない。読者が判断することだからね。しかし、私はそれでいいのだと思う。

旅でも同じだ、というのが私の考えだな。何でも記憶にとどめようと気ばって見て歩くと、物ごとの表面ばかり見ることになる。本質が見抜けなくなる。もちろん、触覚は敏感に働かさなくてはならないが、気ばれば触覚は動いてくれないんだ。自然体に構えて、それで触覚にひびいてきたもの、耳と目と頭に残ったもの、それがきみにとっての物ごとの本質だということになる。

もっとも、旅といっても、いろいろある。表通りと名所だけ歩いて、後は土産物屋というのも旅の一種だろうけど、私が言ってる旅はそういうものじゃない。外国人が日本にやって来て、神社仏閣とゲイシャ・ハウスを歩いただけで日本文化に触れたと言われたら、ちょっと困るなと思うのと同じで、たとえばパリで凱旋門《がいせんもん》とサクレクールとムーラン・ルージュを歩いて、シャンゼリゼを流したついでにフォーブール・サントノレのブティックで買い物をしただけでパリの文化にどれだけ触れられるか。

私の意見はこうだ。ルポルタージュを書くとか何かをどこかに発表するとか、そういう目的があろうとなかろうと、外国へ行ったらまずすべきこと――それはタクシーの運ちゃんの話に耳を傾けること。市場へ行くこと。それから土地の女と寝ること。寝なくてもいい、恋をすること。恋をしなくてもいい、買ってでもいいから寝るということ。それから、新聞の三面記事を読むこと。それから、その国の二流の小説を読むこと。これだな。その国の人びとのウェイ・オブ・ライフ、ウェイ・オブ・シンキング、ウェイ・オブ・フィーリング、それを知るためには二流文学の方がいい。一流の文学というのは、どんなにその土地固有のものを書いていても、普遍性に達している。その土地から離れ昇華されてるから、人間について悟れ、文学について悟れるけれども、その国、その土地を発見する助けにはなりにくいんだ。

私の場合、空港から街へ入ってホテルに入ると、まず水を飲むことにしている。それが水道の水であれ、ミネラル・ウォーターであれ、うまい水を飲むと、うむ、この旅はいいものになりそうだという、ほのぼのした実感に襲われるんだ。けれど、パリへ入って水道の水、飲んでごらん。これには、がっくりくる。がさがさだしね。全ヨーロッパがそうだけど……

ところが、街へ一歩出てエビアンでもヴィシーでもいい、よく冷えたのを買って、ごくごくと疲れた心で飲んでみる。のどの中が一瞬、光り輝くようになる。うむ、この街には何かいいことがありそうだという予感がしてくるな。

『オーパ！』行で初めてサンパウロへ着いたときも、まずホテルの冷蔵庫からミネラル・ウォーターをとり出して、飲んだ。カンポス・ジョルダンというやつだったが、あの水はすばらしかった。ああ、このブラジルは面白い、楽しい旅ができそうだと、ほのぼの期待が湧《わ》いてきたのを思いだす。

水の次が、屋台と露店。これが多い国というのは、人の心を、旅人の心をとても助けてくれる。あれがないと、淋《さび》しくていけない。シュペル・メルカード、つまりスーパー・マーケットというやつは、どこへ行ってもだめだな。あれは文明の産物で、文化の香りがないからだ。屋台、露店市、大道芸人、行商人、こういうのに出くわすと、立ちどまって食べたくなったり、いつまでも見とれてたくなる。そして、土地の人びとの肩と肩の間へ体をおしこんで、よくわからない言葉を聞きながら、同じものを食べる。あるいは、同じ芸を見ている。あるいは、同じ口上を聞いている。すると、人間というのは、どうしてこんなに同じなのかという気がする。そして同時に、人間というのは、どうしてこうも違うのかという気もする。その二つの認識が、旅の醍醐味《だいごみ》じゃないかな。

それと、酒だ。酒について言えば、やっぱりその国で飲まなければ、酒のよさはわからない。酒ひとつだって、あらゆるものが寄ってたかって造りあげてるんだから。蒸溜酒《じょうりゅうしゅ》でも、醸造酒でもそう。焼酎《しょうちゅう》であれ、ブランデーであれ、ピスコ、ピンガ、テキーラ、ウォツカ、ぶどう酒、セルベージャ、ビール、何を問わず、その国で飲むのが一番なんだ。

たとえばモスクワで、私はウォツカを毎晩飲んでたけれど、非常にうまかった。ポーランドではズブロヴカ、バイソン・グラスという香りの強い草の入ったウォツカだけど、これを飲んでいた。これが、うまい。けれど、その同じ酒を日本へ持ち帰ってから飲んでみると、三分の一も飲まないうちに悪酔いして、ベロベロになってしまう。

原因はどこにあるのか。向うは空気が乾燥してるとか凜冽《りんれつ》でとか、いろいろな理由が重なってそうなるのだろうけどね。日本では、湿気と気圧がもたれかかって皮膚呼吸を妨げているのじゃないか、そのためアルコールが内にこもって腐るんだというような、自分流の勝手な美学を私はたててみたけど、そんな美学はともかくとして、酒はその気候・風土でもっともうまく飲めるように造られている。それだけは間違いないのだから、外国へ行ったら、まず土地の酒を飲むこと、これだな。

もひとつ、食事。もちろん、日本料理店へ駆けつけたり、ホテルの食堂ですませたりするのでは、旅に出かけた甲斐《かい》もない。屋台よし、それから裏街の食堂よしだ。こんなとき、例のタクシーの運ちゃんが役にたつのである。日本でも、長距離トラックやタクシーの運転手の集る店は、安くてうまいということになっている。それと同じで、どこでも連中のたむろするところは、安くてうまい。タクシーの運ちゃんに

「あんたのいつもめし食う店へ連れてってくれよ」

と言ってみることだ。むろん、旅行中に一度くらいは大枚はたいて、土地の最高の店でそこの料理の最高をやってみるのもいいが……

私が釣りを始めたのは、もっぱら運動不足を解消するためだったけど、外国旅行のときも釣りをしながら歩くのは、いくつかの理由からだ。

釣りをすると人間、心が穏やかになるというけれど、釣れないときの心のいらだちを覗《のぞ》いてみると、まるでもう魔女鍋《なべ》みたいにぐつぐつ煮えかえっていてね、妄想《もうそう》、絶望、ニヒル、怒り、嫉妬《しっと》、邪推、卑劣、下賤《げせん》、下劣、淫猥《いんわい》、煮えくりかえってるんだ。けれど、魚がかかった瞬間、それはいっぺんに蒸発してしまう。その後、すっと目が澄んでくる。その感じがいいんだ。外国ででも同じだね、それは。

それから、外国で釣りをしていると、いろいろな階層のいろいろな人と知り合える。じっさい、東南アジアには釣りを介して知り合った知人がたくさんいます。これも効用のひとつだな。

それから、まだある。あるところで大岡昇平が俘虜記《ふりょき》ものを書いていて、捕虜収容所での感想の一つとして、現代文学のはなはだしい衰弱の一つの原因は、自然と人事とのコレスポンダンスを欠いているところにある。自然との照応のうちに人事を眺める、人事を自然の中に置いて眺めるという精神を忘れたがために、はなはだしき衰弱に落ちこんだのではないか、そう言っている。この説に私はまったく賛成で、日本の山川草木のようにくたびれ果てたものでも、やっぱり自然は自然なんだが、外国へ出たら、くたびれてない強い逞《たくま》しい自然の中に入ってみたいという気があるんだよね。それで、釣りをやる。ギリシャ神話のある英雄は、戦って全身、傷だらけになってばたッと倒れる。が、大地に手をついた瞬間、いっさいの力をとり返してまた立ちあがるでしょう。私自身が英雄であるかどうかは別にして、私にも手をつくその大地が要るんだ。大地、つまり自然がね。その自然に触れる手段が、釣りということでもあるわけなんだ。自然を知れば、都会を見る目も変ってくる。都会だけしか知らないと、衰微していくだけだからね。

自然が近い都会という点で、私はいまニューヨークに興味があるな。あそこは一歩あのソドムの外へ出れば、キャッツキル・マウンテンがある、大西洋がある、オオマグロが釣れる、もの凄《すご》いスズキがマンハッタンの鼻先で釣れる。それと、あのソドム、ゴモラ、バビロン、その生活とが共存している。非常に若く、同時に非常に古い。新鮮さと腐敗とが、若さと老いとが、円熟と浅薄、軽薄とが、渾然《こんぜん》一体となっているかのように見えるんだ。もっとも、そう思うだけで、ほんとは違うかも知れないけど、私はまだアメリカ本土へ行ったことがないのだから、想像するしかない。アメリカなら、いつでも行けると思ってるうちに、うかうか今日までなってしまったわけだ。若いときに、ニューヨークのヴィレッジあたりで貧しい身分で住んでみたかったな、と痛切に思うね。パリもいい。パリもいいけど、ニューヨークの方が私の性に合うような気がするんだな、いまは。若いとき、独身で、貧しく住んでみたかったなあ……

年をとって悔いてみても、もう遅い。若い人は、私にとってのニューヨークやパリのようなところを探して、思いきってやってみることだろうと思う。いい旅、いい経験をしなさい、若いうちに。

旅について、こういう言葉がある。

「旅は船であり、同時に港である」

もう一つ、いい言葉があるんだけれど、いま小説の題にしているものだから、ここに書くわけにはいかないんだ。真似《まね》されると困るし。男の本質を告げ、かつ旅の本質をついているせりふなんだけれど。いいだろう。「漂えど、沈まず」

ラテン語で

FLUCTUAT NEC MERGITUR

という。古い、古い、古い時代からのパリのモットーなのだ。言いえて妙だとは思わないか。パリが誕生してから五百年か六百年、あの街の歴史を見てごらんなさい。風にうたれ波にもまれ、しかしその歴史は、「漂えど、沈まず」という一言に、見事に要約されているじゃないか。男の本質、旅の本質は、まさにこれなのだ。

（54・9）

ニューヨーク、この大いなる自然

道の上のＮＹ

この国に来るのもはじめてならこの市に来るのもはじめて。何もかもはじめて。東も西もわからず、ハドソン河とイースト河のけじめもわからない。そういう日本人の、中年の、一人の、一見紳士風の小説家がホテルからつれだされて地下鉄につれこまれ、スプレイの落書の百家争鳴、百花斉放ぶりにホホウと右の眼で驚嘆する。かつ左の眼は油断なくキョロキョロと乗客を見わたして、盗まれはしまいか、襲われはしまいかと、くまなくガンをとばし、なおもう一つ、さりげなく右手をお尻《しり》の下に入れて後門を防衛する。アジア人は肌が美しいのでよくホモに狙《ねら》われる。中年だからといって油断はできない。サウナ、公衆便所、チューブなどはとくにジャングルである。ジャングル戦の要諦《ようたい》の一つは木の葉一枚一枚を敵の眼だと思えということにあると聞くが、それはこの町でもまったくおなじことで、いつ、どこから、何が狙っているかしれないのだ。いいですか。わかりましたね。ホテルで事情通氏にくどくど無数の実例をあげて特訓をうけてでてきたので、小説家は世界で一番安い乗物と折紙のついている古鉄の箱に揺られつつ、右の眼、左の眼、右の手、左の手、それぞれ別種の意識をかよわせて、しかし全体としては悠閑《ゆうかん》を愉《たの》しみつつある博雅の東洋の紳士をよそおっていた。背広の胸のポケットには、これまた事情通氏の入智恵《いれぢえ》で十ドル紙幣が二枚入れてあるだけである。たくさんでもいけないが、ゼロでもいけないという特訓であった。

地獄巡りの案内役の柔道六段のヴェルギリウス氏が、ある駅にくると、ここです、おりましょうといって、サッと席をたつので、すかさず小説家もサッとたつ。プシューッとドアが開くと、ヴェルギリウス氏がサッと出る。小説家はキョロキョロそわそわしながらもサッととびだす。とたんにむわあああッと、雲古の匂《にお》い。御叱呼《おしっこ》の匂い。アジア人種のは塩辛くて酸《す》っぱいが、この市のそれはコカ・コーラとハンバーグのせいだろうか、塩辛くて酸っぱいうえに何やらねっとりと悪甘く、かつ、しつっこいのである。それが一本の柱のかげ、一枚の壁の暗がりというのではなく、あらゆる柱、あらゆる壁、あらゆる階段、何やら薄暗い、荒涼とした、そのあたりいちめんに、むんむんたちこめ、ツンツンと匂うのである。その悪臭の濃霧のなかには古くて腐って醱酵《はっこう》した澱《よど》みにまじって、三本か四本、たった今放出したばかりの新鮮な熱を帯びた航跡もいきいきとうごいている。アスファルト・ジャングルの樹液。嘲罵《ちょうば》の果汁である。

たじたじとなりながらも小説家は

「やるなァ」

何やら愉しげに叫んだ。

柔道六段氏は薄笑いしてふりかえり

「かなりなもんでしょ?!」

何やら誇らしげである。

ごみごみネバネバした階段をのぼって地表に出ると、そこがタイムズ・スクェアであった。このあたり一帯はセックスとネオンの氾濫《はんらん》で、狂騒と華麗の乱舞だが、最初の一瞥《いちべつ》を奪われたあとで、つぎに眼に底を入れて見直してみると、意外に貧しく、つつましやかで、垢《あか》じみている。ポルノ映画館、ライヴ・ショウ、性具店、軒並み、つぎつぎと、無数にひしめいているが、舗道はひび割れ、あちらこちらに汚水が溜《た》まり、ゴミが散乱していて、そこにただようユーモア、活力、哀愁などは、東南アジアや中近東や南米諸国の市場界隈《かいわい》のそれらとまったくおなじ根のものであった。なつかしく、放埒《ほうらつ》で、かつ、つつましやかであり、無飾、無限定の活力がすべてを包容し、とりこみ、傷つけずに吐きだしている。爛熟《らんじゅく》や頽廃《たいはい》などはどこにもなく、ただ率直と哀愁がある。そして、ヨチヨチと歩いていくと、電柱、ゴミ箱、串焼肉《くしやきにく》の屋台、トウモロコシ焼の屋台、エロ小屋の呼びこみの人を小馬鹿《こばか》にした黒人のおっさんの野太くあたたかい咽喉声《のどごえ》の叫び、すべての、あちら、こちら、表から、裏から、ときには濃くネットリと、ときには淡くツンツンまじりにはんなりと、あの雲古の匂い。御叱呼の匂い。どこまでも。

「……パリにそっくりだ。セーヌの橋の下や学生町の裏通りはみんなこの匂いです。ニューヨークに来て第一日めに嗅《か》ぐのがシャネル5番の匂いでもなければ焼きたてのパンの匂いでもない。これは意外だ。おどろきましたね」

「パリってそんなに御叱呼くさいんですか?」

「そう。鼻を持ってる人にはそうです。わからない人にはわからない。ゴォロワ精神といってね、フランスの長い伝統から来てるんですよ。立小便はね。極度の洗練と極度の放埒は一致するんです。自然らしさをあくまでも尊重する。その精神からくる。威張ったり、ツンと取澄したりしてるやつを見ると、ムラムラッとからかいたくなる。あれだ。あの精神です」

「ニューヨークには公衆便所が少い。その上、公衆便所にはホモのこじれたのが待伏せしていて、お尻のいいのが入ってくると、口説きにかかったり、おさえこんだりするから、あまり近寄らないほうがいいということになっています。だから、せっぱつまったのは電話ボックスにとびこんで、どこかに電話をかけながらジャアジャアとやっちゃうのがいます。珍らしいことじゃないですよ。どうです、ひとつ、やってみませんか？」

「いずれそのうちにやってみましょう」

「おつきあいしてもいいですヨ」

中年の柔道六段氏は放浪の皺《しわ》のなかでにがく微笑し、小説家は妄想の蒼白《あおじろ》い肥肉のなかで塩っぱく微笑し、エロ小屋のライヴだ、リアルだ、ホットだという呼びこみの野太い叫びのなかを人におされるままに流されていった。

＊

さて。

〃先進国〃と〃途上国〃という単語が日本の新聞や雑誌ではすっかり定着してしまったが、この二つは他の無数の慣用語句とおなじく英語からきている。英語でも直訳して〝発達した国〟というのが日本語では〝先進国〟となり、英語で〝発達しつつある国〟というのが日本語で〝開発途上国〟となるのである。英語にはズバリと〝後進国〟という単語があるのだけれど、それを口にするとたちまち民族主義につきあげられて卵をぶっつけられるか手榴弾《しゆりゆうだん》を自動車にほりこまれたりするから、いつ頃からか、誰いうともなく、いんぎんに〝発達しつつある国〟と会釈《えしやく》する習慣となった。これを日本語になおすと〝途上国〟となるのだが、混沌《こんとん》たるニューヨークの路上をアトムなして漂えるかの悠閑博雅の東洋の一見紳士風の小説家、すなわち私は、かねがねこの訳語に感心している。〝先進国〟と〝途上国〟を何によってけじめをつけてよいか、周到緻密《ちみつ》の精神と感性でもし立向かうならば、この二語はたちまちその場で瓦解《がかい》もしくは霧散してしまうのである。しかし、三十歳以後ほぼ二十年になろうとする私のぶらぶら歩きの見聞によると、旅人の初発の一瞥による辨別《べんべつ》では、ふつう〝先進国〟とされている諸国では人生が家のドアと、窓と、壁の内側で進行しつつある。しかし〝途上国〟とされている諸国では、〝生〟の様相のすべてがとまではいわないにしても、おびただしくが、路上でつぶさに目撃できる。苦。労。病。愉。笑。飢。哀。訴。諦《てい》。死。生の諸相のほぼすべてが路上でまざまざと目撃できる国である。昨今、乱脈と浅薄のかぎりをつくしている日本語も、この一語については、暗合とはいえ、みごとである。つくづく感心しちゃう。

ニューヨークは先進でありつつ途上である。サットン・プレイス・サウスあたりの高級マンションを通りがかりに一瞥すると、一階のロビーには澄みきった北方の湖のような大理石が敷きつめられていて、それを見ただけであとの想像をすべて放棄したくなる。同時にバウワリーあたりのゴミ箱のかげで酔いつぶれている白人乞食《こじき》、黒人乞食となると、人間というよりは悪臭にまみれた古肉の雑巾《ぞうきん》であって、これまた一瞥しただけで何が彼らをこうしちまったのか、あとの想像を放棄したくなる。富者については想像をたてようとすればするだけ自分のみすぼらしさが痛感されてイヤになる。貧者についてはこれまたあれこれと想像をたてようとすればするだけ自分があさはかなのであるまいかと感じられてくる。両極端のどちらに立向おうとしても、とどのつまり得られるのは朦朧《もうろう》だけである。どちらもが声低く私を濃霧のかなたでせせら笑っているように感じられてくる。どこか一点でたちどまりたいがために無限に走りつづけねばならないような、とらえようのない二律背反に、やがておそわれて、とどのつまりは、一瞥の旅人であり、そうであるしかないのなら、ただ見るままに眺め、感じるままに感じて、そして去るしかあるまいと思えてくる。私の専攻科目である釣りでこれを説明してみると、つぎのような目撃に似た感触である。春の産卵期のブラック・バスの親は自分の産んだ卵のそばにつきっきりでたえまなくヒレをうごかして新しい水を卵に送ってやり、外敵や異物が侵入するとたちまち大口あけて嚙《か》みつき、頭突きをくらわし、尾ではたいて追っぱらう。その姿を見ると誰しも感嘆せずにはいられないだろうと思う。しかし、もうちょっと観察をつづけると、それほど寝食を忘れて必死になって守ってやった卵なのに、それがかえって幼魚がはじきだされてしばらくたつと、バスの親は、必要に迫られれば平気で大口あけて自分の子を呑《の》みこむのである。そこであなたは、無言のうちに、うなだれることとなる。ちょっと次元と表現をかえれば人事もまたおなじだと悟ることとなる。昨日の精妙と今日の乱脈からくる私の混乱と混沌、その感触は、ニューヨークそぞろ歩きの感触にそっくりである。

＊

湖のように澄んだ大理石の内深くに棲《す》む人のことは察しようもないから、私は途上国人としてのこの市の市民の風貌《ふうぼう》と姿勢をかいま見るままに道を流れていく。鋼鉄とガラスと白色セメント、無数の方眼紙状の窓を持った巨大構築物のすぐ裏や、となりや、道ひとつをへだてたあたりに、くすんだ、煤《すす》だらけ、皺まみれ、よれよれの老朽倉庫、アパート、ビル、しばしば掘立小屋、ときには草ぼうぼうのゴミだらけの空地がある。垢と、ヒゲと、ボロにくるまった、たくましい、または衰弱しきった男たちが、フルトン魚市場ではよたりかかった魚をスコップですくって秤《はか》りにのせる。黒人の老若男女が一人一人トンチンカンきわまる服装をしながらも不思議に精妙にみごとな型と身ごなしで貧しい町角をかすめていく。ボロ雑巾のような酸っぱい古肉がゴミ箱のかげで紙袋にかくしたウィスキー瓶《びん》から一口すばやくラッパ飲みして寝返りをうってアスファルトにじんわりとけかかる。ブツブツ口のなかで何か呟《つぶ》やきつつ凄《すご》い眼つきで後じさりに歩いてくる若者がいるので、これはほんとの気ちがいだと思ったら、柔道六段氏がやんわりと、あれはブロードウェイ界隈の役者で科白《せりふ》の練習をして歩いているのであって気ちがいではないという。ワシントン広場へいってみると、夏の黄昏《たそがれ》のなかで、あちらではバルカンのメロディーで一群の男女が盆踊りをし、こちらではカリブ海のカリプソのメロディーでステップを踏んでいる一群がある。無言の手品で空中から炎をつかみだしてみせる黒人の若者がいる。四重奏団がいる。三重奏団がいる。たった一人で絶叫している娘がいる。

一人でむっつりだまりこんで歩いているポリスをつかまえてたずねてみると、彼は純白のTシャツの下に防弾チョッキを着こんでいて、みんながめいめい好きなようにたのしめるように私はウォッチして歩いてるんだ、ポリスは好かれないジョブだからオレは猫のような足で歩くんだが、どこからともなく射《う》たれるというのは気持よくないなという。あちらの木立ち、こちらの茂み、一嗅ぎでそれとわかる甘ったるいマリファナの匂いの航跡が入り乱れている。たった一人でバケツと古鍋《ふるなべ》とドラム罐《かん》をたたいてディキシーを歌う中年の黒人がいる。蒼白《あおじろ》い道から影へ、影から道へ、ローラースケートやスケートボードに乗った娘や少年が閃光《せんこう》のように明滅する。ヨーロッパ、ギリシャ、スラヴ、アジア、インド、アラブ、アフリカ、西インド、あらゆる人種の老若男女の顔を眺めていくうちに私はこれまでに見た無数の映画の主役や端役《はやく》にそっくりの顔をつぎつぎと発見して呆《あき》れてしまう。グランド・セントラル・ステーションの地下のオイスター・バーではすぐ向いの席にピンク縞《じま》のパジャマみたいなシャツを着たキッシンジャーが、すっかり満足した、ちょっと安っぽい眼つきでハマグリのスープをすすってとろんとなっていた。レキシントン・アヴェニューではトルストイのようなヘヤー・スタイルのラヴィンドラナート・タゴールが深淵《しんえん》そのもののまなざしで無言のうちに通行人にセックス・クラブのチラシを配っているのを見た。この魁偉《かいい》な容貌の巨人は、ひょっとすると、昼のうちはどこか貧民街の裏の空地の掘立小屋にたれこめて両手をうったら右か左かどちらの手が音をたてるのだろうかという禅の公案を考えて瞑想《めいそう》にふけり、夜になるとひもじくなってアルバイトに這《は》いだしてきたのかもしれなかった。

舌の上のＮＹ

アラスカの荒野の氷雨《ひさめ》だとかユタの砂漠湖の酷暑だとか、いずれもその道の一級品の荒業にしごかれて釣りをし、または釣りができなくて苦しめられる。そのあとは自動車で炎天下のハイウェイを一日に五百キロか六百キロ走る。ハンバーグを食べてモーテルにころげこむとそれだけで四十九歳の一日の予定分の体力が尽きて、ベッドにとびこんだはずみにどこかでカチャンッと音がしてゼロ・マークが出るようである。明けても暮れても、毎日毎日、これの連続である。ひたすらこういう暮し方で南下の一途をつづけると、七カ月めに入った某日、チリーの砂漠のなかで自動車のメーターが四万キロをさした。これは赤道部分での地球一周のキロ数でもあるとのことである。ハンバーグ、ピッツァ、スパゲティ、フライド・チキン、ときどきビフテキ。いずれも大味でパサパサか、ぐんにゃりのびてるか、巨大なことは巨大だけれどオツユがなくてパルプそっくりの歯ごたえだとか、そんなものばかりである。この国の少くともハイウェイ沿いや地方都市に関するかぎり、味覚らしい味覚は期待してはいけないと、つくづくさとらされる。しかし、いっさいの欲望を漂白しぬかれた旅では食べることと寝ることという二大元素だけが生きのこって私に憑《つ》くので、今日どんなにひどいものを食べても明日はひょっとしたら何かがあるのじゃないかと、疲労困憊《こんぱい》のさなかでも想像は生きのびていくのである。この執拗《しつよう》と変幻ぶりにくらべると人の一生のうちで〝食〟の右にでられるものといっては〝眠〟のほかに何もない。食べて、寝て、さめる。あとの一切のムズムズはその二つが確保されたあとではじまる。

そこで私としては町を出たとたんに名前を忘れてしまうような田舎町のハンバーガー・ショップにすわりこんで、どうやら粗衣・粗食・粗××に一生甘んじつ黙々と働らいて消えていくらしい、たくましい体格の男たちが、ゆっくりと夏の午後のなかをよこぎっていくのを窓ごしに眺めやりつつ、何千キロも前方にあるこの市のことを思いやり、よし、ニューヨークへいったら食べてやるぞと、ひたすらそれだけ思いつめて憂鬱《ゆううつ》の腐蝕《ふしょく》に耐えた。目玉焼、トースト、ハンバーグ、スパゲティ、ピッツァ、ビフテキ、フランス料理、ギリシャ料理、ロシア料理、そんなものは一切合切おことわり。ただチャイナ・タウンへいって中国人客がたくさんしょっちゅう出入りしている店へいくこと。日本料理店を見つけてシーツのようにパリパリした海苔《のり》で巻いた中トロの手巻の鉄火にかぶりつくこと。それからニューヨークを洗う海でとれたカキやハマグリをあくまでも生《なま》で食べること。この三つである。これが聖三位一体である。何日滞在できるかわからないけれど、この三つ以外には何が何でも手をださないぞ。

そこで、まず、白人種で貝類を生食《なまぐ》いするのはフランス人とイタリア人であるが、フランス料理店はシックで気取ってるだろうから屋台風の気さくなのはイタリアンにかぎると考え、柔道六段氏に教えられて、リトル・イタリーの角店の『ヴィンセンツ』へいった。店は入口も内部もゴミゴミして垢じみていて見るからにこれはよさそうだと愉しい予感が湧《わ》いてくる。ここにもぐりこんで、ブルー・ポイントのカキを一ダース。スカンジリという小粒のサザエみたいなのを蒸してコマ切れにしたのへ熱くてピリッと辛いミートソースをかけたの。つぎにカラマリ。これは小さなイカをサッと油で揚げたのにレモンとコショウ。トスカニーニのように立派な顔をした銀髪の給仕がよれよれの白服を着て皿を持ってきてくれる。ハ、と恐縮し、けれど手はすばやくカキの殻をつまみとる。たちまち十二個、消えてしまい、茫然《ぼうぜん》となる。しかし、つぎのスカンジリとカラマリはいずれも凡庸である。悪くはないけれど演出がまちがっている。素材はいいらしいのにテーマと演出がいけないらしい。この国の食べものではよくそういう局面に出会うのである。東西と南北に極大に膨脹し、太平洋と大西洋とメキシコ湾に海岸を張りだし、内陸部は砂漠、肥土、牧草地、森林地帯、山岳、湖《こ》沼《しょう》、あらゆる地層と地相を持つ大陸なのだから、獣肉、魚肉、野菜、果実、あらゆる天産にめぐまれているはずなのに、ひたすら料理が下手だということだけのためにあらゆる外国人旅行者にバカにされるということがある。

ブルックリンの海岸に〝シープス・ヘッド〟(羊の頭)というところがあり、その海岸通りに何軒もイタリア名前のクラム・バー(ハマグリ料理店)が並んでいる。その一軒の『ランダッツォ』という店にふらりと入る。リトル・ネック、チェリー・ストーン、スカンジリ、ブルー・ポイント、ハマグリ類だの、カキ、巻貝、たくさんある。『リゴレット』の何幕目かで一曲を朗々とバリトンでやってのけそうな八字ヒゲのでっぷりしたおやじが家長らしき威厳を肩のあたりに漂よわせて悠々《ゆうゆう》とした足どりでバーのなかを歩いている。リトル・ネックとチェリー・ストーンを一ダースずつ頂《ちょう》戴《だい》ナというと、おやじは若いのを顎《あご》でしゃくって殻を剝《む》かせる。塩、コショウ、ケチャップ、タバスコなどの小瓶をつぎつぎと押出してよこし、パンパンに張りきったレモンをスパスパと切ってよこす。

「日本人か?」

「そう」

「支那《シナ》人かい?」

「日本人だよ」

「日本人は魚をよく食べるんだってナ」

「そのとおり」

「魚を生《なま》で食うんだってナ」

「そのとおり」

「特別な料理があるんだって？」

「サ、シ、ミ」

「フム」

かわいいハマグリの淡桃色を一刷《は》きあえかに刷いた、白い、むっちりとした肉、それにレモンをしぼりかけると、キュッとちぢむ。オツユをこぼさないようにそろそろと口にはこび、オツユも肉も一息にすすりこむ。オツユは貝殻に口をつけて最後の一滴まですすりこむ。ムッツリだまったままつぎつぎと一ダース、二皿で合計二十四コ。我ながらいささかあさましくなる貪婪《どんらん》さでしゃぶっちゃ捨て。しゃぶっちゃ捨て。口がきけない。ときどき出るのは〝！〟か、〝。〟としての吐息ばかりである。〝。〟はいつともわからない。ふと眼をあげると、ランダッツォ氏ははじめて女を買って童貞を卒業して帰宅した息子を見るようなうっとりしたまなざしでこちらの手元を見ている。

そりゃそうだろう。客が夢中になってくれることぐらい店主にとってしあわせなものはないだろうテ。

一休みしてさきの話のつづき。

「日本人は魚を生で食べる。ほとんどの魚を生で食べる。ソージャ・ソースと、ワ、サ、ビという日本のホース・ラディッシュをつけるだけ。この世でいちばんシンプルで、だからいちばんむつかしい料理だよ。魚を生で食べると力がつく。肉を食べるより力がつく。そこで恋をすると、すぐに子供が生まれる。イタリアでもおなじでしょ」

よたよたとカタコト英語でそんなことをいうと、ランダッツォ氏は最後で顎《あご》をそらして大笑いをし、つぎにひどくむつかしい顔になってどこかへ消えた。何人の子持なんだろ？……

＊

ある朝早く、こっそりとホテルをぬけだしてタクシーをひろい、チャイナ・タウンへいく。ガラスと鋼鉄と白色セメントと古ビル、よたよたアパート、おんぼろ倉庫などのひしめく未明の町には、そこかしこ、去りがての夜がピチピチした朝とひっそりせめぎあい、乞食が何人となく亡霊のようにさまよっている。精力と誇りにみちたこの市がもっともつつましやかで謙虚であるたまゆらの時刻であるのだろう。不潔で、ゴミゴミして、紙屑《かみくず》と汚水がいたるところに光っているチャイナ・タウンで車からおり、あてずっぽに、もっぱら眼と鼻と第六感だけでさがして歩く。こんなに早くからこのタウンはもう眼をさまして湯気をたてたり、炎を天井まであげたり、口いっぱいに叫んだりしている。昧爽《まいそう》と猥雑《わいざつ》、親愛と不潔、栄養と不逞《ふてい》がひしめきあうのはサイゴンもニューヨークもチャイナ・タウンではまったくおなじである。とある一軒の、蒸籠《せいろう》からもうもうと湯気のたっているのが窓ごしに見える店のまえに来かかると、たまらなくなってとびこんだ。床《ゆか》には鶏の骨が散らばり、デコラ張りのカウンターはびちゃびちゃ濡《ぬ》れているが、ヨタヨタの北京《ペキン》語で粥《かゆ》はあるか、油條《ユーチャオ》はあるか、焼売《シューマイ》はあるかと、そそくさたずねると、よごれっぱなしの出ッ歯の細目がものうげに自信満々、何でもあるよと、どなりかえす。そこで魚片の入った熱アツの粥をたのむとうれしいことに香油（ゴマ油）を一滴ふりかけてくれた。油條をちぎりちぎりその粥に浸し、香菜（コエンドロ）をふりかけ、垢《あか》だらけの欠けレンゲですくう。口にはこびつつ、粥とゴマ油の香りと油條を少しずつ呑みこみ、ついでに声も呑みこんでしまう。吐息をついたり、鼻水をすすったり、うるんだ眼でドンブリ鉢の湯気ごしに朝が潮のように夜を追いだしていく形相を放心して眺めていると、つい昨日の朝のように背中の膚にプリント・インされているサイゴンの、ショロンの、波止場の、パストゥール通りの、無数の朝がうごめきはじめる。

あそこでは家のなかでも粥を食べ、屋台でも食べしたが、よくゴミ箱のかげにしゃがんで、ドンブリ鉢を地べたにおいて、スプーンで一杯ずつしゃくって悠々と時間をかけて食べたものだった。香菜はそっくりおなじツンツンとした匂いの香菜だが、魚片はライギョの切身であった。鶏が入っているときには口のなかから骨をぬきとり、ちょっとしげしげ眺めてから、ポイと右の肩ごしにうしろへ投げるのが土地のしきたりだから、私もそうやって骨を投げたものだった。吐息をついたり、鼻水をすすったり、昨夜の阿片《アヘン》のちょっとした残酔でとろんとなり、私は放心することに、白想に全心をゆだねることに慣れ、みちたりていたものだった。あれら無数の朝を思いかえしながら、あそこで夕食にうまかった石斑魚（ハタ）は世界中の海のあちらこちらに棲《す》み、この沿岸の岩底にもグルーパーと名を変えて棲んでいるにちがいないから、よろしい、明日か、明後日の夜、どこかの飯店で清蒸全魚《チンジヨンチユアンユイ》にしてくれるよう、たのんでみようか。と、とろとろ、思いつめにかかる。あちらこちらでこれまで目玉焼とトースト、クロワッサンとキャフェ・オ・レの無数の朝食をとってきたはずなのに、それらからはどうして一杯の支那粥ほどに記憶の香煙がたちのぼってこないのだろうか？……

この市の中トロの手巻きの鉄火はさぞかしと思いつめた私の予感はみごとに的中した。無数といってよいくらいにある日本料理屋のうちで、あそこはいいと柔道六段氏につれていってもらった店のボストン・マグロの中トロ、カリフォーニア米、イカ、ハマグリ、エビ、ウニ、ヒラメ、ウィーク・フィッシュ、その他、ことごとくみごとであった。純日本産といっては海苔と粉ワサビとヒネたくあんぐらいで、あとはことごとくこの大陸と、この大陸の海と、この市の近海の産物だというのだが、唖然《あぜん》となるほどうまい。しかも日本紳士にまじってアメリカ紳士が眼を細くして箸《はし》さばきもあざやかにミル貝のサ、シ、ミなどをそこはかとない風情《ふぜい》で口にはこんでいる風景などを見ると、危いかな、祖国、と呟《つぶや》きたくなるほどである。ス、シや、サ、シ、ミがアメリカへ移っちまったら、日本料理は日本で何を誇ったらいいのか、真摯《しんし》に思いつめたら足もとがグラグラしてくるゼ。しかもだネ、日本のスシは上、中、下どこで食べてもその品質にくらべて値段が高すぎるような気がしてならないが、この市のそれはその品質の高さにくらべて値段はぐっと気安くて親密なのである。スシやサシミが外国人にわかってたまるかいとウソぶけたのは大昔の話で、どうやら、いつのまにか、スシの本場はニューヨークへ移っちまったらしい。

この市のシーフード（魚料理）で止《とど》メの一撃を刺されたのはグランド・セントラル・ステーションの地下のオイスター・バーという駅食堂で、さらにそれに仕上げの一撃をあたえたのがソフト・シェル・クラブというカニであった。はじめのうち私はこの駅食堂をただの駅食堂だと思っていたのだが、コンニャク版一枚のメニューを一読してコレハ、コレハとおどろき、つぎにだされたものを食べてみて声を呑《の》んだ。そこで出がけにレジのところで案内書（『ザ・グランド・セントラル・オイスター・バー・アンド・レストラント・シーフード・クックブック』）を売ってたので買い求める。十四ドル也《なり》。これはハードカヴァーの立派な装丁のもので洒落《しゃれ》た挿画《さしえ》が入り、店の沿革と魚貝の解説、および主たる料理の作り方が列挙されている。これによると、この駅食堂は一九一三年に開店されてから魚介料理一本槍《いっぽんやり》でやってきたとのことである。ウッドロー・ウィルソン大統領以後、歴代の大統領、第二次大戦後ではトルーマン、J・F・ケネディなどもよく顔を見せたとのことである。メニューはお粗末なコンニャク版だけれど内容は壮観である。アラスカのキング・クラブ（タラバガニ）とオヒョウ、コロンビア河のチョウザメとサケ、モントークのブルーフィッシュ、メインのロブスター、フロリダのストーン・クラブその他、その他。イワナ。ナマズ。ニジマス。パイク。などの淡水魚から、ヒラメ。カレイ。タラ。サバ。スズキ。タイ。ブリ。ニシン。ハタ。カジカ。海水魚すべてを網羅し、なかにはマコ・シャークなどというサメまで入っている。マルセイユ風のブイヤベースもあり、ロシア風のチョウザメのシチューもある。カキについてはブルー・ポイント、ベロン、ボックス、チンコティーグ、コテュイート、ケント、マルピーク、ウェルフリートなど八種類もそなえていて、どこのお国自慢がふらりとやってきてもその場で沈黙させてやろうという意気ごみと見た。せめてカキだけでもと思って毎日かよって一品ずつとってためしてみたが、それぞれの味の差は極微であって、とても判別できない。いずれも青白く輝やくムッチリと張りきった肉のなかに淡麗な海の果汁をみなぎらせていて、舌、歯、口腔《こうこう》、咽喉《いんこう》、食道、通過するすべての地点を爽《さわ》やかに洗ってくれる。スチーマーというハマグリは黒皮をかぶった吸水管を貝殻の外にペロリと垂れている。これを一ダース蒸してバケツに入れて出してくれる。一個ずつとって殻をはずし、肉をべつのお碗《わん》の熱いハマグリ・スープでチャプチャプと洗い、さらにべつのお碗の熱いメルテッド・バターにつけ、ペロリと呑みこむのである。貝をみな食べ終ったら、スープをすすって、感動してたちあがる。ロブスターは体重によってお好みを指摘すると、そのままの大きさのを持ってきてくれるが、これはあまり大きいのはよくない。私の好みは一ポンド半と、落着いた。これもテルミドールだ何だのとややこしいのは避けて、ただ蒸しただけのが絶品である。

この近海に棲むブルー・クラブというカニは日本のガザミそっくりのカニで、一人前のは殻が固くて、トゲトゲしていて、つまりカニそのものである。ところが七月と八月にこのカニの若いのがいっせいに脱皮する。その脱皮したばかりのをソフト・シエル・クラブと呼ぶのだそうであるが、これはハサミも、爪《つめ》も、足も、甲羅も、すべてが薄皮一枚のくにゃくにゃである。魚市場へいくとこのくにゃくにゃがもぞもぞムグムグと生きてうごきまわっている。これをどっさり買ってきて、柔道六段氏の親友の袖山《そでやま》さんという人の奥さんに純日本風に蒸してもらい、純日本産の三杯酢、ポン酢をたらして頰ばったら、眼鏡が落ちてしまったのだ。海の果汁そのものである。カキとはちがう果汁そのものなのだ。熱くて、香ばしくて、カニを食べてるのにひっかかるものも刺すものもなく、ツルツルと消えて、口には何ものこらない。あまりのことにしばらく阿呆《あほう》みたいに口をあいたきりであった。海の魔法だよ、これは。

スシとサシミ。中華料理。シーフード。わずかの日数しか滞在できなかったけれど、毎日せっせと舌を通過させたニューヨークは、これらは、それまでの私の予想、期待、幻想を軽く突破して楽らくと飛翔《ひしょう》していった。ここにおいてもまたこの市は大いなる自然である。

毛の上のNY

マンハッタン島からトンネルに入り、川底をくぐって大陸側の対岸へ出ると、州が変ってニュー・ジャージー州となる。それから一時間ほど走ると、小さくて、綺麗《きれい》で、閑静なイングリッシュタウンという郊外住宅地に着く。この町はずれに松林があり、それを切りひらいた空地に毎週末にノミの市が開かれる。この市の特徴は専門の古道具屋だけでなく、ふつうの人でも店を開けるということで、小物を売るならショバ代が一日三ドル、机や冷蔵庫などの大物なら一日五ドルを払うだけでよいということになっている。大半はニューヨーク市から出る廃品ばかりで、どうしようもないハンパ物ばかりである。いくら使い古してももうちょっと何とかなりそうなブツはニューヨーク市内で売買されるのだが、ここへくるのは〝物〟として最後の最後、いよいよドンづまりの段階にあるブツで、このあとはゴミ捨場へポイである。つまりこのノミの市を見るということは足の裏からニューヨーク、またはその住民を見るということになるのである。

中古の小型トラックやハーフトラックが何百台となく空地に集り、美しい初秋の清潔な日光を浴びながら、荷台や地べたにブッを並べている。売手はブッを並べて日向《ひなた》ぼっこするだけで、とくに買手に向って誘ったり、訴えたり、呼びかけたりするわけではなく、ムッツリした顔つきでアイスクリンなど舐《な》めている。何千人という見物人もアイスクリンを舐めつつ、ぞろぞろブラブラ、散歩している。並べられてあるブッはことごとくおかしなハンパ物ばかりで、どうしてこんな物を〝売る〟気になったのかと怪しむばかり。ひしゃげたビールの罐《かん》。傷だらけのコカ・コーラの空瓶。欠けたソケット。ビー玉。古鍵《ふるかぎ》。古釘《ふるくぎ》。古石鹼箱《ふるせっけんばこ》。古櫛《ふるぐし》。古靴（ときどき片一方だけ）。古絵葉書。切れたベルト。こわれたバックル。錆《さ》びた安全カミソリ。割れたステッキ。しみだらけの帽子。雑巾《ぞうきん》のようなリュック。凸凹《でこぼこ》の水筒。栓のないウィスキー瓶。レッテルの破れたジュース瓶。どれもこれも、あれもこれも、見わたすかぎりそんなおかしなブツばかり。見ていてふきだしたくなったり、茫然《ぼうぜん》としたり。どう見たってジャカルタかボンベイの露店市である。背後に一種痛烈な赤いとも黒いともつかない嘲《ちょう》罵《ば》の笑声を感ずるほどである。

とことんはき古した、ゴワゴワよれよれのワーク・ブーツを片一方だけゴロンところがしてあるので、売手のオッサンに、誰がこんな物を買うのかねとたずねてみたら、オッサンはものうげに、たくさんの客のなかにはいるかもしれないじゃないかと、答える。何に使うのかしらと、もう一度たずねたら、買うヤツに聞いてみなくちゃわからないと、答える。ひっくりかえしたり、つっついたりしてぐずぐずしていると、オッサンは、これに土をつめて木を植えて花を咲かせてみろ、わるくないアイデアさ、と教えてくれた。盆栽の鉢にしろというのである。なるほど、それはわるくない考えだ。汗と、垢と、水虫は、ゼラニウムのいいこやしになるかもしれない。いずれ遠からずこの靴はもう一度ニューヨークへもどっていくのであろう。

（そういうリサイクルの実例をニューヨーク市内で目撃した。ワシントン広場のよこの歩道で画家や彫刻家の路上展覧会が開かれているが、その出品の一つとして黒人がバンジョーをひいて踊っている金属製の立像があり、ちょっと視線を吸いとられたので買うことにしたが、ホテルへ帰ってよくしらべてみたら活字の古い字母か版型を鋳《い》つぶしたものらしいと判明した。字面《じづら》を熔《と》かしのこして黒人の服の模様にしてあるのだ。コラージュの手法の一つの応用例である。）

タイムズ・スクェアでは腹話術師が本番に出るまえの下稽古《したげいこ》をしたり、黒人のおばさんがオルガンを歩道において弾いたり歌ったりしているが、タバコ会社が宣伝としてタバコを無料で配っていたりもする。長い長い行列ができて、みんなおとなしく順番を待っているのである。二度ぐらいならぶのはいいが三度四度となると叱《しか》られるとのことである。この行列でもらったタダのタバコを集めて売る貧しい人がたくさんいるのだそうである。

「ニューヨークへ来たのかインドへ来たのか、さっぱり見当がつかない。あらゆる分野に両極端があるんだなァ。クラクラしてきますな」

「この一ブロックか二ブロックさきの町角に夕方になると姫君が出ますが、これが乗合タクシーなんですね。一人が一発五ドル見当ですが、五人ぐらい客がたまるまで待って、それから出かけるんです。客がたまるのを待つあいだ姫君によってはチュウインガムをくれるのもいるんですよ」

「すると、トヤでは五人の客が一人のお姫様を入れかわりたちかわりナニして、一度に五人がナントカ兄弟になるわけですか」

「そういうこと。もっと手ッとり早いのでは男のアレの根元にナプキンみたいにハンカチを結んでおいて、ズボンをはいたままでやらせるのもいます。これは終ったあと、ハンカチでぐいと、こう、しごくと、そのままきれいになりますから、ズボンをあげる手間もかからないしネ。黒人のトラックの運転手のカァちゃんなどがアルバイトにやるんですね。相場は一ドルか二ドルぐらいでしょう」

「それで、客はいるんですか？」

「結構、流行《はや》ってるらしいですよ。ここにはさびしい男がいっぱいいますからね。オンナがいなくて持てあましてカッカとなったのがいっぱいいます。それもヘテロやホモで、トイレを狙《ねら》うのもいればサロンを狙うのもいますから、てんやわんやですワ。なかには両刀使いもいますしネ」

そんな話を聞いているうちに順番がきたのでセイレムを一つずつもらって行列から離脱した。ポケットにちゃんとタバコを持っているのにタダでもらえるとなったらやっぱり並んじまうんだから、われながらさびしい心性。

この界隈《かいわい》にはセックス小屋が軒なみひしめきあっている。その一つ、〝どれでも二十五セント〟というのに入ると、入口に銭湯の番台そっくりにオッサンがいて、二十五セント玉をザクザクと積んでいる。さしだした五ドル札や十ドル札をその場で両替えしてくれる。パチンコ玉みたいにそれをポケットにザクザク入れて入っていく。両側にズラリと電話ボックスみたいなドアつきの箱が並んでいる。箱の入口の両側にはＡＢＣＤと１２３４、四枚ずつ、合計八枚。いずれもポルノ映画のヤマ場のシーンのカラー写真が貼《は》りつけてある。大衆食堂のちょっと値の張るメニューにお子様ランチやビフテキ定食などのカラー写真が貼りつけてあるようなものだ。なかに入ると椅子《いす》が一つ。ドアをしめる。二十五セント玉を一つほりこむ。それからさきに見ておいたカラー写真を思いだし、お子様ランチにするか幕の内弁当にするかで、AならA、1なら1、お好みのボタンをおせばよろしいのである。すると、カタカタと音がして、お子様ランチがはじまる。フムと見ているうちにストーリーがちょっとよくなったところでパタリと止まる。あわててつぎの二十五セント玉をほりこむ。カタカタ。しばらくしてパタリ。また二十五セント。たいてい四コぐらいほりこんだらお水がでてオシマイ。ホモ。ヘテロ。レズ。ブウブウちゃん。ワンワンちゃん。白人と白人。白人と黒人。黒人と黒人。白人と黄人。黄人と黄人。男×男。女×女。男×女。これらを組みあわせたら何通りになるか。それがお子様ランチの内容の品数になるのであるからボックスの数はかなりのものである。しかし、作品としてはいずれもストーリーの起承転結、ライティング、背景、小道具、どれもこれも似たりよったりの早出来のオソマツ。とわかるまでに二十五セント玉をポイポイほりこんだので、いささか眼がちかちかしてきた。

奥にちょっと変ったの。入口を入ると、小さな窓があり、またしても二十五セント玉を入れろと書いた口がある。入れるとカタンと音がして小窓があく。オヤと覗《のぞ》きこむと、中は円形の小さなステージになっていて、白人娘が一人と黒人娘が一人、生まれたままの状態にハイヒールだけはいて歩きまわっている。オヘソもオヘヤーもついている。フムと見ていると窓のそばへよってきて腰をぶるんッ。オと思ったとたんに時間が切れて窓がパタリと閉じる。いそいで二十五セントほりこむと、また、カタンと窓があく。あっちの窓があき、こっちの窓がしまり、相客の顔が見えたり消えたり。フットボール大のまっ黒のテラテラ輝やく黒人が白目を剝《む》き、寄ってきた娘のオヘヤーにさわろうと手をのばすがとどかない。顔をつっこもうとすると窓が小さすぎる。やむなく顔をひっこめて手だけつっこもうともがくうちに窓がパタリ。つぎに窓があくと、彼はくちゃくちゃの五ドル札をつかんで手をつっこみ、じたばたしながら野太い声で叫んだ。

"I wanna lick your cunt!"（おまえの御芽子を舐めたい）

黒人娘が寄ってきて腰をぶるんッとグラインドする。とたんに窓が落ちる。黒人の手も顔も消える。声は露骨むきだしだが、切迫したところがあって、悲痛ですらあった。聞きようによってはこの市のある種の男たちの、はぐれ牡《おす》たちの、かなしみの叫びであった。娘二人はあちらこちら歩きまわって腰をふるだけだが、その姿態にはどこか動物園の給餌《きゅうじ》係りのようなところがある。見世物になっているのは娘たちではなくて客のほうなのであるまいか。男たちのほうではあるまいか。

このよこにガラス箱が一つあって、そのなかにかわいい娘が一人、電話機をおいて、水着姿ですわり、ニコニコ笑ってこちらを見ている。赤い電話線がそのガラス箱からこちらへでていて電話機につながっている。これまた二十五セントである。説明書によると、二十五セント玉をほりこんで受話器をとりあげ、何でもいいからナスティ・トークス（猥談《わいだん》）をしてごらんなさい。彼女は賢い娘で、ハーバード出身ではありませんが、どんな話でもテニス・ボールのように打って返します、とある。カトリック教会の懺悔《ざんげ》聴聞僧からヒントを得たのではあるまいかと、フト、罰当りなことを考えた。これはちょっといいアイデアだったのでやってみたかったのだが、私はニューヨークに来たばかりで、ここの訛《なま》りと早口がまったく聞きとりにくいので、こちらから話しかけることはできるし、話しかけたいこともその場で閃《ひら》めいたのだが、向うの当意即妙の答が聞きとれないようではつまらないからと、しぶしぶ、その場を去った。今度この市へ来たらかならずもう一度この小屋へ来て、二つ、三つ、この『ホット・ライン』で、お相手を願おうと思っている。セックス・プレイはセックス・プレイであるとしても、これはアタマを使うのだから、さきのお子様ランチみたいなポルノ映画より、よほど水準が高いと思うが、どうだろう?……

こういう二十五セント屋がハンバーガー屋だのフライド・チキン屋だのをまじえて

軒並みにひしめきあっているのだが、ライヴ小屋というのもある。これは入場料がたしか五ドルだったと思う。入ってみると、小さな実験劇場風の小屋で、おきまりのポルノ映画をやっている。それが終ると小さなステージに若い男と若い娘が出てきて、マイクも照明もなしにライヴ・ショウをやりだす。若い男はお医者の白衣を着ていて聴診器を首からぶらさげており、そこへ娘が入ってきて相談を持ちかけ、しばらく二人でボソボソ話しあっていてから、両者ともに裸になり、ベッドにあがって……という次第だが、マイクがないので何を話しあっているのかまったく聞きとれない。つまり〝お医者さんゴッコ〟をショウにしているわけだが、智恵《ちえ》のなさに失笑させられる。しかし短時間内にチャッチャとストーリーをはこぶためにはやっぱりこれしかないかとも思わせられる。ところが、若い男がジーパンとブリーフをおろしてみると、体格そのものはどうやら立派なのにジュニアがすっかり恐縮してしまっていて、長すぎたシャツを着た短すぎる腕というぐあい。正チャン帽をまるまるとかぶって、うなだれて、チンマリ、うずくまったきりなのである。それで二人組みあってピストン運動にとりかかるのだが、これは見ていて、いたましいとも、わびしいとも、何やら、戸外に夏なお寒き木枯しの音を聞くような気持になってくる。しかし、物は考えようで、ひょっとするとこれには裏があり、あんな粗チンならオレのほうがまだマシなんじゃないかと、客に優越感をあたえるために、五ドルの入場料に見あうだけの自信と嘲笑《ちょうしょう》を抱いて小屋を悠々《ゆうゆう》と出ていってもらうために、わざとそうしているのではあるまいか。いずれともつかぬ推測をしたくなるのでもあった。何しろ、ここはニューヨークなんだから……

また、セックス・バーというものが、あちらこちらにある。その一軒に入ってみると、入場料が五ドル。内部はディスコ風の薄暗いバーで、ジューク・ボックスがロックをどんがらガッタと鳴り轟《とどろ》かせ、お粗末だけれど赤や青の照明がギラギラと回転し、入口のあたりにはTシャツにジョギング・シューズという恰好《かっこう》のマフィア・ボーイ（というのだが……）、ハンマーのようなモリモリした両腕をぶらさげてうっそりと佇《たたず》んでいる。バーのカウンターがプラスチックの透明板。下から蛍光灯が青白い光を上に投げている。その上を例によって毛の生えた赤ん坊という状態の白人娘や黒人娘がハイヒールだけつけて給餌係りのように歩きまわっている。御註文《ごちゅうもん》があればそちらへいってしゃがみこみ、両手をうしろにつき、思いっきり開門紅《カイメンホン》を客の鼻さきすれすれのところに持っていってグリグリとねじる。これが一ドルである。タイツのストッキングのなかにあちらこちら何枚もの皺《しわ》だらけの札がおしこまれているのが見える。私のとなりにすわったいい年配のオッサンが、五ドル払ったんだから四ドルのお釣りを返せ、女房ならタダだぞと、うだうだ、バカをいってる。娘はその禿頭《はげあたま》にのりかかるような恰好でステージにしゃがみ、右手に札、左手でポリポリお尻《しり》のあたりを掻《か》きながら、ニコニコ笑い、いいじゃないの、おとうさん、ヤボはよしましょうよ、ネ、ネといった口調でやんわりなだめにかかっている。オッサンはあきらめきれずにビールをすすりつつ、頑強に何やらブツクサ呟《つぶや》いている。

「一丁、拝観といきますか？」

「よろし。やってくださいナ」

柔道六段氏は皺くちゃの五ドル札をポケットから抜きだして一人の娘にわたし、開門紅がはじまるまえにすかさず手堅く、お釣りをくれ、四ドルくれ、とうちこんだ。娘はニコニコしながら何とか逃げてやろうと、うだうだ、いいかけたが、どうやら諦《あき》らめてストッキングから一ドル札を四枚かぞえてわたした。柔道六段氏はそれを一枚一枚、ゆっくりと皺をのばしてポケットに入れる。

娘は両手をうしろにつき、両股《りょうまた》を思いっきりひらき、私の鼻の頭に毛をゴリゴリとこすりつけんばかりに、グラインドする。思わず顔をそらせる。飲んでるビールに毛がまじりそうである。眼前に迫る口だけの生物はヒゲにかこまれ、おなじみ、おきまりのたたずまいと、構造と、表情である。娘は不幸や陰惨の翳《かげ》りはどこにも見せず、もっぱら晴朗に無邪気に笑っている。〝セックス〟はあるが、〝エロティシズム〟だの、〝イット〟だの、〝いろけ〟だのなんて、あったもんじゃない。医学的リアリズムである。産婦人科の検診みたいなもの。これなら、いっそ、テキサスの牧場とか、北海道の日高牧場へいって、馬の種つけを見るほうが気がきいてるのじゃないかと思えてくる。少くとも青空の白い積乱雲のしたで気宇壮大になれるじゃないか。ふと見わたしたところ、わめきたてているのはジューク・ボックスだけで、ステージのまわりの客は、どれも、これも、ビールをすすりつつ、わびしい、いじけた、みじめな顔ばかりである。ほのぼの、ムズムズ、カッカ、そんな血を眼に射《さ》してるのは一人もいない。血はいっせいに沈んで、よどみ、なけなしの想像力を一片のこらず奪われて、男たちはただくたびれている。

＊

また。また。

秘密セックス・クラブというものもある。これは会員制になっていて、会員外の人間は入れないことになっている。柔道六段氏はその道の友人を一人つれてきて、この人に〝開け、ゴマ〟をやってもらうこととなった。この人はニューヨークのネズミの穴からウサギの穴まで知っている百科全書だとのことであった。『ハーヴェイズ』というシーフード専門の料理店へいって、まず、安くて素晴しいブルー・ポイントのカキと、スティーマーズというハマグリを一ダースずつ納めてから、つれていってもらった。どこをどういったのか、さっぱり何もわからない。かなり繁華な大通りに面した、店灯も何もない暗いドアをおして入ると、つぎにドアが一枚あって、ボタンがある。これを何やら暗号風に何度かおすと、プシュウーッと開く。つぎにまたドア。またまた暗号風にボタン。インターフォーンが何やらたずねる。ゴマ氏が会員カードをとりだして番号と名前を呟く。しばらくしてプシュウーッと、ドアが開く。内部はカーペットを敷きつめた、あたたかい、明るい、清潔な小部屋。柔らかい階段をおりると、そこにスチール・キャビネットがあって、これはわが国の健康サウナとまったくおなじ。服、ズボン、靴を脱いで入れると、ムッツリしたマフィア・ボーイ（というのだが……）が、腰のベルトにロープでしばりつけた鍵《かぎ》でピーンとキャビネットに錠をおろす。全裸になったところでタオルを一枚もらう。これは腰のまわりでボタンで止め、小さなポケットが一つあって、そこにタバコとライターを入れろという。

案内されてついていくと、ふいにみごとな清潔なタイル張りの温水プールにでる。赤、青、黄、白、何十コとなく風船玉が浮んでいる。トイレ、シャワー、サウナ、マッサージ、それぞれの小部屋がある。どれもこれも病室のように清潔で、輝やいて、冷徹である。プールのまわりにはあちらこちらにビキニ・スタイルの女たちがいる。お飲みものはコーラかバヤリースかミルクとおっしゃる。アホなことというもんじゃない、男の飲むハード・ドリンクスを持ってきなさいと、ダダをこねたら、しばらくしてジンジャエールですわといって、一杯、持ってきた。これは嗅《か》いでみると、バーボン・ウィスキーだった。そのグラスを持って、ぶらぶら、歩いていくと、純白の、かわいい、小さな娘がいたので、ハロー、お今晩は、といって腰をおろす。すでにそのとき、ゴマ氏はすばやく女の一人とマッサージ・ルームに消えていた。柔道六段氏は毛糸の編みものにせっせと余念のない女のそばにすわりこんで、おとなっぽく世間話をはじめた。編みもの、おしゃべり、刺繡《ししゆう》、なかにはバス・タオルにくるまってエビのようになって眠りこんでいる女もいる。ローマの饗宴《きようえん》が始まるにはまだ時間が早すぎるのであろうと思われた。

娘はプエルト・リコから来たとのことだったが、どことなく私は自分の娘を思いだしてしまって、そのとたんに浄化されたので、インターコースではなくてイングリッシュ・コースを選ぶことにした。ニューヨーク・イングリッシュを教えて頂戴《ちようだい》といって、バーボンをすすりつつ、ハロー・ハウ・ドゥー・ユー・ドゥーから始めたのである。この子はいきいきとしていて、晴朗で、黒い眼が敏感にうごき、よく笑った。指相撲を教えてやると朝顔の茎のように細い、しっとりした指で、しねしねヨロヨロと、よくたたかった。いろいろと英語会話を教えられたのだったが、ここへくる日本人紳士と中国人紳士の相違を淡々とした、けれど冷徹な口調で教えられたときには、哄笑《こうしょう》しつつも、そのしたたかさに、一礼せずにはいられなかった。彼女の経験と観察によると日本人紳士と中国人紳士はここではおおむねつぎのような生態の相違を見せるのだそうである。

日本人紳士。

①よくタバコを吸う。

②よくウィスキーを飲む。

③あっさりしていてチップは気前がいい。

④商売の話をしない。

⑤きっと自分のジュニアは小さいだろうとたずねる。

中国人紳士。

①タバコは吸わない。
②ウィスキーは飲まない。
③しつこくてケチである。
④ビジネスの話ばかりしている。
⑤何人もが団体になり、ワリカンで一人の女を買う。

由美かおるそっくりの無邪気そうに見える水仙のような女の子から淡々と以上を聞かされたときには、あまり笑ったので、思わずころがりそうになった。とくに、わが同胞が、なぜか、オレのは短小だろうとたずね、シーサン同胞が、団体で一人の女を攻めてお代をワリカンにしてちょっとでも安くあげようと発想するあたり、痛烈に虚を突かれた思いであった。何やら、肉眼にまざまざと見えてきそうな風景ではないか。

せかせかキョトキョトと私はこの市をかすめて通ったにすぎなかったが、未明、白昼、深夜、さまざまな散歩や擦過の瞬間にふりあおぐと、つねにそこには背後か前方かにそそりたつガラスと鋼鉄の大岩壁がある。しかし同時に、眼を下に向けると、きまって煤《すす》けた、よれよれの、くたびれた老朽ビルなりアパートなりがしがみついていて、それにふさわしい身なりの人びとが舟虫のように出入りしている。この光景を見るたびにニューヨークは木のような自然物だと感じてホッとせずにはいられない。この市はマンハッタン島から芽をだし、幹をのばし、朽ち、新しく生えして育ってきたのである。森に老木と若木がまじって生えているようにおんぼろハウスとワールド・トレード・センター・ビルがある。貧と富、汚穢《おわい》と清潔、営養と飢餓、美徳と悪徳、剛健と浮華、活力と沈澱《ちんでん》、古代と現代、極小と極大、いっさいがっさいが、自然なるままの、秩序ある混沌《こんとん》のまま、ひたすら今日を生きることに没我である。アラスカからここへくるまでに散見した、緑の牧場に純白にペンキを塗ってぜったいに歳月の腐《ふ》蝕《しょく》をよせつけまいとしている家、どこかで作りあげてそれを持ってきて牧場においただけだといいたくなるような家、清潔という強迫観念にとりつかれた、あの、童話の挿画《さしえ》のような傲慢《ごうまん》と無邪気にくらべると、この混沌の市のほうが、よほどおとなっぽく、よほど自然である。私にとっての口惜しさは、三十年前の十九歳のときにここへくるべきであったという、その一念あるのみ。

（55・5）

解　説

向　井　敏

「だれぞやってみんか」

あれは体操の教師だったたか、それとも運動部のコーチだったたか。白いトレーニングパンツの長身の男が鉄棒からひらりと飛び降りると、砂場のあたりに群れていた少年たちに声をかけた。大車輪をやってみろというのである。大車輪というのは、腕、胴、脚をまっすぐに伸ばし、鉄棒を軸として全身を車の輻《や》のように回転させる、器械体操のなかでもかなりの大技《おおわざ》で、よほどからだの動きに自信がなければこなせるものではない。少年たちはひるんだ。察するに、彼らも一度はこの技にいどんで砂を嚙《か》んだり、足首をくじいたり、指を腫《は》らしたり、なにかと痛い目にあった覚えがあるのだろう。

「君子危うきに近寄らずというでないの。遠慮しとくわ」

「虎穴《こけつ》に入って骨を折るということもあるよってなあ」

そのとき、ひとりの少年がゆっくりと歩み出てき、ひょいと鉄棒に取りついた。ナイフで削《そ》いだように鋭く痩《や》せ、こけた頬に蒼黝《あおぐろ》い翳《かげ》を貼《は》りつかせた、背の高い少年である。どこかさびしげで、頼りなげで、とてもスポーツマンというタイプではなかったが、鉄棒を握るとにわかに身ごなしが軽くなった。彼は両脚をぴたりとそろえて二度三度振りをくれ、間合いをはかって空を蹴《け》った。大きな円弧が空中に描き出される。白いトレーニングパンツの男がほうと声を立てる。幾回転かののち、痩せた少年は鉄棒上に倒立して動きを止め、やがて宙を滑ってなめらかに着地した。砂がサクリと鳴った。少年たちの拍手のなかで、彼はふいに表情をゆるめ、その内部に積もり積もった鬱屈《うっくつ》を一挙に吹きはらってしまおうとするかのように大きく息を吐いた。

　この少年がほかならぬ開高健。当年十七歳、旧制大阪高校に入学してまもないころのことである。中学生時代には器械体操部の部員だったというから大車輪程度の技なら楽にこなせて別にふしぎはなかったのだが、昭和二十三年夏のはじめのある晴れた日、グラウンドの一隅でたまたま目撃したこの出来事の一部始終が、その後の彼の行動を見聞きするたび、私のなかによみがえってくる。それどころか、ヴェトナムのジャングル、アマゾンの源流、雨のビアフラ、霧のフエゴ島、雲煙万里の彼方《かなた》の修羅場《しゅらば》を閃光《せんこう》のように駆け抜ける彼の姿勢のなかに、しなやかな動物を思わせた遠い昔のあの軽捷《けいしょう》で機敏な身ごなしをうかがおうとまず身構えてしまっているのに気づいて苦笑することもしばしばだった。

ヴェトナムのジャングルでヴェトコンの攻撃にさらされ、従軍していた大隊の二百名の兵士のうち生還者十七名という切所を危うくくぐり抜けたと聞いたときがそうである。アマゾンの上流で河上に張り出した木の枝に取りついて銛《もり》を構えること三時間、ひたすら魚影を求めたという記事を読んだときがそうである。オタワの運河で巨魚マスキーに遭遇、炸裂《さくれつ》する水を浴びてリールを操る写真を見たときがそうである。

ゆたかに肉がつき、ふっくらと頰の張った今の開高健に、かつての痩せた少年の面影をさぐることはもはやかなうまいが、その内部には、一本の輻《や》となって空中に大きな円弧を描いてみせた十七歳の機動力が今なお涸《か》れることなくたたえられていると、どうやら私はそう思いたがっているらしい。

○

運動選手の敏捷《びんしょう》と柔軟と強靭《きょうじん》と自在。こじつけるつもりはないが、開高健のエッセイの文体にもまた、そういう譬喩《ひゆ》を構えることを強いてくるところがある。

開高健のエッセイ歴は、二十歳のころ、同人雑誌「えんぴつ」に連載した合評会記にはじまるが、月を経、歳《とし》を重ねるにしたがってますます磨きがかけられ、今や、小説家の単なる余芸として遇することを許さない豊かな充実ぶりを見せていて、その美質はこのエッセイ集に収められた諸文章に就けば一目瞭然《いちもくりようぜん》、なまじっかな注釈は無用のわざというものであろう。ここは一、二の例を引くにとどめたい。

そのひとつ、「越前ガニ」における水上勉の風貌《ふうぼう》描写。「越前ガニ」は数多い開高健の食味エッセイのなかでも逸することのできない名品で、「どこか遠い北の海でとれたカニを思わせるような」女という志賀直哉《なおや》『痴情』の一節の記憶をきっかけに巧緻《こうち》きわまる味覚描写がくりひろげられていくのだが、その末尾に近く、若狭のサバを語るくだりで、水上勉がひょいと顔を出す。

「そうや。開高よ。それや。昔、江戸の頃はなァ、若狭のサバを山越えで女子《おなご》が京都へはこんでいったもんや。京都へつく頃になってシメたサバがちょうどええかげんの味になる。〝サバを読む〟というのは一つにはここからでたコトバやねんデ。女子《おなご》がサバを背負って峠を越えていくと、雲助やら何やらがいてわらわらととびかかり、強姦《ごうかん》しよった。古文献にようでてるわ。そやからナ、若狭のサバと女子はな」

水上勉氏は落ちかかる髪をはらって、暗い床の間の水仙を眺め、しばらくしてか

ら

「かなしいのや」とつぶやいた。

軽快と重厚。諧謔《かいぎゃく》と暗愁。放埒《ほうらつ》と細心。一筆描きの人物デッサンという形を借りて、相せめぎ合う文体上の諸徳を一閃《いっせん》のうちに照らし出し、融け合わせた、ほれぼれする名文と言うべきであろう。

あるいは、「ニューヨーク、この大いなる自然」におけるタイムズ・スクェア地下駅のスケッチ。ニューヨークの地下鉄の汚穢《おわい》と恐怖、またそれに対する批判と考察は今まで耳にタコができるくらいに聞かされてきたけれど、それをこれほど放胆に、これほど濃密に、これほど鮮明に、そしてこれほど晴朗に描き出した文章はおそらく他に例がない。

プシューッとドアが開くと、（中略）小説家はキョロキョロそわそわしながらもサッととびだす。とたんにむわあああッと、雲古の匂《にお》い。御叱呼《おしっこ》の匂い。アジア人種のは塩辛くて酸《す》っぱいが、この市のそれはコカ・コーラとハンバーグのせいだろうか、塩辛くて酸っぱいうえに何やらねっとりと悪甘く、かつ、しつっこいのである。それが一本の柱のかげ、一枚の壁の暗がりというのではなく、あらゆる柱、あらゆる壁、あらゆる階段、何やら薄暗い、荒涼とした、そのあたりいちめんに、むんむんたちこめ、ツンツンと匂うのである。その悪臭の濃霧のなかには古くて腐って醱酵《はっこう》した澱《よど》みにまじって、三本か四本、たった今放出したばかりの新鮮な熱を帯びた航跡もいきいきとうごいている。アスファルト・ジャングルの樹液。嘲罵《ちょうば》の果汁である。

たじたじとなりながらも小説家は

「やるなァ」

何やら愉《たの》しげに叫んだ。

○

ここに引いた二例からもうかがえることだが、開高健のエッセイのもつさまざまな美質のなかで、とりわけ快いのはその晴朗さである。じめじめした湿っぽさがきれいに吹きはらわれていることである。

変幻つねならぬ森羅万象を前にして、解きがたい人事の葛藤《かっとう》にさらされて、つねに平静を保ち、微笑を絶やさずにおける人はめったにいるものではない。まして開高健は人一倍感情の豊かな作家である。怒る。疑う。嘆く。愁う。嘲《あざけ》る。嗤《わら》う。躁《さわ》ぐ。鬱《うっ》屈《くつ》する。煩悶《はんもん》する。抒情《じょじょう》する。昂揚《こうよう》する。彼のエッセイにはありとあらゆる感情の疾風が絶えず吹き荒れているのだが、それでいてその文体のふしぎなところは、どんなに感情の激発にさらされても、いつもカラリと晴れていることである。人をののしったり、からかったりしても、陰にこもるということがない。悲憤し慷慨《こうがい》しても、べたべたと濡《ぬ》れてからみついてくるということがない。何かが化けて出そうな湿っぽいわが風土のなかで、これは稀有《けう》のことと言わなくてはならぬ。

この晴朗な文体の秘密を解くことは私などの手には余る。ただひとつ言えることがあるとすれば、それは才能の問題ではおそらくなく、より多く作者の人間的な実《じっ》の濃さにかかわる問題であるということだろうか。レディメイドのメガネを通してでなく、つねに裸眼でものごとをたしかめようとする姿勢。観察したこと、判断したことを、ありあわせの言葉によってでなく、自分だけの言葉で語りかけようとする態度。開高健のエッセイ歴を一貫する、ほとんどストイックとも言いたいこうした誠実さが、あの快い晴朗さの源をなしているように思えてならない。

（昭和五十六年十月、評論家）

「地球はグラスのふちを回る」（〝紳士の乳〟から〝ウィーンの森の居酒屋村〟の章まで）「越前ガニ」は文藝春秋刊『孔雀の舌』（昭和五十一年十二月）に、「珍酒、奇酒秋の夜ばなし」「イセエビが電話をかける」「旦那衆は手品がお好き」「水銀、カニ、エビ、白ぶどう酒、かしわ餅三コ」「ラーメンワンタンシューマイヤーイ」「山、辛く、人さらに辛し」「デカイ話はまだまだあるという話」「われら、放す。故に、われら在り」「プッシーは海でもトークする」「ベルギーへいったら女よりショコラだ」は毎日新聞社刊『開口閉口』（昭和五十一年九月・五十二年六月、二分冊）に、「ニューヨーク、この大いなる自然」は朝日新聞社刊『もっと遠く！』（昭和五十六年九月）に、それぞれ収録された。他の作品は単行本未収録。

開高健著

パニック・裸の王様

芥川賞受賞

大発生したネズミの大群に翻弄される人間社会の恐慌「パニック」、現代社会で圧殺されかかっている生命の救出を描く「裸の王様」等。

開高健著

日本三文オペラ

大阪旧陸軍工廠跡に放置された莫大な鉄材に目をつけた泥棒集団「アパッチ族」の勇猛果敢な大攻撃！　雄大なスケールで描く快作。

開高健著

フィッシュ・オン

アラスカでのキング・サーモンとの壮烈な闘いをふりだしに、世界各地の海と川と湖に糸を垂れる世界釣り歩き。カラー写真多数収録。

開高健著

開口閉口

食物、政治、文学、釣り、酒、人生、読書……豊かな想像力を駆使し、時には辛辣な諷刺をまじえ、名文で読者を魅了する64のエッセー。

開高健著

輝ける闇

毎日出版文化賞受賞

ヴェトナムの戦いを肌で感じた著者が、戦争の絶望と醜さ、孤独・不安・焦燥・徒労・死といった生の異相を果敢に凝視した問題作。

開高健著

夏の闇

信ずべき自己を見失い、ひたすら快楽と絶望の淵にあえぐ現代人の出口なき日々——人間の《魂の地獄と救済》を描きだす純文学大作。

開高健 吉行淳之介著

対談 美酒について
——人はなぜ酒を語るか——

酒を論ずればバッカスも顔色なしという二人が酒の入り口から出口までを縦横に語りつくした長編対談。芳醇な香り溢れる極上の一巻。

山口瞳 開高健著

やってみなはれ みとくんなはれ

創業者の口癖は「やってみなはれ」。ベンチャー精神溢れるサントリーの歴史を、同社宣伝部出身の作家コンビが綴った「幻の社史」。

山口瞳著

礼儀作法入門

礼儀作法の第一は、「まず、健康であること」。作家・山口瞳が、世の社会人初心者に遺した「気持ちよく人とつきあうため」の副読本。

山口瞳著

行きつけの店

小樽、金沢、由布院、国立……。作家・山口瞳が愛した「行きつけの店」が勢揃い。味に酔い、人情の機微に酔う、極上のひととき。

吉行淳之介著

原色の街・驟雨
芥川賞受賞

心の底まで娼婦になりきれない娼婦と、良家に育ちながら娼婦的な女——女の肉体と精神をみごとに捉えた「原色の街」等初期作品5編。

吉行淳之介著

娼婦の部屋・不意の出来事
新潮社文学賞受賞

一娼婦の運命の変遷と、〝私〟の境遇の変化を照応させつつ描いて代表作とされる「娼婦の部屋」。他に洗練された筆致の多彩な作品集。

吉行淳之介著

砂の上の植物群

常識を越えることによって獲得される人間の性の充足！　性全体の様態を豊かに描いて、現代人の孤独感と、生命の充実感をさぐる。

吉行淳之介著

夕暮まで

野間文芸賞受賞

自分の人生と〝処女〟の扱いに戸惑う22歳の杉子に対して、中年男の佐々の怖れと好奇心が揺れる。二人の奇妙な肉体関係を描き出す。

池波正太郎著

散歩のとき何か食べたくなって

映画の試写を観終えて銀座の〔資生堂〕に寄り、はじめて洋食を口にした四十年前を憶い出す。今、失われつつある店の味を克明に書留める。

池波正太郎著

食卓の情景

鮨をにぎるあるじの眼の輝き、どんどん焼屋に弟子入りしようとした少年時代の想い出など、食べ物に託して人生観を語るエッセイ。

池波正太郎著

むかしの味

人生の折々に出会った〔忘れられない味〕。それを今も伝える店を改めて全国に訪ね、初めて食べた時の感動を語り、心づかいを讃える。

池波正太郎著

青春忘れもの

芝居や美食を楽しんだ早熟な十代から、海兵団での戦争体験、やがて作家への道を歩み始めるまで。自らがつづる貴重な青春回想録。

大江健三郎著
死者の奢り・飼育
芥川賞受賞
黒人兵と寒村の子供たちとの惨劇を描く「飼育」等6編。豊饒なイメージを駆使して、閉ざされた状況下の生を追究した初期作品集。

大江健三郎著
われらの時代
遍在する自殺の機会に見張られながら生きてゆかざるをえない〃われらの時代〃。若者の性を通して閉塞状況の打破を模索した野心作。

大江健三郎著
芽むしり 仔撃ち
疫病の流行する山村に閉じこめられた非行少年たちの愛と友情にみちた共生感とその挫折。綿密な設定と新鮮なイメージで描かれた傑作。

大江健三郎著
性的人間
青年の性の渇望と行動を大胆に描いて波紋を投じた「性的人間」、政治少年の行動と心理を描いた「セヴンティーン」など問題作3編。

大江健三郎著
個人的な体験
新潮社文学賞受賞
奇形に生れたわが子の死を願う青年の魂の遍歴と、絶望と背徳の日々。狂気の淵に瀕した現代人に再生の希望はあるのか？　力作長編。

大江健三郎著
私という小説家の作り方
40年に及ぶ作家生活を経て、いまなお前進を続ける著者が、主要作品の創作過程と小説作法を詳細に語る「クリエイティヴな自伝」。

安部公房著　他人の顔

ケロイド瘢痕を隠し、妻の愛を取り戻すために他人の顔をプラスチックの仮面に仕立てた男。――人間存在の不安を追究した異色長編。

安部公房著　壁

戦後文学賞・芥川賞受賞

突然、自分の名前を紛失した男。以来彼は他人との接触に支障を来し、人形やラクダに奇妙な友情を抱く。独特の寓意にみちた野心作。

安部公房著　砂の女

読売文学賞受賞

砂穴の底に埋もれていく一軒屋に故なく閉じ込められ、あらゆる方法で脱出を試みる男を描き、世界20数カ国語に翻訳紹介された名作。

安部公房著　燃えつきた地図

失踪者を追跡しているうちに、次々と手がかりを失い、大都会の砂漠の中で次第に自分を見失ってゆく興信所員。都会人の孤独と不安。

安部公房著　箱男

ダンボール箱を頭からかぶり都市をさ迷うことで、自ら存在証明を放棄する箱男は、何を夢見るのか。謎とスリルにみちた長編。

安部公房著　笑う月

思考の飛躍は、夢の周辺で行われる。快くも恐怖に満ちた夢を生け捕りにし、安部文学成立の秘密を垣間見せる夢のスナップ17編。

遠藤周作著
白い人・黄色い人
芥川賞受賞

ナチ拷問に焦点をあて、存在の根源に神を求める意志の必然性を探る「白い人」、神をもたない日本人の精神的悲惨を追う「黄色い人」。

遠藤周作著
海と毒薬
毎日出版文化賞・新潮社文学賞受賞

何が彼らをこのような残虐行為に駆りたてたのか？ 終戦時の大学病院の生体解剖事件を小説化し、日本人の罪悪感を追求した問題作。

遠藤周作著
留学

時代を異にして留学した三人の学生が、ヨーロッパ文明の壁に挑みながらも精神的風土の絶対的相違によって挫折してゆく姿を描く。

遠藤周作著
沈黙
谷崎潤一郎賞受賞

殉教を遂げるキリシタン信徒と棄教を迫られるポルトガル司祭。神の存在、背教の心理、東洋と西洋の思想的断絶等を追求した問題作。

遠藤周作著
侍
野間文芸賞受賞

藩主の命を受け、海を渡った遣欧使節「侍」。政治の渦に巻きこまれ、歴史の闇に消えていった男の生を通して人生と信仰の意味を問う。

遠藤周作著
イエスの生涯
国際ダグ・ハマーショルド賞受賞

青年大工イエスはなぜ十字架上で殺されなければならなかったのか――。あらゆる「イエス伝」をふまえて、その〈生〉の真実を刻む。

北杜夫著　夜と霧の隅で　芥川賞受賞

ナチスの指令に抵抗して、患者を救うために苦悩する精神科医たちを描き、極限状況下の人間の不安を捉えた表題作など初期作品5編。

北杜夫著　幽霊　―或る幼年と青春の物語―

大自然との交感の中に、激しくよみがえる幼時の記憶、母への慕情、少女への思慕――青年期のみずみずしい心情を綴った処女長編。

北杜夫著　木精（こだま）　―或る青年期と追想の物語―

ヨーロッパを彷徨う精神科医の胸に去来する不倫の恋の追憶、芸術家としての目ざめと怯え。自らの魂の遍歴を回想する『幽霊』の続編。

北杜夫著　どくとるマンボウ航海記

のどかな笑いをふりまきながら、青い空の下をボロ船に乗って海外旅行に出かけたどくとるマンボウ。独自の観察眼でつづる旅行記。

北杜夫著　どくとるマンボウ昆虫記

虫に関する思い出や伝説や空想を自然の観察を織りまぜて語り、美醜さまざまの虫と人間が同居する地球の豊かさを味わえるエッセイ。

北杜夫著　どくとるマンボウ青春記

爆笑を呼ぶユーモア、心にしみる抒情。マンボウ氏のバンカラとカンゲキの旧制高校生活が甦る、永遠の輝きを放つ若き日の記録。

三島由紀夫著

仮面の告白

女を愛することのできない青年が、幼年時代からの自己の宿命を凝視しつつ述べる告白体小説。三島文学の出発点をなす代表的名作。

三島由紀夫著

花ざかりの森・憂国

十六歳の時の処女作「花ざかりの森」以来、巧みな手法と完成されたスタイルを駆使して、確固たる世界を築いてきた著者の自選短編集。

三島由紀夫著

禁色

女を愛することの出来ない同性愛者の美青年を操ることによって、かつて自分を拒んだ女達に復讐を試みる老作家の悲惨な最期。

三島由紀夫著

潮騒（しおさい）

新潮社文学賞受賞

明るい太陽と磯の香りに満ちた小島を舞台に海神の恩寵あつい若くたくましい漁夫と、美しい乙女が奏でる清純で官能的な恋の牧歌。

三島由紀夫著

金閣寺

読売文学賞受賞

どもりの悩み、身も心も奪われた金閣の美しさ――昭和25年の金閣寺焼失に材をとり、放火犯である若い学僧の破滅に至る過程を抉る。

三島由紀夫著

春の雪

（豊饒の海・第一巻）

大正の貴族社会を舞台に、侯爵家の若き嫡子と美貌の伯爵家令嬢のついに結ばれることのない悲劇的な恋を、優雅絢爛たる筆に描く。

地球《ちきゅう》はグラスのふちを回《まわ》る

新潮文庫　か-5-7

昭和五十六年十一月二十五日 発行
平成十七年七月二十五日 三十刷改版
平成二十四年四月二十日 三十六刷

著者 開《かい》高《こう》健《たけし》
発行者 佐藤隆信
発行所 株式会社 新潮社

郵便番号 一六二―八七一一
東京都新宿区矢来町七一
電話 編集部(〇三)三二六六―五四四〇
読者係(〇三)三二六六―五一一一
http://www.shinchosha.co.jp

価格はカバーに表示してあります。

乱丁・落丁本は、ご面倒ですが小社読者係宛ご送付ください。送料小社負担にてお取替えいたします。

印刷・二光印刷株式会社　製本・株式会社植木製本所

ISBN978-4-10-112807-8 C0195